官场姬

新时政小说

汉唐明月 著

群众出版社
·北京·

图书在版编目（CIP）数据

官场姬／汉唐明月著.—北京：群众出版社，2012.1
ISBN 978-7-5014-4965-1

Ⅰ.①官… Ⅱ.①汉… Ⅲ.①长篇小说—中国—当代 Ⅳ.①I247.5
中国版本图书馆 CIP 数据核字（2011）第 260661 号

官场姬

汉唐明月 著

责任编辑：连玉泉
出版发行：群众出版社
地　　址：北京市西城区木樨地南里
邮政编码：100038
经　　销：新华书店
印　　刷：北京泰锐印刷有限责任公司
版　　次：2012 年 8 月第 1 版
印　　次：2012 年 8 月第 1 次
印　　张：15
开　　本：787 毫米×1092 毫米　1/16
字　　数：252 千字
书　　号：ISBN 978-7-5014-4965-1
定　　价：34.00 元

网　　址：www.qzcbs.com
电子邮箱：qzcbs@163.com

营销中心电话：010-83903254
读者服务部电话（门市）：010-83903257
警官读者俱乐部电话（网购、邮购）：010-83903253
文艺分社电话：010-83903973

本社图书出现印装质量问题，由本社负责退换
版权所有　侵权必究

内 容 简 介

混迹官场多年的"姐妹花儿",人称官场"二姬",为了攫取更高职位,两人不择手段,甚至不惜出卖自己的肉体。在达到最初目的后,为了抢夺唯一一块蛋糕,"二姬"不顾姐妹深情,互相倾轧,拆桥过河,上演了一场令人瞩目的现代"官场剧"。

目 录
Contents

第一章　灭顶之灾 ·················· 1

第二章　煞费苦心 ·················· 40

第三章　隐秘交易 ·················· 77

第四章　又起波澜 ·················· 118

第五章　苦心经营 ·················· 148

第六章　走马上任 ·················· 198

第一章
灭顶之灾

连续一周的特大暴雨让整个城市笼罩在恐怖与慌乱之中。河水暴涨,淹没并冲毁了数以百计的村庄,淹没了数以万计的良田!山体滑坡,房屋倒塌!公路断裂,居民小区塌陷!每天的死亡人数在增加,每天的损失数据在攀升……电力系统已经瘫痪三天了!这是龙城百年不遇的特大水患。

市委市政府联合指挥部办公室里,一脸苍白、满眼血丝的市委书记宇峰正盯着龙城的地图发呆。他刚接到告急的消息,龙城主河道又上涨了三米,若是再涨两米,龙城的三个主城区就要成为一片汪洋,一百八十多万居民将居无定所……龙山县发生了山体滑坡,好几个村庄被掩埋,保守估计也有五百人被围困,四百人伤亡……宏远市长和刘玉副市长已经紧急奔赴龙山县事发现场。

他焦急万分地在办公室来回走动。现在的时间是凌晨三点半,身边的工作人员大部分已经让他支开了,他不能让所有的工作人员都陪他一起熬着。

他走到办公桌前,无力地坐了下去,拿起对讲机,对着话筒喊话:"怎么才能与市长取得联系?"

移动通信公司的唐总说:"他们也有相同频率的对讲机,只要市长在对讲机边就可以。"

宇峰说:"我们约定半小时通一次电话,而现在已经过去四十分钟了,市长都没有和指挥部联系。你赶快查一查!"

放下电话,宇峰有一种不祥之感。市长宏远是个既讲原则又十分细

心的同志。平时,他们两人在工作的配合中从来没有出过纰漏。这样关键的时刻,宏远没有特殊情况,绝对不会违背两人分手时的约定:不管遇到什么情况,半小时之内必须通一次电话。想到这里,宇峰如坐针毡。

此时,市委常委、秘书长梅兰走进指挥部办公室。她穿了一件海蓝色的风衣,尽管显得有些疲倦,脸上还是富有光泽,还有一双迷人的大眼。她是龙城市委机关有名的美女领导。她眨了眨迷人的眼睛说:"宇峰书记,你休息一会儿吧,我来值班。"随后又说:"这么晚了,你也不知道吃点儿东西?"

她泡了一包方便面,送到宇峰面前。

宇峰说:"我哪有吃东西的心情。"

梅兰说:"书记,不是我要批评你。不管发生再大的事情,都要注意身体。身体是本钱呀,身体拖垮了,拿什么革命呢?快点儿吃几口,然后去休息。"

宇峰声音低沉地说:"你不知道哇,宏远他们都四十多分钟没有和指挥部联络了……"

梅兰当然知道这意味着什么。外面的情况瞬息万变,随时都有可能遭遇不测。要是真的出了意外,龙城的这一摊子事情……梅兰不敢往下想了。

对讲机里传来防洪指挥部的声音:"市委市政府联合指挥办!"

梅兰拿起对讲机,回答:"我是联合指挥办的梅兰,请讲。"

对方说:"梅秘书长,现在龙城的河流主干道继续上涨,较原来又上涨了半米多,情况十分紧急,已经严重危及三个主城区居民的生命安全了!"

梅兰和宇峰的心都揪紧了。

宇峰果断地说:"好了,现在指挥部主要领导就是我们两个,我们必须作出决策,不然会成为龙城的千古罪人。你叫秘书和工作人员全部过来。"

梅兰没敢逗留,马上将指挥部全体工作人员叫过来。

宇峰吩咐:"现在,我们以市委市政府联合指挥办的名义启动二号方案,军队、武警、公安和民兵应急分队立即全部出发……"

这时,梅兰为难地问:"要不要向宏远市长通报一声?"

"我难道不想通报吗?"宇峰书记的情绪有些失控,声音在办公室

"嗡嗡"回响。

所有人都惊异地看着宇峰书记,这可是大家头一次见他如此发火。

在龙城这种万分危急的状态下,不管谁是这里的父母官,都会忧心如焚。让宇峰更为着急的是,自己的搭档宏远市长和刘玉他们已经和指挥部失去联系了。这意味着他们可能遭遇不测,只不过大家都不愿意相信,更不愿意说出来。

下达第二套方案的指令时,天快亮了。其间,移动通信公司的唐总三次报告:联系市长失败,至今仍没有他们的消息。更要命的是,在接通龙山县委后得知,他们也没有见到市长他们的身影。

梅兰走到宇峰身边,故作镇定地说:"宏远市长他们不会有事的,也许只是遇到了些小问题。"

宇峰瞪着血红的眼睛,说道:"要是那样就好了,可我现在觉得……"

刚刚赶过来的市委常委、军分区政委说:"书记,是不是出意外了?现在已经过去了三个小时,凶多吉少啊。"军人就是军人,直截了当地说出了他的看法。

军分区政委的话让宇峰立刻呆住了。他神情绝望地说:"可能真的出事了。梅兰,赶快通知指挥部的全体领导,商量对策。"

此刻,市委市政府联合指挥办里气氛紧张异常。指挥办留守成员们分析了问题的严峻性,都觉得应当启动特殊预案。

宇峰无力地说:"把这个突发情况立即上报省里值班室,同时启动搜救计划。"说完,他就晕过去了。

军分区政委立即与抗灾前线的军分区司令员通话:"司令员,市长和常务副市长在去往龙山县的路上可能遇到不测,你赶快让就近的部队进行搜救,半个小时后给指挥部回话。"

而梅兰则立即让通信组将特殊情况上报省里。

半个小时之后,前方回电说,尚未发现市长等人。而后,省里传来消息,省长和省委副书记已经在赶往龙城的路上,同时他们要求联合指挥办采取各种抢救措施,不要因为个别领导干部的缺位而贻误了人民群众的利益,并做好搜救工作。

宇峰醒了后看了省里传来的电文,咳了几下,吩咐道:"一个小时之后,各位领导简单汇报自己联系的情况。省里领导来了之后,要把最

第一章 灭顶之灾

新的情况报到我这里。"

指挥部的每一个人都在紧张有序地工作。军分区政委在了解武警、公安和民兵救援的情况和群众转移中遇到的具体困难和问题；梅兰在联系各大医疗机构，了解收治多少伤员，死亡数据多少，医疗力量和药物的调配；而另一位市委常委、市总工会主席，正在了解前线的物资配备、干粮的运送、饮用水的派发等情况。一切都在高速运转之中……

天亮时分，省长和省委副书记一行赶到了龙城市委市政府联合指挥部。两位省领导听取了宇峰对灾情的汇报。省长说："同志们辛苦了，我和副书记代表省委省政府，对大家表示感谢。现在是考验龙城干部的非常时刻，期望各位尽职尽责，全力抢险救灾。"当问到宏远市长和刘玉的情况时，他眼中流露出焦急的神情。

省长说："大家在抵抗洪灾的同时，一定要做好搜救工作。大雨一停，军队的飞机马上出发，支援龙城人民抗洪救灾。"

汇报结束后，宇峰对梅兰交待："我陪省长到一线去，你要及时将情况汇报，省委领导在哪里，指挥办就在哪里，明白吗？"

梅兰知道自己的责任重大，说："我会在第一时间向你报告的。"

看着领导们走出了指挥部，梅兰觉得肩上沉甸甸的，有点儿喘不过气来。

宇峰书记离开之后，梅兰接到了文化局副局长何华德的汇报：文化局的办公楼进水了，工作人员已经撤离，家属区的房屋有两栋倒塌，死亡人员正在统计之中。梅兰的心立刻揪紧了，何华德就是她的丈夫，他们家也在那片居民楼里，他们一连四天都没有回去了。孩子还住在楼里呀，要是自己住的那栋楼房也在倒塌之列，自己的女儿不就……她不敢多想。现在她不仅是母亲和妻子，更是指挥全局的市委值班领导。她控制住情绪，对着话筒喊道："何局长，你们机关有没有人员伤亡？"

何华德说："只有几个轻伤的，没有人员死亡。"

梅兰说："你们立即统计倒塌楼房里的居民，有多少伤亡的，半个小时后汇报上来。"梅兰没有说出口的是，你马上给我报告女儿的情况！但是，这样的时刻，这样的关头，她这样的身份，面对话筒之外的众多人，她只能将母亲的焦急压到心底。

梅兰在等待丈夫消息的时候，又接到了龙山县委值班室的报告，报告人是龙山县委常委、宣传部长梅朵。在龙城，没有人不知道她是梅兰的亲妹妹，都称两人为官场二姬。这时，正常的通信都中断了，她们用的都是非常时期的对讲机。正因为这样，即便是亲人，在汇报工作的时候也只能谈公事。

梅朵汇报了龙山县搜救情况的最新进展，最后说："到现在为止，尚未接到发现市长宏远一行的报告。"

梅兰把搜集到的新情报汇总之后，向宇峰书记做了汇报。现在就差文化局最后的伤亡数据了。她对着话筒喊道："文化局，请报告家属楼的伤亡情况！"

还是何华德的声音，虽然电波频率有些不稳定，但凭多年相处的经验，梅兰感觉到丈夫的声音是颤抖的，一种不祥的预感笼罩着梅兰。

文化局家属楼死亡人数三十，受伤人数五十二。梅兰的脑袋突然"嗡嗡"作响。

听完情况汇报，梅兰呆坐在偌大的会议桌前，想象着文化局家属区发生灾难的一刻，仿佛看到老母亲和女儿的绝望神情，还有挣扎的恐怖瞬间。

这时，通信组的负责人赶过来说："梅秘书长，手机可以通话了。"

她的手机上显示有五条未读短信。越是这个时候，她越是不敢看短信了，甚至害怕手机。

见办公室里的人都在给亲人打电话，为了不影响指挥办的工作，梅兰把几个负责人召集过来，简短地说："你们是在市委市政府联合指挥办。你们的每一分每一秒，不属于你们的家人，属于全市的灾民。从现在起，不许在岗位上打与工作无关的电话！"

指示完毕，她摇了摇头。她又何尝不想打电话呢？女儿和母亲的下落都不清楚，她难道不想知道吗？

这时，她接到龙山县委最新的报告：市长宏远和常务副市长刘玉在赶往龙山县的途中遭遇山体滑坡，一行人全部罹难……

这个重大的消息早已通过军方的途径，报到了宇峰书记那里。当梅兰汇报这个情况的时候，宇峰只是轻声说："知道了。"

通信恢复之后，电力、供水和燃气也恢复正常了。天空开始放晴，洪水开始消退。市委市政府联合指挥部大楼，又恢复了灯火通明。

梦魇般的日子终于过去了。灾后的龙城已是满目疮痍。

在这场洪灾中，龙城的死亡和失踪人数高达五百人。梅兰的女儿幸免于难，而母亲则未能幸免。

第一章　灭顶之灾

5

　　这场洪灾不仅给龙城带来了物质损失,也给龙城带来了政坛地震。一个城市的市长和常务副市长突然缺位,这在政坛是极为罕见的。

　　梅朵听说了一个绝密消息,市政府要进一名女副市长,要在龙城现有的处级干部中挑选。三十岁出头的她,已经是龙山县常委、宣传部长了。她很清楚,自己在龙城女干部之中的位置,不说是翘楚,也是有实力的。要是这个消息属实的话,这将是她得到提升的大好机会。她想,作为市委秘书长的姐姐应该知晓这样的内幕。

　　她拨通了梅兰的电话:"姐姐呀,我有一个想法。"

　　梅兰说:"你说呀,吞吞吐吐的干吗?"

　　梅朵说:"这个星期天,我们两家人聚一次吧,顺便到老母亲的坟前祭奠祭奠,行吗?"

　　梅兰说:"行啊,正好也快到老母亲的七七了,就这么定了。我还有一个会,过一会儿我让你姐夫准备准备。"

　　梅兰在仕途上一直走在丈夫的前面,现在她进了市委常委,而丈夫何华德还是文化局的副局长。在家里,丈夫也要服从她这位领导。像刚才这样的事情,她是没有时间去安排的,只有交待给何华德。

　　何华德在写一部反映本土名人的历史剧本,刚才他还在创作状态之中,通完电话之后,灵感全无。回到现实生活中的他,立刻懊恼起来。老婆的官越做越大,而自己不但不能专心创作,还要上下左右地照顾老婆和孩子。想到这些,他觉得十分窝囊,有说不完的怨气。

　　实际上,何华德这些年忍气吞声地过来了,并不代表他就没有想法。这样的生活,绝对不是何华德这种内心十分丰富的人需要的。每每深夜醒来,床上的另外一个位置总是空空如也。这种时候,何华德就会想到自己主管的艺术团的女人们。这样孤独的生活何华德算是过够了,终于有一天,他脱离了这个"家"的缰绳,和剧团的年轻女演员菲菲有了婚外情。

　　放下电话,何华德无心写作,只好收拾了桌面上的文件和稿子,直奔超市而去。

　　他在超市里给女儿小梅儿打电话:"爸爸在超市。你想要什么呀?爸爸给你捎回去?"

小梅儿今年要高考了,接爸爸的电话时,她正在阅读一篇课文。她说:"爸爸,您要是真的关心我呀,就给我买巧克力、珍珠奶茶,还有可乐、果冻。"

何华德问:"小梅儿,明天你姨妈一家要来,爸爸买什么菜合适呀?你姨妈、姨父和妹妹都喜欢吃什么菜啊?"

小梅儿不满地说:"爸爸,您到底是给我买东西,还是来咨询我的啊?"

何华德说:"爸爸当然是给你买东西啦,顺便问一些问题。你不是经常去你姨妈家吗?"

小梅儿说:"好吧,看在您给我买零食的分儿上,我还是给您提供点儿有用的信息吧。"

小梅儿一口气说了七八个菜名,他都记下了。

何华德大包小包地采购完东西,十分疲惫地回家了。让他颇感意外的是,老婆居然回来了。进门之后,老婆非但没有帮他一把,反而说:"老何,你能不能长进一点儿。你看你买的那个芹菜,怎么那么老啊?"

他还没有来得及辩解,梅兰又说:"我是回来换衣服的,今天晚上接待外宾。"

何华德心里没有好气,正想和她理论,梅兰说:"哎呀,是老了,穿什么都不好看。宇峰书记也是,接待外宾非要我去,还让我打扮打扮,唉。"

见丈夫没有理睬她,她又问:"怎么,你不希望老婆穿得漂亮点儿吗?"

何华德还没有说话,小梅儿却说:"妈妈,您穿那件蓝色的套裙可好看啦。"

梅兰听了女儿的话,果真换上了那一件,还走到何华德面前问道:"怎么样?"

何华德不大自然地说:"好,好看。"

梅兰说:"算了,不为难你了,女儿说好就是好,就是它了。"

说完,她旋风般离开了家。

何华德的心里十分不是滋味,麻木地将买来的各种菜肴搬进厨房,然后开始动手准备。

两人吃饭时,何华德刚刚倒上一杯酒,他的短信就来了。小梅儿打开了他的手机,大声念着短信:"想你了,非洲。爸爸,谁是非洲啊?"

第一章 灭顶之灾

何华德故作镇定地说:"是单位的一个叔叔,可能想找我打麻将呢。"

说完,他喝了一大口酒,以掩饰内心的慌张。这个"非洲"就是歌舞团的菲菲。她是个狡猾的丫头,不但给自己取了一个中性的名字,还在发短信的时候换了一张卡。

他们在外面租了一套两居室的房子,只要有空,就会在房间里狂欢,享受温情的二人世界。她现在给他发这样的短信,一定是在房间里等着他呢。

小梅儿说:"爸爸,我好可怜啊。您还有牌友,妈妈总有忙不完的工作,每天都是我一个人孤苦伶仃地在家里……"

何华德打断了女儿的话:"不是孤苦伶仃,而是清静。你要高考了,我和你妈妈不想打搅你,所以才出去。"

小梅儿说:"我不要这样的清静,我要你们都在家,我学习累了,还可以和你们说说话。"

看着女儿可怜的神情,他正准备应承,短信又来了:快一点儿,春天的花都谢了……

小梅儿又念了这条短信,还说:"爸爸,这个叔叔真逗,短信还很有诗意。"

何华德说:"叔叔一定有事找我,可能不是打麻将。小梅儿,爸爸出去一下就回来。"

小梅儿撅起小嘴,嘟囔道:"每一次都说很快回来,哪一次不是我都睡着了您还没回来?"

梅兰和宇峰陪同的人叫明风,身份极其特殊。按职务,他只是临市的一位副市长,但是,人们都清楚,他是省委副书记明成的亲侄子。

灾难之后,繁忙的政务就落到了年近半百的宇峰身上。他几乎都不能离开办公室一步。现在这个时候,他内心最盼望的莫过于组织上立即给他配备市政府的班子,也让他能喘口气。

作为市委书记的他,内心十分明白,市政府领导的位置是不能久空的。不光是他着急,省委省政府也一样在着急。在这样的特殊时期,领导干部的调整和升迁就成了讳莫如深的话题。

宇峰不是一点儿私心没有,身边的梅兰就是他想任用的干部。除了两人早已超越了一般的工作关系之外,梅兰也是一个有能力、有魄力的女干部。不论从哪一个角度来讲，梅兰都可以是政府部门的一把好手。

其实，即便龙城不出这样的意外，梅兰也一直在寻求机会。她已经不只一次暗示他了。所以，宇峰决定将梅兰推到常务副市长的位子上。

宇峰和梅兰的关系可以追溯到青春年少时代。那时候，梅兰的父亲在龙城大学当教授，宇峰和她爸爸是同系的同事，还是全校最年轻的讲师。宇峰来她家的时候，她还在龙城附中上高三。那时候的宇峰气宇轩昂，十分俊朗，加上梅兰又是情窦初开的年华，她很快就被这个年轻帅气的男老师吸引了。梅兰爸爸让宇峰辅导她的功课。一来二去，两人就有些说不清楚的情愫了。直到有一天，他们在梅兰的闺房里接吻时被爸爸发现。最终，宇峰被逐出了梅家，留下一生的遗憾。

后来，梅兰到京城求学，宇峰就和系里的年轻女讲师结合了。梅兰毕业后，分配到了龙城市委，而这时候宇峰已经是龙城市委组织部部长了。在宇峰的暗中相助之下，梅兰进了市委组织部办公室，不久，当上了办公室副主任。

宇峰荣升省建设厅厅长的时候，又将梅兰提拔到厅里当了处长。宇峰返回龙城任一把手的时候，预先将梅兰安排回了龙城，当了市委办公室副秘书长。秘书长提升副书记之后，梅兰接了秘书长的班，而那个时候，宇峰回龙城任了一年的书记了。

这期间，梅兰还隐隐知道，宇峰和妹妹梅朵关系也不一般。梅朵能一路飞黄腾达、年纪轻轻就当上县委常委，和宇峰是有关系的。不过，这种微妙的事情，梅兰从来就没有提及过。

在梅兰的记忆里，宇峰对她还是有真情的。刚回到龙城的时候，自己还是一个青涩的小姑娘。一天，团委办公室通知，次日有一位领导将莅临团市委调研。梅兰没有想到，前来调研的居然就是宇峰，那时，她才知道宇峰已经升任市委常委、组织部长了。

那天晚上，宇峰找到她，还送了她一束玫瑰花。那天正好是情人节。梅兰和宇峰重温了往日的美好时光。两人也非常清楚，他们只不过是延续初恋时没有完成的心结。

两人的这种情感一直保持得得体而隐秘。后来，梅兰一直是宇峰办公室的负责人，他们之间的关系就更没有人怀疑了。

梅兰也觉得自己的情感有些错位。和丈夫在一起时，她有时也会不自觉地想到宇峰。甚至和丈夫做爱，她也会想到宇峰。后来，梅兰才发觉，她原本就没从初恋中解脱出来。

今天会见明风,是她和宇峰以私人的身份见的。宇峰明白,这个关键的时候,明风来龙城,里面一定暗藏着某种玄机。

宇峰对梅兰说:"梅兰,这一次明副市长到这里来,会是什么目的呢?他到龙城来是直接给我打电话的。"

梅兰说:"这里面有玄机啊。按理说,他来龙城也不应该给你打电话,他应该给副市长们打电话呀。我觉得他在暗示什么。"

宇峰说:"有可能是省级某些领导已经给他放风了,要不然……"

梅兰说:"要不然,他不会这样高调。"

宇峰说:"我担心他会挡你的道啊,要是省上让他来当市长,还有办法可想,要是让他当常务,你的事情就难办了……"

"惊动书记和梅常委,不好意思啊。"三人见面后,明风很客气地寒暄道。

宇峰说:"这是什么话呢?都是老朋友,还这样客气。"

梅兰只是乐呵呵地笑,这是她多年的习惯,只要和领导出行,少说话,多做事,多赔笑脸。也许正是因为她的这些优点,宇峰才一直把她放在左右。

三人落座后,宇峰说:"今天,我们私人集会,什么话都可以说。"虽然几位都是熟人,但真正坐下来一起喝茶、吃饭还是第一次。

梅兰给大家斟上酒,说:"书记,还是您发话吧。"

宇峰端起酒杯说:"欢迎明市长。虽然我们是邻居,可这么多年来还是第一次这么近距离地喝酒呢。来,干一杯。"

明风十分清楚,面前的主人不是白白请他吃饭的,而是想从他的嘴里得到些参考材料,好应对龙城的官场。心知肚明的他也想放些风出去,看一看龙城是不是传说中的铁板一块。传闻龙城的跨越式发展,很大一部分得益于宇峰的铁腕治理,据说每一任市长都害怕宇峰,有的甚至都到了早请示晚汇报的程度。他这一回,就是要看个究竟,看看宇峰对他会是怎样一种态度。几天前,任省委副书记的叔叔明成向他透露,组织上有意让他到龙城任职,现在正在考察。按理说,在这个敏感时期,他是不应该到龙城走动的,但是,这是明成叔叔的授意。明成还给了他一个任务,让他了解宇峰在龙城的具体情况,尤其是宇峰长期搞一言堂的问题是否属实。

明风清楚,叔叔敢给他交这个底,决不可能是他一个人的意思。他想，要是省委真的对宇峰不满意的话，他要尽早跨入龙城，才会有更大的前途。

想到这些，他的底气更足了。对宇峰的热情招待，他没有感到意外，毕竟他背后还有明成副书记。

他举杯对宇峰说："宇峰书记，今后还需要你多多照顾呢，你可是老领导啊！"他说这样的话，就是要暗示宇峰，他有可能是和他搭班子的人。

宇峰当然明白这话的含义，含笑说道："哪里哪里，革命不分先后。我只不过是虚长几岁，不像明市长这样，年富力强，前途无量。要是有一天能和你老弟一起共事，那可是我的荣幸啊！"谈笑之间，宇峰就回答了明风的问题。当然，是不带任何情绪的。

接下来就是梅兰敬酒，然后，几个人开始东南西北地闲聊。大家彼此都明白，这个场合不适宜谈太多官场话题，形势尚未明朗，谁也不愿意把话说得太多太过。

饭局之后，握手告别。

明风到这里来，目的和使命已经完成了，就是向宇峰传递信号。这个信号，明风关注，省上也关注。

回去的路上，宇峰对梅兰说："看来，不像是空穴来风。明风的意思，可不是他一个人的意思。"

梅兰清楚，宇峰指的就是明成副书记。她一边开车，一边回答说："按照明风的阅历，他不会犯这样简单的错误。"

宇峰忧虑地说："你是说，上面的态度明朗了？"

梅兰也听到了很多传言，说现在的龙城就是一言堂，市政府有时候都没有办法工作了。她还听到过一种说法，就是要将宇峰调走，甚至还说让他退居二线做人大常委会主任。就在那些传言风起云涌时，一场百年不遇的灾难来临了。更让人没有料到的是，龙城突然失去了市长和常务副市长。

不管那些传言是否属实，这个时候，大家绝对不会再动宇峰了。梅兰有时候也想，宇峰还真是吉星高照，危机来临时，上天偏偏就给他安排了这样一出，让他万无一失地安全渡过了。龙城这一大摊子事，还真就离不开他。

梅兰停好车，和宇峰一起进了预订的房间。他们习惯每次处理完重

要的事情之后都温存一番。今天，梅兰更是显得主动，在这样的关键时刻，她的出路一半还系于宇峰呢。

就在两人即将进入角色之时，梅兰的电话响了。宇峰问："家里找你的话，还是回去吧。"两人之间铁定的规矩，不论如何，要保证家庭的温暖和安宁。

梅兰一看号码，显然是陌生的。不过，她今天因为明风的出现心情有些不爽，也就顺水推舟地说："孩子打来的。那就算了吧，我先送你。"

路上，宇峰的手机也响了。宇峰看了看，说："这样吧，你把我送到花都酒店，然后我自己回去。"

宇峰在花都酒店门口下了车。梅兰似乎看见一个体态熟悉的女子在花都酒店门口迎接他。她觉得，那个身材妖娆的女子很像妹妹梅朵。不过，她很快就否决了自己的无聊想法。

梅兰启动汽车之时，拨打了刚才的那个陌生号码。电话里传来既熟悉又陌生的声音，她一时想不起来是谁。

梅兰说："实在不好意思，我真的不记得你是谁了。"

"你真是贵人多忘事啊，梅常委。"

原来是刚刚分手的明风。她咯咯地笑着说："对不起，明市长。有什么事吗？"梅兰用这样的语气是极有分寸的，毕竟对方只是临市的一名副市长，还不是常委，自己的职务和级别都在他之上。

明风说："梅常委，你不管我了？我到龙城来，一个人孤苦伶仃的，你就这样忍心看着我一个人孤独地行走街头啊？"

梅兰知道，明风一定想找她说点儿什么，只是当着宇峰的面不好开口，所以才会单独约她。她说："明市长，你也太幽默了吧？龙城可是人满为患的繁华地界啊，怎么可能让你孤独呢。你现在在哪里？"

明风说："我就在龙城宾馆。不过，我不用你接我。你把车停下，我打车去接你吧。"

梅兰开玩笑说："听明市长的意思，是要请我吃夜宵？"

明风说："当然，这也是礼尚往来嘛。你不是刚才做东请我吃饭了吗？我请你吃夜宵，也是应该的啊。"

梅兰说："好吧，恭敬不如从命。我在花都酒店附近，你打车过来吧。"

梅兰停下车，立刻意识到了什么。明风撇开宇峰来约她，说明他当着宇峰的面有些话不好说。明风明明知道我梅兰是市委秘书长，是宇峰最密切的助手，他还要这样做，意味着什么呢？莫不是宇峰真的要走背运了？外面的传言，难道这么快就要验证了？她算了算，宇峰在市委书记的位置上就快到两届了。

梅兰突然意识到问题的严重性：宇峰真的要走了。要不是明风出现，她还一直沉浸在幻觉里，没有想到事情的另外一面。隐约间，她的心开始倾斜，开始动摇，甚至幻想着明风是给她带来好运的人。她原本想将明风约见她的消息告诉宇峰，意识到这些之后，她立刻收起了这种愚蠢的想法。

明风很快就到了。梅兰在电话里说："看见我没有？我就在北边的广场上。"

明风说："看到了，美丽的紫风衣，好飘逸的美眉哦。我在你左面的公路上，停在路边的黄色的士。"

可能因为都是成年人的缘故，两人之间没有距离，很快就像多年的老朋友一样。明风和梅兰一般年纪，看上去比实际年龄还要小不少。明风把梅兰让进车里，第一句话就说："龙城姑娘，到我那里去吧？我请你喝咖啡。"

梅兰对明风充满了好奇，问道："是你自己煮吗？"

明风说："当然，为美女煮咖啡也是一件浪漫的事。为你煮咖啡，我感到非常荣幸。"

梅兰见明风死死地盯着她看，她从明风的眼神断定，这个男人是个花心大萝卜，而且是那种老少不论的好色男人。

果然如梅兰断定的那样，梅兰上车之后，明风就借机有意无意地朝她身上触碰。不过，梅兰并不讨厌他，相反，她还十分喜欢明风这种类型的男人。她也禁不住有些动心。在她看来，明风不论是与她的老公何华德还是她的相好宇峰相比，都要好上很多倍，有着俊朗的面容和英武的身姿。她也不知道自己怎么会变化这么快，短短几分钟，内心深处甚至想到了时髦的一夜情。女人啊，就是不如男人理性。

明风果然是讨女人喜欢的高手。下车之后，他轻轻地揽住梅兰的腰肢，说："美眉，你可是我见到的最有魅力和质感的女人。"

梅兰瞥了明风一眼，听到这种赞美的话，又是出自她喜欢的男人之口，心里自然是飘飘然的。

第一章 灭顶之灾

进了明风的房间,明风果然开始给她煮咖啡。满屋子很快就飘出了咖啡的味道,整个房间显得温情浪漫。梅兰仔细观察明风的举止,怎么看都觉得舒坦。更让梅兰动心的是,明风修长的身材和修长的手指。脱去了外衣的明风,不仅面部棱角分明,身姿更显玉树临风。早年的宇峰不就是这般模样吗?不过,现在宇峰早就变形了,变得臃肿难看,丈夫何华德也是如此。

当明风将煮好的咖啡送到她手里的时候,她几乎有些陶醉了。

两人喝咖啡时,沉浸在相互欣赏之中。两人都明白接下来将会发生什么,但是,谁也没有胆怯和退缩的迹象。

终于,两双眼睛里,柔情的火焰开始闪现。两个人的手慢慢地伸向了对方,随后,两人像磁铁一样紧紧地黏到了一起……

平静之后,梅兰多情地看着明风,轻轻地问:"我哪里好呢?"

明风毫不隐讳地说:"你有女人的综合魅力,那种能击穿成熟男人的魅力。"

梅兰又问:"能说具体一点儿吗?"

明风说:"你的眼神深邃,身材高挑而风韵,全身都洋溢着迷人的神秘气息,就像当年的沉鱼落雁……"

梅兰捂住了明风的嘴,不管明风说的是否是真实感受,她都满足了。一个四十出头的女人,能得到男人这样的评价已经不易。

不过,令梅兰颇感意外的是,明风居然对龙城人事问题只字未提。梅兰当然也不会问,她知道,明风给她透露消息的时间已经不会太远了。

没有人否认梅朵是一个美人。即便是坐在主席台上讲话或布置任务,下面的男人们也会感觉顺眼,就是挨了她的批评也不觉得冤枉。

梅朵和姐姐梅兰的经历不太相同,她大学毕业之后就在龙城大学教书,一直教了五年中文。她是典型的先知先觉者,梅兰的路子就给她树立了榜样。她与梅兰相比,没有一样落后,长相、学识、气质,都比梅兰有过之而无不及。她还有梅兰没有的,就是年轻十岁的资本。

她与梅兰不同的是,她可以走马灯似的换男人,还全部是那些年轻俊朗、英俊潇洒的男生,甚至在男友中,还有她教的男生。姐姐梅兰看不下去,劝慰她的时候,她还振振有词地说:"老姐,你老土了吧?我才不走你的老路呢!年轻的时候不玩男人,到我成家立业时,一切都晚了。"

　　梅朵也真够出格，即使是和她现在的丈夫，《龙城日报》总编辑韩寒谈恋爱时，也常在晚上将别的男人带回家，气得她的妈妈离她而去，一直住在梅兰家里。要不是后来梅朵和韩寒结了婚，妈妈也许永远都不会原谅她。

　　这就是梅朵，仗着年轻貌美，总是把男人们玩弄于股掌之中，把她的身体当成资本，十分现实地在社会上套取她需要的各种资源。

　　她和韩寒结婚生子之后，和别的男人藕断丝连的事情也被丈夫发现过，她反而坦荡地说："你看着办吧，要么凑合，要么离婚。"

　　韩寒实在不愿意失去这位貌美如花、事业中天的妻子，只好默默地忍受。

　　当然，梅朵也不是那种滥交的女人，她所交往的男人，要么英俊，要么有钱，要么有权。她身边的每一个男人，就如她的工具，需要的时候，她总有办法巧取。梅朵的做法，梅兰虽然不认同，但对梅朵的女人生存技巧和法则，心里还是认同的，只是自己无法做到罢了。

　　梅朵实在是太娇艳了，而且仕途又顺风顺水，人们对她所做的一切都习以为常。那些有权有势或者家藏万贯的男人们，就像着了迷似的以与她交往为荣。

　　她进入仕途，在旁人看来也很简单：调出大学，先到报社编辑部做副主任，后到宣传部新闻科任科长，随后调至广电局任副局长，一年半之后，她外放到龙山县做了县委常委、宣传部部长。就是现在，她也才三十多岁的光景。官场中人，谁不羡慕呢？

　　这天，她给梅兰打过电话之后，就开始盘算晚上的安排。明天和梅兰一家团聚，同时去拜祭在洪灾中逝去的母亲。

　　她想起最近市里和县里的传闻：要增设一名女副市长。一般来说，政府和党委的领导班子里都应该有一名女性。市委不就有梅兰吗？市政府里现在没有女副市长。她也清楚，担任副市长自己至少符合几项条件——任职及现在的职务、学历都没有任何问题，唯一担心的是，自己不是非党人士，也不是少数民族，而且现在只是一个县委常委。

　　市政府里的女副市长通常都是民主人士。不过她也盘算过，全市上下的女干部中，符合这样任职条件的不多，或者说压根儿就没有。市里面的几个民主党派的领导没有一个是女的，另外，全市的女干部中，少数民族干部也是凤毛麟角。

第一章　灭顶之灾

官场姬

　　她手里摆弄着签字笔，心想，要是这个机会来了，干吗不抓住呢？一则，可以升职；二则，也可以体面地回到市区，天天看见心爱的女儿丫丫。于是，她开始寻找这方面的突破口。

　　她和宇峰的隐秘关系，就是丈夫韩寒和姐姐梅兰也不知道，更不要说和她十分亲密的情人阿峰了。

　　她和宇峰的隐秘关系，还得从早年前的历史说起。梅兰在组织部办公室工作的时候，梅朵经常到她那里去。因为梅兰和宇峰之间的亲密关系，一来二去，梅朵也认识了这位当年以稳健著称的组织部长。

　　梅朵偶尔也跟着姐姐参加组织部里面的聚会。她对宇峰真正有印象，是在组织部干部沿海游时的事儿。那次出发前一天，梅兰突然生病，梅朵赶到医院去看她。当时，所有的人都定下来了，要退票几乎不可能。梅兰问她："你们学校能请假吗？要是能请，你就顶替我去好了，不然这个机会也是浪费。"

　　梅朵成了旅游团的一员。那时的梅朵，花一样地艳丽，花一样地纯净，当然引起了宇峰的注意。一次事关梅朵命运转机的旅游由此拉开序幕。

　　旅游团一行人等来到深圳一个著名的海滩景点。海滩上，人山人海。浅海边，数以千计的男男女女在海水里享受。健硕的男人比比皆是，身着比基尼的各色女子挤满了海滩。

　　梅朵开心地说："哎呀，我还是第一次看见大海呢！我们也要下海去吗？"

　　同行的副部长说："当然得下水呀。"

　　梅朵胆小地说："那么深的海水，我不敢去。"

　　副部长说："你怕什么，不是有部长在吗？部长会救你的。"

　　满车的人都起哄："对呀，部长会救你的。"

　　平时一向十分严肃的宇峰也只得说："只要你下水，我一定救你。"

　　梅朵偷看了部长一眼。

　　面对蓝色的大海，年轻的梅朵哪里经得起诱惑，她穿上比基尼，和大家一起下了海。部长的下属们非常识趣地四散开，给他提供了独自与梅朵相处的机会。

　　梅朵趴在游泳圈上，吃力地划着水。一旁的宇峰鼓励她说："你放心往前游，要是出了问题，我会帮你的。"

　　也不知道是谁恶作剧，游到梅朵的底下，将梅朵的游泳圈掀翻之后就逃跑了。梅朵大声喊救命,紧张之中喝了好几口海水。情急之下,梅朵抱紧了上来营救她的宇峰,直到上了岸,她仍抓着宇峰不放。

当时,她身着比基尼,百分之九十的肌肤露在外面,而宇峰更是裸露着身体抱着她。很久之后,梅朵才意识到她的动作不雅,非常不好意思地看了宇峰一眼,而此刻的宇峰也涨红了脸。

这以后,他们就没有那么生疏了。后来,在宇峰的鼓励之下,两人手拉手,再次冲向大海。

那时候,宇峰还是四十出头的精品男人,身材健壮而不失健美。梅朵更是妖娆诱人。说实话,当时梅朵更多的是看重宇峰手中的权力。当然,谁也不知道宇峰当时是怎么想的。那次之后,梅朵和宇峰相互留了电话号码。

旅途结束后,宇峰送了一个小巧的芭比娃娃给梅朵。

后来,他们之间一直保持联系。宇峰上调至省建设厅时,梅朵在省城见过宇峰,只是梅兰不知晓罢了。

起初,他们之间一直保持着纯正的君子之交。他们之间的关系变复杂,是梅朵从报社上调至宣传部新闻科开始的,后来的路,当然都是宇峰暗中操作的结果。

这些年来,随着地位越来越显赫,宇峰私下里做事也更加小心诡秘。梅朵知晓梅兰与宇峰之间的特殊关系,但这么多年来,谁都没有捅破这层隐私。

想到这些,梅朵也觉得十分好笑。不过,命运既然这样安排了,她的人生既然走到这一步了,想要退出是不现实的。她摇摇头,最后还是决定和宇峰联系一下。在这个骨节眼上,自己必须要主动。

"喂,是我。我想见你。"他们之间的通话,从来都非常简洁。

宇峰说:"你安排吧。"

"花都酒店,晚些时候,老房间。"梅朵的话,就像是特务接头。她知道宇峰事情多,从来不占用他更多的时间。每次约定完后,梅朵就不再给宇峰去电话,而是安静地等着宇峰。倘若宇峰有突发事情,自然会与她联系。

她的这些原则,也是宇峰十分满意的,所以,他们之间才存在多年的关系。

和宇峰约好之后,她给丈夫打了个电话,安排了明天的事情,并嘱咐丈夫多买些鞭炮和香烛、纸钱。

第一章 灭顶之灾

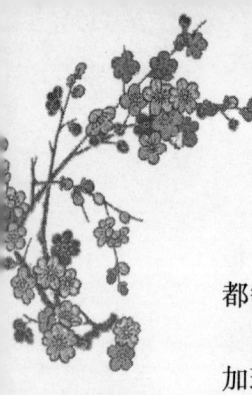

丈夫说:"嗯,我一会儿去办这些事情。你多久能到家?我和丫丫都等着你呢。"

梅朵早已盘算好了,今夜就和宇峰住宾馆,于是说:"我今晚还要加班,县里还有很多事情等待处理。你对丫丫说,我明天直接到大姨妈家。"

挂断了电话,丈夫韩寒有些失望。

梅朵知道,宇峰不会太早赶往花都酒店,所以,她也晚上九点才赶到酒店。当班的经理对她说:"你的朋友已经到了。"

梅朵没有料到他今天会这么早来,心里揣摩:莫不是老家伙真的想我了?还是他有消息要通报?总之,她觉得宇峰今晚有点儿异样,不像从前,总是很晚才赶过来。不管怎么说,他早来了,说明他心目中还是有我的。梅朵转念一想,这可是洪灾之后他们第一次约会。难道是洪灾让宇峰改变了?她一边想着,一边加快了脚步。

她想给宇峰一个惊喜。按响门铃后,她选了一个隐蔽的地方躲了起来。宇峰打开房门,看没有人,又将门关上了。她又去按门铃,再一次躲起来。这一回,宇峰没有关门,而是走出门,四下观望了许久。就在宇峰转身准备回去的时候,梅朵从后面出来,快步走上去,从后面抱住了宇峰。

她紧紧地搂着宇峰,缠绵了许久,然后娇嗔地说:"我要一辈子都这样搂着你。"

宇峰将她背起来,走进房间,转了一圈,而后说:"现在该下来了吧,我的小美人?"

梅朵撒娇道:"我才不呢。我下来你就要欺负我,嘻嘻。"

宇峰说:"我再背你一圈,你就下来好吗?"

"好吧。"梅朵在后面轻轻抚摸着宇峰的头和脖子,让宇峰有一种麻酥酥的感觉。

宇峰说:"小家伙,不要这样,我好痒啊。"

梅朵却说:"就是要你痒痒的,嘿嘿。"

趁梅朵不注意,宇峰将梅朵突然摔到宽大的床上。

梅朵挣扎着说:"你是个大坏蛋,说话不算话的大坏蛋。"

梅朵还没说完,宇峰已经将她像抱小猫咪一样抱在怀里,热辣辣的嘴唇贴到了一起。

像梅朵这样不仅年轻貌美而且善于调情的女人，总让宇峰这样的中年男人着迷。

激情过后，梅朵给宇峰煮了香甜的咖啡。宇峰品了一口，说："嗯，很不错，火候掌握得非常好。"

梅朵双手托腮，少女一般看着改变了她命运的男人。

宇峰问道："怎么，不认识了？为什么用这种眼神看我？"

梅朵讨好地说："是不认识呀。你今天怎么这样有激情啊？难道你是越活越年轻了？好久没有体会到男人的温情了，你今天的表现，让我十分满意。"梅朵故意这样挑逗他。

他立刻放下咖啡，抱紧梅朵说："是不是还要啊？"

梅朵假装挣扎，表情夸张地说："大爷，你饶了小女子吧，小的给你磕头了……"

两人都忍不住笑了起来。

随后，宇峰问道："龙山现在的情况怎么样？"

梅朵说："一切照旧，我的州官大人。"

宇峰笑了，说："好了，不是谈工作的时候。"

梅朵紧靠在他的肩膀上，说道："这样才乖呀。哦，对啦，我去龙山很久了，很想回市里来，要是老这样两头奔忙，我就会很快老去的。一想到丫丫，我的心里就不好受。"梅朵当然知道，即便是想打探消息，也不能直来直去，要讲究一些策略。

宇峰抱着她，一边轻轻地摇摆一边说："你的情况，我当然清楚。你现在不是一般的干部呀，要回来，总要有个相应的位置啊。"

梅朵轻轻地吻了宇峰的面颊，说："难道你就真的一点儿也不心疼我吗？"

宇峰说："看你说的，我是那种人吗？你要回来，要么升职，要么平调，总要有位置呀。我总不能让你埋怨我吧？"他随后又说："最近嘛，干部倒是需要动一动，市里面的领导也要动啊。"

梅朵立即顺着问："市委和市政府都要动吗？"

宇峰没有任何防备地说："是呀，牵一发而动全身啊。市政府的主要领导要动，当然也会涉及市委的其他领导，市政府还缺副市长啊。"

梅朵盯着他的眼睛。停顿了半晌，宇峰才明白了梅朵的真实意图。不过，他还是忧虑地说："上级是有配女副市长的这种要求，但是，实际的难度还是很大的。"

第一章　灭顶之灾

梅朵知道，他是在说她的条件比较牵强，只要有人提出不同意见，她就上不去了。但是，她同样听出了弦外之音，就是说她有这个机会。她故意自我解嘲："我又没有说我想当副市长，我回到市里就行。"

宇峰没有回绝她，也没有答应她，而是转移了话题，说："最近，省委的主要领导也在考虑龙城的干部问题。听说，临市的副市长明风极有可能到我们龙城来。当然，这还是没有经过证实的消息，你不要对外人包括家人讲。"

梅朵说："嗯，你说的那个明风就是省委副书记……"

宇峰表情严肃地说："是啊，不过，不知道是真是假。说实话，我现在又当爹又当妈，已经很难受了。我倒是希望省上早做定夺。"

梅朵关心地说："是呀，这么大的一个市，你一个人担子太沉重了。所以，我担心你的身体呢！你可要多注意休息，该减少的应酬就减少。"

宇峰说："是的。"

这时，宇峰的电话响了，是老婆打来的。宇峰接完电话，对梅朵说："实在不好意思，我儿子和媳妇从外地回来，现在正等着我回去团聚呢。"

梅朵上前抱住他，在他耳边轻轻地说："回去吧。我会在梦中想你。"说完，她在宇峰的面颊上吻了一下，说："亲爱的，你慢一点儿，注意安全。"

宇峰一走，梅朵一下子放松了，慵懒地躺在宽大的床上，思索着宇峰刚才说的话。她断定，机会一定有，就看自己怎么把握了。地产大亨阿峰的影子出现在她的脑海里。

别看阿峰只是民间地产商人，他的力量却是不能低估的。他不仅在市里面有千丝万缕的关系，就是在省里的部委办局，他也八面玲珑，要办一件事如探囊取物。现在这个当口，梅朵急着用人之际，也顾不得他有负面传闻了。

阿峰和她有一两年的关系了，一直垂涎她的姿色。现在，随着梅朵的仕途不断走高，阿峰更是高看她几眼。在梅朵的心目中，阿峰现在对她是有求必应的。

一个大胆的想法渐渐在梅朵的头脑中形成。她拨通了阿峰的电话。

"阿峰啊，我是梅朵。你在哪里呢？"

电话里传来嘈杂的音乐声，还夹带着女人娇媚的声音。梅朵断定，阿峰正在鬼混。

梅朵的判断一点儿都没错。此刻，阿峰正在和建设局的领导们在一起，为一块即将涨价的地块公关。他们从桑拿房出来，来到KTV包间，叫来了陪唱小姐。接到梅朵的电话，他立刻将怀里的小妹推开，向其他的朋友点点头，然后走出了包间。

"梅朵啊？我这里太吵了。你怎么想起我来了？"听到梅朵的声音，阿峰立刻来了兴致。

"怎么，不可以呀？"

听见梅朵生气了，阿峰笑着说："呵呵，我的大美人，大官人，你还真的生气呀？我是和你开玩笑呢。"

梅朵也见好就收，说："我现在心情很好，需要你来分享呢。我在花都酒店，你多久过来？"

阿峰犹豫了一下。面前的这些官爷，他也是得罪不起的。他心中暗自叫苦。不过，他还是说："这样吧，我把这面的事情应酬完了就过去。你要谅解，我也是人在江湖啊。"

梅朵也妥协道："好吧。花都908。我等你。"

挂断梅朵的电话，阿峰心里有些兴奋。他揣摩着，这个女人说有事情和他分享，这是过去从来没有过的。过去，这个女人总是一副高贵娇羞的模样，他想给她什么，她都总是推三阻四的。今天真是太阳从西边出来了，她居然主动找上门来了。他不是傻子，知道梅朵一定有事求他，而且一定不是小事。想到这些，他又仿佛看见了梅朵娇羞艳丽的面容、丰满妖娆的身躯，还有那一双永远让他着迷的水汪汪的大眼睛。梅朵可算是龙城绝无仅有的极品美眉，他能占有她，心里自然万分满足。

阿峰虽然是龙城显赫的地产富豪，但实际年龄也就三十出头，比梅朵还要年轻。不知道是姐弟恋大行其道，还是阿峰个人的喜好，他偏偏就对梅朵着迷。在他的内心，梅朵就是女人的全部。他身边的女人成堆成群，但在他心目中，没有一个能和梅朵相提并论。

阿峰做梦也没有料到梅朵居然有当副市长的机遇。听完梅朵介绍，他有些兴奋，上下打量一番梅朵，然后疯狂地将梅朵抱起来，在半空中旋转半天。最后，两人双双倒在床上。

梅朵觉得，面前的阿峰似乎也有帮助她当副市长的强烈愿望。不管

第一章 灭顶之灾

阿峰的目的是什么,至少两人的目标一致了。她闭上眼睛,心里暗想,要是阿峰真的倾情帮忙,这件事情就不会一点儿希望都没有。

见梅朵闭上眼睛,阿峰以为她在暗示他,于是粗暴地解开梅朵的上衣。她推开阿峰,嗔怪道:"这么急呀?再聊一会儿。"

她起身穿好了衣服。

阿峰坐直身体,认真地问:"你有什么打算呢?"

梅朵说:"我要是有主意,还来找你干吗呢?"

梅朵的话让阿峰觉得舒服。至少说明,他阿峰在梅朵心目中有一定的地位。这是梅朵的人生中重要的转折时机,能与她一起分享,一起出谋划策,对他来说是求之不得。阿峰不是没有眼光的愚昧商人,他知道,面前的这个女人,对他今后的生意是绝对有帮助的。在她身上花再多的银子,也是值得的。他心里偷偷乐了,心想,我阿峰也是个有福之人,既有艳福可享,又有生意上的潜在发展。这样的好事,天底下能有几人享受过呢?他说:"嗯,你让我想一想,该从哪里开始突破。"

梅朵笑眯眯地说:"你也不要过于乐观。现在只是有这个迹象,并不一定就真的能实现。"其实,她内心想的是,只要你这个傻瓜能大把地出钱,总有我出头的机会。她还想知道,这个有钱男人愿不愿意出钱帮她打点。

梅朵的话音刚落,阿峰就说:"亲爱的,相信一个亘古不变的真理:有钱能使鬼推磨。"

梅朵说:"有钱固然多一个砝码,不是还有另外的因素吗?"

阿峰接着说:"是有其他因素,比如你的基础条件。还有,需要打通哪些关键环节,弄明白这些东西,就成功了一半了。我看,值得投入,而且应该重金投入。"

这话当然是梅朵愿意听的。她用手把阿峰的脑袋扶正,屏住呼吸,认真看了许久,极度夸张地说:"士别三日,当刮目相看啊!我这男人怎么就像前无古人后无来者的东方朔呢?有分析,有判断,有前瞻性,有贴近实际的操作手法。小女子钦佩,钦佩呀!"她的这番搞怪,让阿峰也很受用。他伸出手,抱着梅朵的头,说道:"怎么,以前没有发现我是转世的东方朔呀?"他说完,亲了她一下,夸张地说:"好香啊,十里之外都能闻到的处女香哦……"

两人闹腾一番之后,又回到正题上。

阿峰说:"你说吧,怎么出手?我这边负责出钱出力,你自己负责整体谋划。说说，市里面需要打通哪些环节？"

梅朵说："市里面，面不要太宽，也就一两个人。"

阿峰说："那就是书记和部长呗？公关的事情我来安排，不用你出面。对了，你姐姐不也是常委吗？她就一点儿力也不能出？"

梅朵说："算了，这种事情，不要把她牵扯进来。"

"好吧。省里呢？你有关系吗？我倒是认识几个人，我给你开一个名单，你确认一下，我再行动。"阿峰说。

梅朵问："省上你有哪些人啊？"

阿峰说："多了。厅局级不管用吧？"

梅朵说："嗯，厅局级的就算了。"

阿峰说："按我的经验，办这种事情得走迂回路线，最好是先找几个已经退居二线的老领导，让他们牵线搭桥，然后找一两个关键的人，那样就水到渠成了。人大和政协这边我有几个熟人，可以到省领导这一级。这样的事情是不是要省委和省政府的主要领导拍板啊？直接能联系的，我没有硬关系了，副书记和副省长倒是可以。"

这个平时自己并没有看在眼里的男人，居然在这些问题上显得有条不紊，十分在行。梅朵开始对他刮目相看，她没打断他的话，听他继续说。

"北京的关系我也有一些，如果需要，也可以跟他们取得联系。我觉得，要是北京有人能够斡旋的话，比省里的出面还要容易一些……"

听他说完，梅朵说："很多我没有想到的地方你都想到了，我要成功的话，你就是最大的功臣了。"

阿峰凑上前，在她的嘴上亲了一口，问道："那么，美人儿，你要怎么谢我呀？"

说完，他将梅朵抱在怀里。

梅朵挣脱了阿峰的怀抱，说道："不要急，我去洗澡。"

说完，她走进了洗澡间。

在洗澡间里，梅朵看着自己的身体，想起刚才和宇峰的事情，不禁觉得自己有些无耻，她使劲冲洗着身体，好像担心阿峰发现蛛丝马迹似的……

次日清晨，梅朵醒来时，身边的阿峰还在酣睡。她见阳光都已经照到窗户上了，立刻翻身起来。她的动作惊醒了阿峰，阿峰将她一把揽

第一章 灭顶之灾

住,一脸坏笑。

梅朵说:"别闹了。我答应女儿今天回去陪她。你知道吗?我都两个星期没见到孩子了。"

阿峰看着梅朵,倒还心生了感动,说道:"你们女人,也真是不容易,除了忙事业,还要照顾孩子,即便是照顾不上,心里也还装着孩子。"

梅朵戳了阿峰的鼻子一下,说道:"知道我们女人多不容易吧?你还欺负我。"

阿峰理解地说:"你先走吧,晚些时候我们再联系。"

梅朵走出花都酒店,仰头看了一眼宾馆的全貌,这才发现晚上的宾馆和白天的宾馆简直天壤之别,晚上灯火辉煌、魅力四射的豪华外观,白天看起来却是那样的质朴和普通。她突然觉得,男人和女人之间的事也和这个宾馆的黑夜和白天一样。彼此充满神秘的时候,就像晚上的宾馆,有一种强大的魔力吸引着你,要是明白过来了,就像这白天的宾馆,一切神秘的外衣退去,还有什么值得稀奇的呢?

在车上,她接到了丫丫的电话:"妈妈,我想您了。您怎么昨晚上不回来呢?我梦见您给我买了麦当……"

梅朵心疼地说:"哦,我的小乖乖,想吃麦当劳了呀?妈妈给你带回去好吗?"她对司机说:"师傅,麻烦你在麦当劳的附近停一下。"

到了麦当门口,梅朵下车买了鸡翅、鸡块、薯条,外加可乐和汉堡,然后急匆匆地重新上路。

路上,她打电话给韩寒:"老公,东西都准备齐了吧?"

韩寒说:"你交待的事情,我会马虎吗?你多久到啊?我们快到姐姐家了。"

梅朵说:"辛苦你了。我在路上了,还给丫丫买了麦当劳。"

韩寒说:"是吗?刚才我也给她买了。人家说了,妈妈的话不能全信,也不知道你什么时候才赶回来。这是丫丫的原话啊。"

韩寒的话让梅朵顿觉羞愧。她长期不在丫丫身边,女儿都对她有怨气了。她摇摇头,眼泪险些流出来。

梅兰打开房门,说道:"你就是不听我的,老给孩子买这些垃圾食品干吗呢?"

梅朵没有理会姐姐的话，对丫丫说："乖乖，过来，看妈妈给你买什么东西来了。"

丫丫跑过来，高兴地说："麦当劳。"

梅朵问道："喜欢吗？"

丫丫说："刚才已经吃过了，爸爸买的。"说着，她将麦当劳递给了一旁的小梅儿，说道："姐姐，给你吃吧。"

梅兰却在一边说："小梅儿，少吃垃圾食品啊。"

小梅儿没有要。

丫丫失望地对梅朵说："妈妈，您买的麦当劳没有人要，您自己吃吧。"说完，她把东西塞进梅朵的手里，跑过去和小梅儿玩儿去了。

梅朵突然觉得十分委屈，眼眶有些湿润。她仰头看见母亲的遗像，突然掉下了心酸的泪滴。

韩寒走过来，默默地拉着她的手，示意她不要哭了。她扑到他的怀里，忍不住抽泣起来。

韩寒对丫丫说："丫丫，快过来，哄哄妈妈。"

丫丫生硬地说："我才不来呢，我们小孩子都不哭，妈妈还要哭啊。"

她的话让梅朵更伤心了。

梅兰走过来，说道："梅朵，今天虽然要去祭奠母亲，也不至于这样吧？"

午后的阳光，照耀着阴森的龙城公墓。

梅兰和梅朵两家人来到母亲的墓碑前，点燃香烛、纸钱之后，分批地跪拜。触景生情，梅兰和梅朵控制不住情绪，两人的眼眶里不断涌出晶莹的泪珠。何华德和韩寒两个大男人也泪眼蒙眬。

还不太懂事的丫丫问："妈妈死了之后，我也要来烧香吗？"

梅朵终于哭出声来。

韩寒把丫丫抱在怀里，对她说："妈妈不会死的。"

丫丫又问："外婆怎么会死呢？"

丫丫的话让所有的人心里都沉甸甸的，尤其是梅朵，有一种窒息般的痛楚。

梅朵跪在母亲的坟墓前，久久地俯在冰凉的石板上，身子不断地抽搐。梅兰也一样。母亲死去时，她和梅朵都在抗洪救灾的前线，不但没

能见母亲最后一面,也没能参加出殡仪式。两姊妹的哭声在墓碑林立的公墓里,显得更加悲凉。

离开公墓不久,梅兰和梅朵的电话响起来了。小梅儿着急地说:"妈妈,小姨,你们不会又要走吧?"

两个男人的目光落到了两个女人身上。

梅兰和梅朵无言以对。

原来,市里面要召开全市干部大会,这是洪灾之后的第一次全市干部大会,要求副处级以上的干部全部参加。会议的主题是:加油鼓劲,全面恢复生产、生活。

只听见梅兰说:"好的,材料我都看过了,我一会儿就赶到办公室。你放心,其他的事情我来安排。"

梅朵却对电话那一端说:"可以,知道了。不用不用,我现在就在龙城市区。你们几点到?嗯,好,两点见。"

显然,两人的电话内容都是一样的。梅兰望了梅朵一眼,失望地说:"看来,今天的聚会只能到此结束了。"

梅朵无奈地摇摇头:"又能怎样呢?"

何华德抗议道:"你们走好了,我们继续不行吗?"

韩寒也抗议似的看着两个模样相似只是年纪不同的女人。他没有说话,但目光里流露出了些许不满。

梅兰说:"我建议,咱们一起到饭店里吃个饭,之后大家各自行动。"

何华德问道:"我买的那些菜怎么办?"

懂事的小梅儿建议说:"还是回家吃吧。"

梅兰说:"各位,安静。你们可能还没有理解我的意思。时间来不及了。要不然,你们回去吃,我就回单位了。"

韩寒说:"那怎么行,就你一个人走?"

梅兰本来不想说的,还是忍不住说了:"你们俩也要和我们一起参加会议,副处级以上的干部都要参加。"

两个男人无话可说了。

小梅儿对尚不懂事的丫丫说:"哎呀,真可怜呀,又要剩下我们两个了。"

韩寒提议说:"要不这样吧,小梅儿,你说想吃什么我们就去吃什么好了。"

小梅儿说:"真的呀?"

她回头看看梅兰和何华德。

梅兰说:"好,给你一次决策的权力。"

何华德加了一句:"反正家里都是女人当家,大的小的也都一样。"

所有人都笑了。

小梅儿提出要吃西餐,这让几个大人大失所望,不过,谁也没有提出反对意见。

吃饭时,韩寒和何华德先后接到了开会的通知。

韩寒看了梅兰一眼。

梅兰说:"看我干什么呀?又不是我让你们去的。"

韩寒说:"因为要开会了,我想从领导的脸上偷窥点儿蛛丝马迹。"

梅朵也起哄道:"哈哈,当领导的,当然要让人揣摩了,嘻嘻。"

梅兰说:"这里有领导吗?如果有,也是老何和小韩呀。哪里轮到我了。"梅兰心里清楚,丈夫其实一点儿也不稀罕她当领导,这样让他十分憋屈。

会议在市委大礼堂召开。会上,市委书记宇峰首先传达了省委省政府对龙城的关怀以及对龙城重建的优惠政策,随后向大家介绍了省指导工作组的成员:省委办公厅副秘书长、省政府办公厅副秘书长,还有其他厅局委办的负责人,最后是临市副市长明风。省指导工作组成员怎么会有临市的副市长?宇峰书记是这样解释的:"之所以派明风副市长参加指导工作组是因为龙城需要临市的支援。龙城离临市最近,龙城的灾后重建离不开临市的大力支持和帮助。省领导给临市下达了死命令,要临市在援助方面竭尽全力。为更好地调配临市的各种资源,也为加快龙城灾后重建的步伐,让临市的副市长明风同志进入省里面下派干部的行列,可以加快龙城的重建工作。今后,龙城的干部要全力以赴地配合明风副市长的工作……"

虽然宇峰说了这么多解释的话,可干部们心中都有一个心结:省里面会随便安排一个人吗?这不是让明风来挑龙城市政府的大梁还是什么呢?大家也知道,省里还没有最后决定,也就是说,现在对明风是在考察中。但是,大家都明白,列入考察范围的干部没有不过关的。

最关心省委重大决定的莫过于有升迁想法的龙城干部,比如梅兰,还有尚没有引起大家关注的梅朵,她们对省里的决定充满了浓厚的兴

趣。至少现在可以判断,这个明风是省主要领导的红人,要不然,怎么可能启用他来做市长呢?按照这样的思维推理,要是他来做市长,对市政府常务副市长和空缺的副市长的位置,他就有话语权。

梅兰和梅朵能不对明风感兴趣吗?

梅朵不知道,梅兰早就和明风建立了关系。开完全市干部大会后,梅朵立刻意识到,明风就是她现在应该接近的关键人物。

可怎样接近他呢?

她清楚,梅兰接近他的机会很多。可她不愿意让梅兰知晓这件事情,也不愿意让梅兰牵扯进来,否则只会弄巧成拙。

散会后,梅朵想马上赶回龙山。

韩寒过来和她打招呼:"怎么样,明天再走行吗?"

梅朵歉意地说:"刚才县里的书记已经发话,明天上午八点半召开全县干部大会,我得回去了。"

韩寒失望地问:"什么时候走,能回一趟家吗?"

梅朵看看时间,已经下午五点了,为难地说:"你等会儿,我问问其他的干部怎么安排的。"

韩寒在一边等着她。

过了一会儿,梅朵回来说:"可以回去一趟,晚一点儿有车来接我。"

韩寒脸上露出了微笑,说:"走吧,丫丫可是盼着你回去呢。"

其实,梅朵明白丈夫的真实意图。俗话说,小别胜新婚。他拿孩子说事,其实是想和她亲热了。

梅朵上了韩寒的车,仔细地看了看丈夫。他原本消瘦的身体现在更加消瘦了。丈夫的目光虽然像往常一样淡定,但她隐约能感觉到丈夫对她的不满。丈夫是个有教养的知识分子,很会掩饰他的情绪,即使有很大的怨气,他也不会显露在脸上。

韩寒越是这样,梅朵内心越不好受。他如果能把不满发泄出来,或者不满时和她大吵一架,梅朵反而会踏实一点儿。他这个样子,梅朵真的担心,有一天他会扛不住而突然倒下。

下车后,梅朵立刻挽住他的胳膊,做温顺女人状。

韩寒笑笑,说:"你突然这样,我还有点儿不适应。"

梅朵趁机捅了一下他的胳肢窝,他知晓韩寒的软肋,一捅那里他就会忍不住笑。

韩寒果然大笑着挣脱了她，嘴里说："你干吗呀？都老夫老妻了，也不怕别人笑话？"

他们一回到家里，丫丫就黏着爸爸不放。梅朵在家里待的时间不多，丫丫也不和她亲热。她也顾不上这些，因为一会儿就要走。她对丫丫说："乖丫丫，你自己玩啊，我和爸爸还有事呢。"

她说完，就让韩寒先进卧室。

梅朵做出这样的举动，完全是因为她有愧于丈夫。没想到，韩寒不知冷热地说："大白天的，你要干什么呀？"

这话让梅朵立刻没了兴致。她冷冷地看着这个熟悉的男人，有了一种陌生感。这还是我的男人吗？他何时变得这般懦弱了？她潜意识里不自觉地把韩寒与阿峰、宇峰做了一番比较，觉得三个男人中，丈夫是最没有男人气质的。

正在这时，丫丫过来敲门，喊道："爸爸，出来陪我玩啊。"

韩寒看了梅朵一眼，似乎在告诉她，他多么有预见性。可他哪里知晓，面前的女人开始是理解他，继而是同情他，现在却在蔑视他了。

房门打开之后，丫丫进来，将韩寒拉走，冷冷地说："爸爸，不要和妈妈玩，和我玩呀。"

韩寒走出了卧室，房间里留下了孤零零的梅朵。她茫然地看着窗外的车流和人流，意识到她已经被家遗弃了。

韩寒进来招呼道："梅朵，你出来和大家说说话呀。"

她走出房间，勉强地向两位老人问好，内心却有莫名其妙的大火，不知道该冲谁发。丈夫？老人？还是孩子？她觉得自己太失败了。

她强装笑颜说："丫丫，妈妈走了。爸妈，我走了。"

韩寒面无表情地看着她，只有婆婆问道："吃完晚饭走行吗？"

"不了，时间来不及了。"梅朵说。

韩寒并没有劝她，看着她走出了房门，走出了小区。

梅朵出门就给阿峰去了电话。

阿峰问道："我的美人，让我去找明风吗？"

精明的阿峰，什么消息都瞒不过他。他对梅朵的了解，早已超越了她同床异梦的丈夫。谁知，梅朵并没有高兴起来，只是懒洋洋地说：

第一章 灭顶之灾

"你在哪儿呢？"

阿峰说："我喝咖啡呢。你要来吗？我让人去接你？"

梅朵有她的准则，她不是没有规矩的女人，不会随意接受邀请，包括情人。她大白天是绝对不会在公开场合与阿峰成双入对的，阿峰只是她的棋子而已。

她说："不，我马上回去开会。你不用马上行动，但你可以考虑一个方式。"

阿峰说："我不光认识明风，还认识他叔叔明成。我们打过交道。你知道吗？当我知道明风可能主政龙城时，心里就踏实了不少。"

阿峰的话让梅朵感到有些意外。她放慢了脚步，心里暗想，莫不是上天真肯帮我？她问："这么说，你真有把握？"

阿峰说："事情成不成也不是这个关系就可以决定的。不过，这个关系肯定没问题，我还可以直接找他叔叔。"

梅朵满意地说："那更好。我马上要回龙山，可能这几天都走不开。你要抽得出时间，可以来龙山找我。"

阿峰脸上堆起了笑容，心里想，这个女人现在终于肯主动委身了。他嘴上却说："嗯，我看看这几天的安排再定。"

事情到这个份上，梅兰有些紧张。她在官场中混迹这么多年，知道现在对她来讲是非常重要的时刻，虽然会有很多困难，但只要有市委书记宇峰做推手，她的升迁不是没有可能。

全市干部大会后，宇峰就找到了她，说："省上已经开始动作了，你有什么考虑呢？"

宇峰当然希望，梅兰能在他的帮助下在仕途上再往前迈一步。

梅兰想了想，说："我当然愿意过去，但这不是我能做主的啊。"

宇峰提醒道："你可以单独去找明风，探探他的底。我去找省里的有关部门沟通。我想，省里可能在考虑龙城市的班子问题了，也许过不了几天，就会和我交换意见。你这段时间谨慎一点儿，我知道该怎么做。"

梅兰说："谢谢你。"

宇峰看着面前的她，感慨地说："谢什么。你跟了我这么多年，也该有独立的天地了。"

见宇峰动了真感情，梅兰说："实际上，去不了也没有什么。跟着你不是也很好吗？到市里，我一下子还难以适应呢。"

其实，她这些话都是违心的，是在宽慰宇峰这个老头子。

离开宇峰办公室，梅兰走进了明风的临时办公室，进门就乐呵呵地问："明市长，还有什么具体工作需要我帮你解决？有什么事你直接盼咐，反正我是管理生活杂事的。"

明风立刻条件反射地站起来，说："不不不，秘书长，你千万不要这样说。你也是我的领导呢。我看，一切都安排得很好了。"

梅兰说："我怎么是你的领导？现在你不是副市长，而是省指导工作组成员。你是考我的政治觉悟呀？"

两人并不陌生，而且还有过一见钟情的那个夜晚，之所以说这样的话，是因为在办公区。要是离开办公区，两人还这样做，他俩都会觉得滑稽可笑。

明风问："秘书长，有事？"

梅兰瞥了他一眼，说："没事，随便问问。今晚你有安排吗？"

明风明白她的暗示，眨了眨眼睛，说："有是有，不过，我可以找个理由不参加。"

两个人诡秘地笑了。

明风打电话向工作组的负责人请了假，挂断电话后，冲她做了个鬼脸。

梅兰故意说："我怎么不知道你有事呢？"

两人说话的时候，梅兰接到宇峰的电话，让她立刻到省委办公厅副秘书长的办公室去一下。

其实，梅兰并不是那种滥情女子。她喜欢明风，并不代表每次见面都要有那种事。她约明风晚上见面，主要是想弄明白明风的底细。

晚上，梅兰见了明风就说："明市长，今晚我做东，吃西餐怎样？"

她想寻找一个温馨浪漫的地方。

"好啊。在我的印象中，我去西餐厅还是上一回带儿子去过。想起牛扒来，我还真有点儿馋了。"

用餐时，明风要了鸡尾酒。他十分享受地喝了一口，说道："哎呀，咱们这代人总是有这样那样的约束，咱们的下一代就自由多了。你看看，这里哪有咱们这样年纪的啊。我们简直就成了怪物。我们常说要防止文化入侵，现在看来，人家的文化战略让人防不胜防啊。现在的消费

第一章 灭顶之灾

者哪里还管什么侵不侵略呀,哪里好玩,哪里新潮,就往哪里钻。"

梅兰乐呵呵地说:"我们的明市长还很有民族情怀嘛。不过,叫我说呀,这种提法不一定准确。这些没有条条框框的年轻人图什么呀?不就是舒适、开心和好玩儿吗?这些东西说到底,就是一个服务配套和服务人性化的问题。不要说那些孩子,咱们不也一样想找舒服干净的地方吃饭和休息吗?所以,不能怪别人侵略,而要从自身找原因。"

梅兰的话让明风对她刮目相看。他盯着梅兰的眼睛说:"梅常委,你的观点令人钦佩呀。"

梅兰说:"别那么夸张,我只随便说着玩的。"

明风贫嘴道:"要是你认真说,我可能就听不懂了。"

梅兰瞥了明风一眼,话锋一转,幽默地说:"据我的判断,面前的这位男士莫不就是龙城的市长大人?"

明风立刻说:"没有人这样说过,即便有,也是尚无依据的传言。"

梅兰又说:"老百姓常说的'无风不起浪'听说过吧?"

明风也改变了口气,说道:"我早就看出来了,梅常委也是一个追求上进的人。"

梅兰也不否认,静候着明风的下文。

明风喝了一口鸡尾酒,说:"这样吧,你要真有这样的想法,我倒可以给你介绍一个人。"

梅兰按兵不动。

明风见只是自己一边热,没见梅兰说话,问:"怎么?你原来不感兴趣啊?那就算我多嘴了。"

梅兰淡淡一笑,说:"谢谢。原来你也是我的贵人啊。"

明风神秘地问:"明成副书记你认识吧?"

梅兰说:"认识,但没有交往。"

明风又说:"他后天要来龙城,没有通知任何人,是一次暗访。"

梅兰一阵惊喜,心想,明风能和她说这件事,就一定会让她见见这位省里的主要领导,但她嘴上却开玩笑地说:"你都知道了,还叫暗访呀?"

明风说:"我是他家里的人。他来总要有人接待吧?你要是愿意,和我一起见见他。"

梅兰说:"我是龙城市委秘书长,我偷偷去见莅临市里的省委领导,书记知道了怎么办?你这不是让我犯错误吗?"她故意摆出这个姿态,其实是想试探明风的底细。要是他真的一口应承下来，说明明风就是组织安排的市长人选，明风和她套近乎，也是考虑他自己势单力薄，想找几个政治伙伴。现在看来，她梅兰很可能是明风要拉拢的第一个人。

明风果然露出了庐山真面目，压低声音对她说："这种时候，特殊手段还是需要的。当然，面上的事情一定要处理到位，不能弄出尴尬局面。你是老领导了，资历比我还长，这点儿道理你不懂吗？当然，我会让明副书记感觉我们不是有意而为的，只是一种巧合。再说，明副书记是我的长辈，他不会在这件事情上怀疑我的。"

梅兰端起果汁，诚恳地说："嗯，谢谢你，能得到你的关照是我的荣幸。"

两人心照不宣，彼此都明白对方需要什么。

明风有自己的算盘。过一段时间，组织上明确宣布他任龙城市市长的话，如果自己没有核心班底，他怎么操控这么庞大的一个市？梅兰在龙城政坛也算是有根基之人，长期在市委工作，本人也是市委常委，她的关系在龙城可谓四通八达，要雨得雨要风得风。要是能和她搭档，下面的很多工作靠她去做，即使遇到麻烦，熟悉情况的她自然会出面解决。另外，让她做二把手，可以省去和市委之间的矛盾。宇峰是个绝对的铁腕人物，要想在龙城的政坛掀什么风浪，没有他的首肯，那是痴人说梦。因此，启用他身边的人，尤其是跟他多年的梅兰，宇峰不但不会为难她，还会主动为她打开局面。

明风说："哪里呀，要是我能到龙城扎根，还得靠你多帮衬呢。"

梅兰的心里渐渐有些飘飘然。她没有料到，从天而降的明风也看上了她的政治积淀，想拉她为同盟。这样，对她来说，常务副市长的位置就如探囊取物了。她十分欣慰地看了风度翩翩的明风一眼，内心有几分激动和感激，不由得脱口而出："祝你早日成为合格的龙城市民。"

明风也意味深长地看了她一眼，他觉得，此时的梅兰比白天漂亮多了。

梅兰巧妙地拒绝了明风的要求。她要仔细思考一下，下一步该怎样走。

回到家，见女儿小梅儿正在挑灯夜战，梅兰关切地问："梅儿，有什么对妈妈说啊？"

小梅儿十分懂事地说："不需要，您早点儿休息吧。"

第一章 灭顶之灾

她打开书房的门，丈夫并不在里面。她断定丈夫已经好几天没进书房了。书桌上摆放着他正在写的一个新剧本，好多天没有写一个字了。自己整天忙，几乎快将丈夫遗忘了。她产生了一丝愧疚，连忙走出书房，进了卧室。

卧室里同样没有丈夫的身影。她心里顿生些许落寞，无奈地关上卧室门，重新回到书房。

梅兰很久没有在书房里停留过了，更别说在书房读书写字了。她坐在书桌边，打开台灯，翻看书架上的那些尚未翻过的书。随后，她的目光停在书桌上的几本书上，这几本书的名字分别是《随笔》《读书》，还有一本精装的《散文集萃》。她随手翻了翻。读这些书是需要恬淡心境的，她没有闲情逸致细细品读。

她翻看这些书的时候，小梅儿进来了。她乐呵呵地问："妈妈，您也是文学青年吗？这些书您也有兴趣？"

梅兰看了女儿一眼，反问："在你眼里呢？"

小梅儿说："我觉得不像。您不能和爸爸比，爸爸看书认真，还有批注，我没看见过您读书，更没有见过您批注。"

梅兰斜着脑袋问："你是不是批评我是个不学无术的人？你要批评，就直接批评呀，怎么还拐弯抹角的呢？"

小梅儿冲她做了个鬼脸，说："我也遗传您了。"

梅兰问道："怎么讲？"

小梅儿说："不爱看书，或者说看不进去书。"

梅兰有些吃惊。女儿说了半天，原来是想给她自己找个理由，她一定是有功课考失败了。

梅兰立刻说："我提醒你，小梅儿，你对妈妈的评价是不完整的。你不了解妈妈的过去。你爸爸现在是爱看书学习，我年轻的时候也是看上他这一点，所以才和他走到一起的。过去，你爸爸看过的书，哪一本我都看过。现在，妈妈只是没有在家里看书学习，在单位一样忙里偷闲学习。你怎么能说妈妈不爱看书和学习呢？老实交代，你有什么鬼主意，还遗传我了？"

小梅儿哪里是她的对手啊，脸一下子红了，羞答答地说："妈，我的语文只考了六十八分。"

说着，她低下了头。

这个信息对梅兰来说有极大的震撼。都到高三了，语文怎么会掉到这样差的程度？这样下去，别说考不上重点大学，就是一般的本科也危险。她惊诧地看着女儿，内心焦急起来。

她对丈夫有些迁怒。你不是个作家吗？你都干吗去了？女儿语文这样差，难道你就真不关心？她尽力克制住激动的情绪，问小梅儿："你的成绩，爸爸知道吗？"

小梅儿说："他没问过。每天吃完晚饭，他都说有叔叔找他。每天他回来的时候，我都睡着了。"

梅兰又说："你爸爸是市里面著名的作家，你语文方面的问题怎么不问问爸爸呢？"

小梅儿嘟囔道："我很想问啊，可我每次找他的时候，他都不在啊。第二天我又忙着上学，也就顾不上了。"

梅兰觉得不能再斥责小梅儿了，责任都在她和丈夫身上。要是早对孩子关心，她也不至于落到这个地步。她暗下决心，今天一定要找何华德谈谈，不管他在天涯海角都要立刻找到他。她整天在外忙碌，是因为她的工作本来就抽不开身，现在她正准备往市政府调动，也是想今后能有更多时间照顾孩子。而何华德不一样，他那个副局长，每天几杯清茶一喝，几场喜剧或者歌剧一看，就没有事情了。他怎么就不关心孩子的学习成绩呢？

不过，在孩子面前，她还是和颜悦色地说："好吧，小梅儿，你学习去吧。"

小梅儿问："妈，您不会又要出去吧？又让我一个人在家？"

她抚摸着小梅儿的头，说："妈妈一会儿就回来，还要把爸爸也带回来，好吗？"

小梅儿进了小书房之后，梅兰一刻也没有停留，连书房的灯都来不及关，拿着手机就出了门。一边走，她一边拨打丈夫的电话。电话响了三次之后，她才听到了何华德的声音："梅兰啊？有事吗？"

梅兰没好气地说："没事就不能找你了吗？你在哪里？"

何华德平时最讨厌的就是她这副嘴脸，总是一副高高在上的领导的架势。他冷冷地回答："梅秘书长，现在是下班时间，我有自己的自由，你没有必要用这样的语气和我说话。"

梅兰大声说："何华德，我告诉你，我现在不是什么梅秘书长，我是你的妻子，小梅儿的妈妈。你在哪里？我现在就要见你。"

电话那一头的丈夫更生气了。"哦，你还知道你是妻子，你是小梅

儿的妈妈呀？哼！"

梅兰吼道："你快说，你在哪里？我现在就要见到你。"梅兰的语气依旧霸道，让何华德感到害怕。

此时，何华德正在和菲菲缠绵。接到梅兰的电话，他刚才还愉悦的心情即刻受到了破坏。他起身坐在床上。

心情稍微平静之后，他才对梅兰说："你不要这样子。我正在和几个朋友玩麻将。"

梅兰觉得奇怪。玩麻将？怎么会如此安静呢？一点儿麻将的声音也没有？莫不是何华德在欺骗自己？女人的直觉告诉她，丈夫身边一定有女人！于是，她说道："你说，你在哪里玩？"

她自己都能感觉到自己歇斯底里的气息。

何华德也较上劲了，对着梅兰喊："你什么意思？梅兰，我在哪里打麻将不重要，你想干什么就直说。"

两人就这样僵持上了。

菲菲捅了捅打电话的何华德，示意他不要吵了。他这才说："好了。你在哪里？我这就过去。"

梅兰说了她所在的位置，急切地说："好吧，你得快一点儿，我和孩子都等着呢。"

何华德嘟囔道："深更半夜，你让孩子出来干吗？"

梅兰不耐烦地说："不要管这么多。你出发没有？"

挂了电话，梅兰就像热锅上的蚂蚁，来来回回地在公路上走动，等着何华德的出现。

何华德见到梅兰，看见她焦急的模样，又没有看见小梅儿，立刻上前问："小梅儿呢？你不是说小梅儿和你在一起吗？"

梅兰见到他，反而没有了刚才的气焰，说："走吧，赶快回去。我答应孩子，半个小时赶回家，现在都四十分钟了。"

路上，何华德有一种莫名其妙的恐慌。他总希望在梅兰的脸上和话语中窥探出梅兰的真实意图。

回到家里，梅兰显得安静多了，非常平静地说："我刚才在外面想了很久。孩子的事情，我有责任，你也要承担责任。"

见梅兰开口只说孩子的事情，何华德的心一下子踏实了，问道："孩子怎么了？"

梅兰说:"她的语文只考了六十八分,这样下去就危险了。"

何华德奇怪地问:"是吗?她怎么没有给我说过呢?"

梅兰说:"你给她说的机会了吗?你回忆一下,哪一天你不是吃完晚饭就出去了?"

何华德低头不语。

梅兰喊道:"小梅儿,你过来。"

三个人坐到客厅里。小梅儿看看爸爸和妈妈,问道:"要开家庭大会呀?谁主持啊?"

梅兰说:"你少说这些。我们谈谈你的学习问题,不要给我打哈哈。"

何华德说:"这么严肃,把孩子吓着了。"

梅兰说:"现在不严肃,要是考不上大学,到时才欲哭无泪呢。"

何华德说:"小梅儿,不要担心,这回成绩不好,下次一定努力补上啊。"

梅兰和何华德对小梅儿的学习进行了明确的分工,并给何华德约法三章:晚上不能再出去打牌或者溜达,即便是要出去,也只能等小梅儿高考完之后。何华德内心虽然不愿意,但是当着孩子的面,他又能怎样呢?

说完这些之后,梅兰又说了她的工作近况。她说,自己想调到市政府,今后就能有更多的时间料理家务。小梅儿高兴地说:"嗯,妈妈真棒,那样,我就是市长的女儿了。"随后又问爸爸:"您什么时候才当局长啊?"

梅兰阻止女儿说:"爸爸不当局长,爸爸一直都在照顾妈妈呢。要不是你爸爸甘愿陪衬妈妈,妈妈也不会有这样的结果。"

虽然梅兰尽力突出何华德的伟大,但在孩子眼里,他还是没有妈妈成功,这一点何华德知道。梅兰说话时,他一直阴沉着脸。

梅兰又对女儿说:"小梅儿,你爸爸其实也是挺有成就的,他是全市最有名的作家和戏剧家,我还是他的粉丝呢。爸爸是值得全家骄傲的人。"

何华德骨子里就是一个文人,对官场仕途没有什么兴趣,却偏偏对艺术着迷。当一个单纯的艺术家是他的夙愿,他想当的不是局长、市长,而是文联专业作家。

见丈夫很爱听这样的话,梅兰接着说:"小梅儿,你听好了。你爸

爸是著名作家,他女儿的语文成绩很差的话,你不觉得给他丢人呀?"

何华德抬头看了小梅儿一眼,说:"以后啊,爸爸就是你的语文老师,你不懂的地方就问我。"

小梅儿高兴地点点头,开心地说:"那就好了。我爸爸的水平一定比我的老师高出一截子呢。嘻嘻。"随后又说,"爸,妈,今天我真高兴啊!你们可能都记不得了,从我上高中起,你们就没有这样认真地和我说过话。"

小梅儿无意识的这句话,让梅兰心里"咯噔"一下,感到十分自责。何华德心里也不太好受,深邃的目光里隐约包含着歉意。

梅兰将小梅儿搂在怀里,眼眶里满含惭愧的泪水。

这夜,三个人似乎真的找到了"家"的感觉。作为女人的梅兰想得就更多了。她努力使自己清醒下来,思考着这个"家"是从什么时候开始发生变化的。从什么时候呢?

其实,何华德走进她的世界时,两人的爱情也是如花般纯情的。她是在团委工作时与他相识的。那是在团委组织的一次青年诗歌朗诵会上。

他当时还在群艺馆工作。在诗歌朗诵会上,风度翩翩的何华德一出场,就让所有的女孩子尖叫。他先是文质彬彬地向大家介绍了自己,又介绍了诗作,而后才抑扬顿挫地朗诵开来,博得了满堂喝彩。他在那次诗会上崭露头角,引起了文学界的注意,后来因此调进了文化局。他从此一发而不可收,在全国各地的报刊上发表了大量的诗歌,后来还写了很多散文、小说和歌剧。

不久,组织上把他提拔为副科级干部,他的身边有很多倾慕者和追求者。当时,梅兰也被明星一般的他折服了。诗歌朗诵会后,他们就有了来往。

一天,龙城大学校报的副刊上刊登了他写的诗歌,当天的报纸受到了学生们的追捧。梅兰的爸爸出于好奇,也看了当天的报纸,对他的才气大加赞赏。

梅兰当时就对老爸说:"这人我认识,他是文化局的副科长。"

就这样,一来二去,梅兰和何华德慢慢地走到了一起。

很多人都羡慕地说,他们是现代版的才子配佳人。

他们之间开始若隐若现地出问题,是在梅兰进入组织部之后。

梅兰进入组织部后，先后在办公室任副主任、主任。宇峰部长高升省建设厅后，她也跟着上去了，并且一路扶摇直上，很快就将原本八面风光的老公甩在了后面。

她看了灯光下的老公一眼，说："我能理解你的内心世界。我们一起走过来的，我为你的过去感到骄傲。"

何华德情绪低落地说："这算是安慰我吗？"

梅兰动情地说："你看我的眼睛，我像在说谎的样子吗？"

何华德看了梅兰一眼，他从梅兰坦荡清澈的眸子里，看到了没有谎言的她，但他还是立刻回避了她的眼神。

梅兰又问："怎么，你不相信我了吗？"

何华德说："没有啊。过去那些陈芝麻烂谷子的事还有什么值得炫耀的啊？"

梅兰却说："你不要这样想。我没有忘记。"

何华德很少见她在家里这样认真。

梅兰接着说："过去的那些岁月，我压根儿就没有忘记。我知道，此生我都是你的女人……"

面前的梅兰还是当年的梅兰。梅兰没有变，而是无耻的何华德变了。他无力地摇摇头，心里掠过一丝愧疚，产生了将梅兰揽到怀里的冲动。可他最终还是没有动。他立刻换了一种思维。是啊，可以说你什么都没有变，可是，你在外奔忙，忘了这个家，忘了我的存在。我是一个活生生的大男人，不是芭比娃娃，更不是一个可以随意摆放的花瓶。我有七情六欲，我迈出这一步，你也是有责任的。

何华德的目光由温暖变为淡漠。梅兰靠近他，希望他能搂抱她，可是，他没有动。

第一章　灭顶之灾

第二章
煞费苦心

　　梅朵给阿峰打电话的意图十分明显，希望他拉拢明风，使她入主市政府的可能性增大。但她根本不知道，阿峰和明风家族早就有深层次的来往。阿峰发迹很早，二十多岁就在商界崭露头角。他混江湖时，梅朵还是纯洁的讲师，所以，尽管梅朵比阿峰年长，但在阿峰面前，她的阅历就显得苍白了。

　　阿峰是天生的商界奇才，在短短的十几年间，他把单一的餐饮业发展成了集地产、酒店、餐饮、娱乐为一体的产业集团，现在又开始进军跨省物流业。他的生意就像滚雪球似的越做越大。

　　他转型的第一个项目就和明成副书记有关。那时，明成还是临市的市长。在明成的扶持下，他拿到了第一个房地产项目。从那个项目中他虽然没有赚到银子，但却和明成建立了无人知晓的秘密关系。

　　明成家族从他的手里拿到了整整半条街的商业门面和六套住房。而阿峰在明成的帮助下，在随后接二连三的项目中取得了意想不到的成功，成为地产大公司老板。

　　随着明成的官越做越大，他的生意也就跟着越做越大。可以说，他的企业，就是明成的后花园，也是明成隐蔽的金库。

　　因此，明风暗地里也得买他几分薄面。这其中的奥妙梅朵哪里知晓。

　　梅朵和阿峰相识也是巧合。市招商局带投资商到龙山考察投资，其中就有阿峰。县委和县政府十分重视招商引资。当天，除了县长之外，梅朵也以县委常委的身份参加了接待。

招商引资实际上就是领导干部们的主要工作，县常委和副县长们每个人都有招商引资任务指标。梅朵巴不得通过这样的机会认识几个像样的客商，如果她能谈成几个合作项目，她的政绩也就出来了。梅朵在参观考察中得知，这个年轻男子是在外地发家的龙城人，基于他的企业都在外地，龙城市政府就把他也列为招商引资的对象。

龙山城市广场的城建项目，让阿峰和梅朵走到了一起。当时，龙山的建筑企业没有一家能承揽这种高质量的综合城建项目。阿峰属下的公司参与了竞争，在梅朵的帮助下，阿峰最终夺标。阿峰私下对梅朵说："我来龙山投资兴业，完全是奔你来的。"后来，梅朵也承认，阿峰的话不假，像他这样规模的集团公司，完全没有必要到资源匮乏的县城发展。

再后来，阿峰的公司在龙山扎根，一个接一个地承揽项目，现在发展成了龙山最大的税利大户了，阿峰也因而成了龙山的座上宾。梅朵在龙山县委是分管科教文卫的常委。阿峰经常解囊相助，捐资助学，兴建学校，资助贫困家庭，资助妇女儿童。只要是梅朵牵头的项目，阿峰总能身先士卒，让梅朵在省里市里挣足了颜面。此外，梅朵私下招待宾朋，接待亲友，甚至请客送礼，都和他阿峰有关。时间久了，梅朵也就离不开阿峰了，直到后来，两人演变成这种暧昧关系。

忙完了手里的事情后，阿峰决定赶到龙山，给梅朵一个惊喜。半路上，阿峰给梅朵打了个电话。

梅朵说："我现在正开会呢，过一会儿给你回电话。"

他到龙山县城时，梅朵的电话到了："你到哪里了？我不想在龙山酒店见面，那里熟人太多了。"

龙山只有龙山酒店像样一点儿，要是换了别的地方，阿峰还真觉得有点儿拿不出手。今天的客人是明风，毕竟人家是要做市长的人，层次太低的地方也太不匹配。他说："我要在龙山酒店请一个客人，已经安排好了。你不想在龙山酒店见我，你就只能等我了，这个客人对你我都很重要。"

梅朵明白阿峰对她的重要性，说："那就在龙山酒店吃饭，然后咱们换地方商量事情吧。"

要是以前，梅朵肯定不会用这种商量的语气，她会按照她的想法行事。现在，她有求人家。

第二章 煞费苦心

阿峰说:"好啊,我这就到龙山酒店。需要我接你吗?"

"不需要,我自己过去。"梅朵说。

在去龙山酒店的路上,梅朵一直在琢磨:这个诡异的阿峰今天到龙山来接待朋友,而且还说是与她和他都有关系的人。这个人会是谁呢?想了半天,梅朵也没有想出这个人是谁。但听阿峰的口气,此人一定与她的提拔有关,如若不然,阿峰决不会在这个时候让她来见与此无关的生意人。这样想着,她不由得加快了脚步。

阿峰今天的穿戴有些离谱,戴了一副茶色方框墨镜,上身穿了一件质地上乘的黑色短袖汗衫,下身着特别肥大的牛仔裤,足蹬陆战靴,头上还戴了一顶考究的牛仔帽。坦率地说,阿峰这身行头,为他增色不少,恰到好处地表现出他的狂放。他的腱子肉显露在外,为他硬朗的男人形象增添了几多野性魅力。

梅朵远远地就看到了这个有点儿特立独行的男子,走近之后她才认出是阿峰。

阿峰的打扮赢得了梅朵的好感。她天天闷在政府机关,泡在文山会海里,看见的男人们都是人五人六、西服革履,很难见到这样装扮入时的男子。

梅朵说:"你的形象能吸引很多年轻女人,也吸引了我。"说完,她就后悔了,心想,我是不是太露骨了?

阿峰却说:"不不,我看不上青涩的小丫头。我这人早熟,不喜欢唧唧喳喳的小女人。"

梅朵是真赏识阿峰这身打扮,觉得他特别有男子汉的阳刚之气。欣赏完他的服饰之后,她却满腹疑惑了:他这样打扮,要请什么样的人啊?肯定不是显赫的政要了。

进入龙山酒店最豪华的特大包间后,阿峰说:"我打个电话,让他马上过来。"

梅朵猜着他宴请的客人。

阿峰说:"你好,明市长,我是阿峰啊。对对对。你在龙城啊?我也正好在龙城,不过,我是在龙山。这样吧,你赶快过来一趟。这里有一个非常重要的朋友,需要你来陪一下。嗯,好,你注意安全。"

梅朵简直不敢相信自己的耳朵。阿峰说话的语气就像在给朋友打电话，更像是在吩咐地位比他低的人。但听他讲话的内容，他分明是在跟明风副市长通电话。

打完电话，阿峰乐呵呵地对梅朵说："再等一会儿。菜上齐之前，客人就到了。这里的泉水鱼最有名，今天这一道菜是不能省了。"随后，他叫来服务员，说："按老规矩。"

服务员领命而去。过了一会儿，XO和五粮液就送上来了。

阿峰看了梅朵一眼，又对服务员说："先给这位领导来一碗鱼翅山珍汤。"

梅朵笑笑，问道："你什么意思啊？"

阿峰说："没什么意思啊。你先喝一碗汤暖暖胃，我不希望你落下什么毛病。"

梅朵心里热乎乎的。这个年轻男人对自己还真有几分情意。她盼望着今晚的客人早点儿出现，好让她内心的谜团早一刻揭开。

过了大约一小时，客人来了。梅朵的心开始怦怦乱跳。她也是官场中人，但这一次涉及她的升迁啊！要是这一步能成功迈出，她在仕途就有了全新的起点。

阿峰出门后，她连忙推开了包间的窗户，想看看来的究竟是哪路神仙。从黑色轿车上下来的那个男人身材有些消瘦，摘下眼镜时，梅朵认出，来人正是明风副市长，龙城市政府未来的主宰者。她心里不由得埋怨阿峰：这个没大没小的家伙怎么能对明风呼来唤去的呢？这不会把事情办砸了吗？

见阿峰和明风像熟悉的老朋友一样，梅朵觉得有些莫明奇妙。她突然意识到，阿峰这样做一定另有蹊跷。

梅朵听到脚步声的同时，也听到了阿峰的说话声。

"明兄，今晚见的这位美眉不是一般意义上的美眉哦，她是我的好朋友啊。"

明风说："你阿峰老弟相中的女人，一定是绝色美眉。"

阿峰极力辩解说："明兄，不是这个意思。她只是我在龙山搞合作项目时认识的当地领导，你可不要想歪了啊。"

明风说："这么说她是龙山的干部？"

阿峰说："是呀。不过，她还蒙在鼓里呢，我还没有告诉她你明市

长的身份。我不是糊涂虫。要是她知道了,反而就拘束了,说话喝酒就放不开了,所以,今天咱们只是朋友聚会,没有上级,也就委屈你了。"

明风说:"还是阿峰老弟办事有水平。我就喜欢你这样的人,生活和工作都会非常愉快。"

显然,今天的聚会是阿峰精心策划的,而明风也果然是他的老熟人。至于他们熟到什么程度,梅朵也不得而知。阿峰让她佯装什么也不知道的想法和她不谋而合。

明风进了大包间,突然惊呆了。他看了看梅朵,十分吃惊地冲梅朵说:"怎么是你呀?"

梅朵下意识地往后一缩,有些口吃地说:"怎么,怎……么了?你……认识我吗?"

明风哈哈大笑,说:"世界真是太小了!你怎么也跑到龙山来了?"

明风一定是认错人了,说不定把自己认成了梅兰了。梅朵心里有些不快。难道我真的有那么老吗?她纠正道:"这位老兄,你认错人了吧?我不认识你呀。"

明风仔细看了看梅朵,又回头问身边的阿峰:"怎么会有这样的巧合呢?她姓什么,叫什么呢?"

阿风说:"姓梅,名朵,是龙山县委的宣传部长。怎么啦?老兄,你真的见过她吗?"

明风说道:"这就奇怪了。明明就是她呀。你不是梅兰吗,怎么又成了梅朵了啊?"

阿峰和梅朵都笑了。梅朵冤枉地说:"这位大哥,梅兰是我姐姐,她和我不是一岁两岁的差距。你的眼神不好吧?"

明风这才醒悟过来,立刻道歉说:"不好意思,不好意思,我真的看错了。不过,也不能怪我。一来你们姐妹长得太漂亮,二来你们长得太像。你们两人不在一起,我这老眼昏花的人认错了也是正常的。长得太像了。"

梅朵立刻说道:"大哥,你坐吧,我没有责怪你的意思。你和我姐姐也认识,这不就是缘分吗?"

明风知道面前的这位年轻漂亮的女人是梅兰的妹妹后,也就不贸然说话了,淡淡地回应说:"不太熟悉,只是见过,见过而已。"

梅朵也没有再问。梅兰是市委秘书长,当然和明风打过不少交道。

自己可不能愚蠢地揭开这层秘密。

阿峰站起来，面带微笑地说："哈哈，一场美丽的误会。该轮到我发言了吧？"

有了这样的开头，饭局当然是轻松的。席间，阿峰成为了主角。他不断地在明风面前夸赞梅朵的政绩和能力，当然，还有梅朵天仙般的美丽。梅朵则是按兵不动，等候着明风的反应。

明风也是个性情中人，一边豪饮，一边冲梅朵说："梅部长，你年纪轻轻的，前途无量啊！"

梅朵接过话茬说："可不能这样讲啊！官场上的事情，从来都是风云变幻的。我等这些做小吏的，没有背景支撑，也就是走一步看一步吧。"

明风举杯说："来吧，梅部长，祝你事业顺利。当然，我更相信一个真理，任何机会都是为有理想有准备的人而降临的，你只要有准备，有理想，你胸中的抱负就有机会实现。"

随后，他意味深长地看了她一眼。

梅朵感受到了明风某些潜藏的不安分。

阿峰也举杯道："梅朵，我们一起敬明大哥一杯。说不定呀，明大哥将会是改变你命运的人呢。"

梅朵立刻站起来，说："既然这样，我就有些战战兢兢了。我真诚地敬明大哥一杯。但愿有一天，你真的是改变我命运的人。小妹提前谢谢了。"

她的话让明风一愣，他立刻摆手说："梅小妹，言重了，我哪里有那等本事啊。"

阿峰却笑道："呵呵，看把明老兄吓的。人家梅朵也就是这样一说，你就当真了啊？要是我就答应下来，成不成的事，也要等到猴年马月再说。莫非她还会天天催你吗？"

明风谨慎地说："我倒是希望有美女天天催我呢。不过，我知道自己有几斤几两，没有影儿的事我可不能胡乱答应。"

梅朵听出了弦外之音，看出明风并非那种嘴上没有把门的官油子，他对陌生人还是保持着警惕。这恰恰说明，他才是真正有实权的人。他越是这样，梅朵越是认定明风就是龙城的市长人选。她站来，又为明风斟满酒，说："明大哥，今天相遇，也算是一种缘分。刚才说的那些都

是玩笑话，现在我说一句真心话：祝明大哥天天开心，干了这一杯。"

说完，她仰头一口就干了。

明风为难地说："你这酒量，我可不能和你比。"

梅朵立刻说："我绝对不会为难你的。不过，我心里有一个秘密，你想知道吗？"

明风看着风情雅致的梅朵，好奇地问："是吗？你说说看。"

梅朵说："我欣赏你这种玉树临风的男人，要是喝酒能豪饮，那就更加完美了。"

明风被逼得没办法，只好举杯将酒喝干了。

阿峰和梅朵相视一笑。

梅朵的事情韩寒很快就知晓了。他毕竟是《龙城日报》总编辑，还是市委委员。对他来讲，老婆要是能竞争上副市长的位置，自然也没什么坏处。但他对梅朵充满了担心。他了解梅朵的个性，她认准的事情一定会挖空心思去做，还经常采取过激手段，不计后果。韩寒面对这样功利的女人觉得有些无奈。梅朵是他的妻子啊，要是她弄出不可收拾的后果来，不光梅朵丢人，他也会受到连累。

他听到了多种版本的风言风语，忍不住给梅朵去了电话。

梅朵一听是老公的电话，就不耐烦地说："我现在正忙着呢！有时间我会回去的。孩子好吗？"

韩寒说："嗯，还行。你什么时候回来呀？我想和你谈谈。"

她试探性地问："电话里不能说吗？"

韩寒说："关于你的传闻。我看你还是抽时间回来一趟吧。"

梅朵觉得奇怪。关于我的事？莫非我和阿峰或者宇峰的事情暴露了？要不然，上一次回家他怎么会拒绝我呢？想到丈夫为这事和她闹，她心里就觉得闹心。老婆要出轨，要寻找心仪的情人，难道男人就没有责任吗？你就不检讨检讨自己的过失吗？她最不喜欢丈夫这种态度，不找自身原因，也不采取补救措施，反倒摆出一副兴师问罪的架势。她想，要是丈夫还在这事上纠缠，我就使出自己的老方法：离婚！于是，她在电话里嘟囔道："你什么意思啊？又要逼我提出离婚吗？"

韩寒蒙了，不知道梅朵怎么会冒出这样一句话来，耐心地问："梅朵，你在说什么啊？"

梅朵干脆地说："你不要装了，有话你就直说吧！"

韩寒说："梅朵，你误会我了。你非要逼我说，那我就说吧。你想做副市长的谣传有几个版本了，我在替你着急。我想和你聊聊这件事情。"

梅朵说："好吧，我尽快回去一趟。"

挂断电话，梅朵想，丈夫是市委委员，又在《龙城日报》总编辑位置上，他一定是听到了不少这方面的信息。

想到这里，她一刻也不想停留。晚些时分，她给韩寒打电话说："准备迎接我吧，晚上我就回去。"

韩寒永远是不紧不慢的样子，随口问："你想吃什么呢？我好让家里准备。"

梅朵立刻觉得像被野蜂蜇了一下。丈夫不经意的话里，已经把她当成外人了。让家里准备？女人才是男人的家啊！她十分不爽地说："家里准备什么？我要你给我做。"

韩寒说："我哪有时间啊？只能让老母亲他们做了。"

梅朵失望极了。这个榆木脑袋怎么就这样不开窍呢？这样的丈夫不要也罢。她摇摇头。韩寒还在问："多久能回来呢？"

梅朵懒得回答，索性将电话挂了。

梅朵在愤愤然中赶回龙城。然而，让她始料未及的是，她刚回到龙城，就接到了宇峰的电话。时间很晚了，家人还在眼巴巴地等着她呢。可宇峰是龙城市委的一把手，自己命运的主宰者，不接他的电话意味着什么呢？梅朵很少有这样左顾右盼的时候。

梅朵犹豫着，几乎是漫无目的地走了一段路。大约十分钟过去了，梅朵还是没有想好该回家还是给宇峰回电话。她一直攥着手机，看着手机发呆。

宇峰的电话又来了。

她接了电话。

"梅朵呀，不在龙山吧？"

梅朵只得如实说："是呀，我刚回到龙城。书记，有什么吩咐吗？"

宇峰说："难怪。我刚才给龙山县委书记去了电话，还谈到了你呢。你回到龙城了，那你就过来一趟吧。我和明风副市长在一起呢，就在龙城酒店。"

第二章 煞费苦心

梅朵说:"哦。"

宇峰说:"如果你现在不方便,也可以改时间。"

很显然,宇峰听出了她有为难的意思。

但梅朵清楚,市委一把手找她,她不可以不去的,于是说:"看您说到哪里去了。我怎么敢违背您的盼咐呢?我这就到。"

宇峰说:"龙城酒店888包房,我们等你。"

她只得给家里打电话。

韩寒有一种预感,梅朵可能又变卦了。他将手机递给丫丫,说:"快和妈妈说话,问她多久回来。"

丫丫对着电话大声喊道:"妈妈,爸爸问您多久回来?"

梅朵没料到是丫丫,她将手机贴近耳朵,关切地说:"是丫丫啊?你想妈妈了吗?"

丫丫没有回答梅朵的话,又说:"爸爸说的,不知道您回不回来。"

梅朵的鼻子有些酸,对丫丫说:"谁说的呀?妈妈一会儿就回去。听话,把电话给爸爸。"

其实,丫丫本来就没有拿电话,是韩寒将电话举着让她说的。

丫丫跑开了。

梅朵说:"怎么回事?也不教一点儿好的。"

韩寒说:"你冤枉我了。孩子一天天长大了,她也会有想法,她的言行不是我能掌控的。不说这个了。你回来吗?"

梅朵自觉心里有愧,就说:"本来马上就要回去,可刚下车,又接到了市领导的电话。我现在正往龙城酒店赶呢。看来,我得晚一点儿回去了。"

路上,梅朵想,宇峰和明风为何走到一起了呢?难道他们之间也有某种图谋?宇峰是龙城市委一把手,和省工作组成员交往难道不正常吗?还需要什么交易吗?

她到龙城酒店888包房的时候,菜已经上桌,就是还没有开席。

梅朵歉意地说:"实在对不起,让领导们等我。"

宇峰说:"我们也可以崇洋媚外,学学大英帝国的绅士风度。"

梅朵故作惊讶地说:"这不是明大哥吗?怎么,您和宇峰书记也是朋友啊？"

明风有点儿不好意思地说："抱歉，上一次没有给你介绍是我的错。不过，还是让宇峰书记来介绍合适一些。"

宇峰根本就不知道他们之间的插曲，好奇地问："怎么，你们在别的场合也见过？"

明风说："是的，在一个企业家安排的酒宴上。"

宇峰又问梅朵："小梅，你真不知道面前的这位是谁？"

梅朵摇摇头，尽量使自己的语气显得真实："不知道，上次见面时他没有介绍啊。"

宇峰说："这位就是临市的明风副市长，现在是省上下派龙城灾后重建工作组领导成员。"随后又对明风说："这位是龙城县委宣传部长、出色的女干将梅朵。"

明风和梅朵还煞有介事地握手互致问候。

梅朵谦恭地说："领导，那天我有些失礼，在领导面前献丑了。"

明风的眼睛一刻也没有离开过梅朵，说："哪里呀，正如书记所说，你是龙城得力的女干将，今后在工作中还望你大力支持呢。"

梅朵说："市长言重了。只要您吩咐，我们这些基层跑腿的一定认真落实。"

一番客套后，宇峰招呼大家喝酒。既然大家的身份都清楚了，明风说话也就放开了，他突然说："梅部长和市委梅秘书长是亲姐妹啊？这样的仕途姐妹花，还真的很罕见啊！"

宇峰应付说："是的。"

梅朵从宇峰的闪烁其词里捕捉到一丝不悦，知道他不愿意在明风面前提这事。梅朵立即将话茬接过来说："明风市长，宇峰书记，一起干一杯吧。"

即便是这个细节，三个人都敏感地意识到了，一时显得有些尴尬。

宇峰站起身来说："你们先喝，我接个电话。"

宇峰走出了包间。

梅朵说："明市长，该我敬您一杯了。上次您隐瞒身份，让我出丑，你们当领导的就是高明，总是让部下摸不着头脑。"

明风色迷迷的眼神此刻更是显露无遗。

他笑着说："我是明副市长，不是明市长。你不要这样赞美我。什

么上级部下,我现在只是龙城市委的临时帮工。"

由于宇峰不在场,梅朵有些放肆地说:"算了吧,明市长,谁不知道您老人家的来头啊。只不过还没有宣布而已。只要您吩咐,我一定认真落实好您的任何指示。"

两人目光交汇的一刹那,明风似乎体味到了梅朵娇媚的秋波。他将酒一口喝干,静静地看着梅朵。

梅朵立刻避开了明风暧昧的眼神。

宇峰回来时,刚才的尴尬已经烟消云散了。

他道:"不好意思,明市长,龙城医院那边出了点儿事。"

明风立刻说:"你们做一把手的,就是辛苦啊!来,我敬你一杯。我有一个建议。"

宇峰疑惑地问:"什么建议啊?"

明风说:"你不要叫我明市长,我是副市长。"

宇峰自我解嘲说:"都是迟早的事,提前预支啊。不过,既然你老弟提出来了,我今后注意,明副市长。"

两人相视一笑。

梅朵给宇峰敬酒时,宇峰乐呵呵地说:"梅朵,你真是人才啊!你看,人家明副市长到龙城没多长时间,他就能点出你的名字。今天让你过来也是明副市长的提议。"

梅朵有些吃惊。宇峰这样说是什么意思啊?莫不是他以为自己与明风有什么关系?要是他心里这样想,对自己来说无疑是一场灾难。她看了宇峰一眼,说:"是吗,明风市长?您真会开玩笑。难道您错误地把我也当美女了?呵呵。"

梅朵这话,可谓一语双关,一方面是向宇峰表明自己和明风根本就没有什么,另一方面也是在暗示明风,她不是小本钱就能弄到手的女人,更不是只贪图荣华的交际花。

明风自嘲道:"宇峰书记,你这样揭短,我以后还怎么工作呀?"

宇峰立刻说:"对不起,我失语了。梅朵,我刚才的话,你就当没听见好了,要不然,明副市长要记我的仇了。"

梅朵数落道:"你们男同志没有几个诚实的,也没有几个可靠的,唉!"

走出龙城酒店，梅朵觉得这顿饭吃得有些莫名其妙，不过，倒是给自己敲响了警钟：今后做任何事情都得小心一点儿。要是宇峰和明风因为自己而闹出什么事端来，自己会死无葬身之地，更别奢望远大的前程了。

梅朵打开家门，身体有些摇晃地走了进去。不但韩寒没有睡，公公婆婆也还在客厅里看电视呢。她抬腕看了一眼手表，原来才过十点。

婆婆显然发现了这一点，走过去扶了她一把，并将她的手袋接了过去，说："你坐一会儿，我给你弄一碗汤来。"

婆婆是个有教养的女人，没有说醒酒汤，而是说汤，她不会让儿媳妇有丝毫的不悦之感。梅朵并不是一个糊涂的女人，她也被婆婆的宽容和理解所打动，说了一声："谢谢妈妈。"

婆婆又对着书房里喊道："韩寒，梅朵回来了。"

韩寒让梅朵坐在沙发上，伺候她喝下了老母亲弄来的醒酒汤，这才将梅朵扶进卧室。

"洗洗去吧？"韩寒说。

梅朵娇嗔地说："你抱我去洗。"

韩寒看着慵懒的梅朵，笑着说："真的要我抱吗？"

梅朵说："当然要啊，你是我男人啊。"

韩寒果真将梅朵抱到了洗澡间。

洗完澡，回到床上，韩寒温情地说："梅朵，你知道吗？你的事情不是你的个人行为。"

梅朵问道："怎么？难道还牵扯到别的什么人？"

韩寒说："何止是牵扯啊，简直就是卷入。你知道吗？有朋友开玩笑说，我是市长先生了。从他们的目光中，我体会到了蔑视和鄙夷。"

梅朵轻轻抚摸着丈夫的头。

韩寒继续说："那些传言很难听啊！有人说，你是市委一把手的姘妇，还有人说你是明风的情人，更有传得邪乎的，说你是亦白亦黑的阿峰的相好。这些言论传到我耳朵里，我的心就像刀绞一般疼痛。"

梅朵确实殃及了他，伤害了他。

她问："这些传言，你相信吗？"

韩寒摇摇头，反问："如果你是丈夫，你愿意相信吗？"

梅朵摇摇头。

韩寒说:"是啊,谁愿意相信自己的妻子是个水性杨花、随波逐流、唯利是图的女人呀。"

梅朵看着丈夫说:"睡吧。这么晚了,明天再说吧。"

韩寒坐了起来,十分严肃地问:"梅朵,难道对于你们女人当官就那么重要吗?"

梅朵无言以对,心突然一沉。丈夫不但没有想到帮助自己,还拉自己的后腿,还像个男人吗?阿峰和宇峰都在为自己的前程四下奔走,自己的男人怎么却这样自私和狭隘呢?她立刻对丈夫产生了反感,没好气地说:"你什么意思?难道只有你们男人才可以执政,才可以当官?女人怎么了?女人就不是人,就不能升职?什么逻辑?"

梅朵显然被丈夫的话激怒了。

韩寒立刻缓和了语气说:"我的意思是,你要走一条稳重的路线,选择理性的方法。"

没等韩寒说完,梅朵立即说:"我怎么就不稳重,怎么就不理性了?你还是不是我男人?你非但不帮我,还这样奚落我。"

韩寒说:"夜深人静了,你这么大声干吗呢?"

梅朵说:"你害怕别人知道啊?你这个丈夫是怎么当的?我看你是一个十足的懦夫。"

说完,她气鼓鼓地钻进了被窝,将身边的台灯关了。

韩寒并没有因此而闭嘴,他委婉地说:"你是我老婆,是我的亲人,我应该在你人生最关键的时刻和你站在一起。我又何尝不是这样想的呢。为你的事情,我定下了原则,在背后默默帮你,尽到一个丈夫、一个男人应尽的责任。我咨询了我在省里多个部门工作的同学和熟人,也和组织部门的同学联系过,他们都说了,这次的调整不会上女干部。"

梅朵根本不愿意听韩寒唠叨这些。他的那些同学多数都是不管用的处长、副处长,没有一个是在关键部门和关键岗位的,所以,她对韩寒的话不以为然。

韩寒继续说:"所以,你还是要脚踏实地,不要异想天开地瞎折腾。很多事情谋事在人成事在天,强求是没有任何意义的,是自寻烦恼。"

梅朵不愿意听这样消极的话,在她的词典里从来就没有过消极等待的这个词。

韩寒仍没有放弃他的观点。

"作为丈夫，我还能做到的是，尽量不听信外界的传言，相信自己的妻子。除此之外，我还能怎样呢？"

梅朵终于听不下去了，猛地掀开了被子，大声吼道："你闭嘴！你看看你自己，你还是个男人吗？你还有一点儿男人的模样吗？"

房间里立刻充满了十足的火药味。极其无奈的韩寒只得闭上了嘴。

梅朵的电话响了，打破了沉默的僵局。梅朵似乎也不管电话铃声的吵闹，就是不接。

韩寒说："接吧。别对我有意见，就不接电话，万一真有急事呢。"

梅朵瞥了丈夫一眼，这才拿起电话。电话是阿峰打来的。这个阿峰，不是给他交待过的吗？晚上不要轻易打电话！但她转念一想，阿峰不是糊涂人，他一定是有要事和她商议。于是，她起身下床，走出房间接电话。

梅朵没好气地说："跟个催命鬼似的，人家都睡着了。有什么事吗？"

阿峰说："我说大美人啊，什么时候了你还能安稳地睡觉？告诉你，事情有眉目了。你现在就出来一趟。北京来了一个重要客人，就在龙城酒店。"

听到这样的消息，梅朵觉得，不管阿峰的话的可信度有多高，都得去一趟啊。

阿峰说："你立即下楼，我派司机过去接你。"

梅朵心里有点儿不太高兴。阿峰分明一直在打探我的行踪，要不然，他怎么会知晓我回到龙城了呢？她心里虽然不高兴，但觉得阿峰毕竟是为她的事奔走啊，她压着内心的火气说："好吧。"

韩寒说："你又要出去？注意安全啊。"

这话也让梅朵十分难受。这个男人，简直就是一个怪物，怎么就不说送送我呢？一句不冷不热的话，就把我打发了。其实，她只顾个人的感受，哪里知晓韩寒的想法。韩寒也不是傻子，知道她去见人，他能有好心情吗？还有给梅朵献殷勤的可能吗？

梅朵气鼓鼓地说："不需要你关心。"

说完，她穿上外套，匆匆地出门了。

韩寒轻轻推开窗户，往外张望。看到来接梅朵的是一辆超豪华的加长轿车，他心里立刻变得不是滋味。此刻他才明白，约见梅朵的不是宇

峰，而是另有其人。他立刻焦躁起来。

梅朵在路上寻思，阿峰半夜里叫我出来，到底是要见什么人呢？难道真的是事关我命运转机的人？梅朵问司机："北京的客人什么时候到的啊？"

司机当然知道这位不凡女人的来头。

司机说："刚到。我刚把他们从省城机场接回来。"

梅朵又问："同行的还有什么人啊？"

司机说："省里的领导，反正是大领导。"

梅朵"哦"了一声，没有再问。她知道北京和省里都来了大领导就足够了。她下意识地整理了一下衣服，想着见面之后应该怎样和领导交流。

进了龙城酒店，梅朵第一次有了胆怯的感觉。到底是什么级别的大领导啊？

阿峰正在包间外面等候她。一见面，阿峰就神秘地说："你什么都不要多说，只要倒倒酒，看明副书记的眼色行事就好了。"

此刻的阿峰，像梅朵的兄长一样。

梅朵心里又是一惊。哦，明副书记也来了？明副书记都要亲自来陪同的人，一定是非同寻常的官员，肯定也和明副书记有非同寻常的关系。

她还没有来得及细想，就被阿峰推进了包间。

阿峰介绍说："明副书记，这位是龙山最年轻的常委梅朵，今天的服务员。"而后又对梅朵说："这位是省委的明副书记。另外的首长，明副书记会给你介绍的。"

明成挥挥手说："坐下吧。这位是北京来的老领导，你就称老首长好了。"

北京来的首长和蔼地一笑，说："幸会幸会。"

梅朵立刻给首长们沏茶。

阿峰却像跑堂的一样，一刻也没有坐下来，还对梅朵交待："你照顾好领导们，我在外面招呼。"

席间，明成的秘书进来说："龙城的书记和常委们想来见见您和首长。"

明成说:"不用了。工作上的事情明天再说。他们见首长的事就免了。一会儿首长还要赶回省城,还有别的要务。"

过了一会儿,阿峰进来,悄悄地对梅朵说:"一会儿你送送北京来的首长,适当的时候可以表达自己想进步的意思,但不要过了。"

梅朵点点头。

梅朵回到家时,丈夫已经睡了。她立刻倒了一杯白开水,准备将一粒安眠药服下去。

丈夫突然说:"不要吃那个东西了,很坏身体的。你赶快睡吧,早上我喊你。"

她看了丈夫一眼。原来丈夫一直在等她回来。她实在是疲倦到了极点,说了一声:"谢谢了,六点半叫醒我。"

然后,她钻进被窝呼呼入眠。

韩寒内心涌起一丝怜惜。

他将手机上的闹铃定到了早晨六点,然后看着床上的梅朵发呆。

等梅朵完全进入梦乡后,韩寒翻身下床,走进书房。

梅朵的种种模样一一闪现在他的眼里。梅朵从来都是一个野心勃勃的女人,从过去到现在,她骨子里的那些任性和野性丝毫没有改变。现在,她的内心更加膨胀了,她只是一个县委常委,却盯上了副市长的位置,在外人看来,简直就是异想天开。但这个女人不但这样想了,而且还开始付诸实践了。在他看来,这本身就是一个笑话。可是,怎么说服她呢?自己的话她能听吗?

韩寒点燃一支烟。

什么原因让她如此刚愎自用呢?又是什么原因导致她这样膨胀呢?一番苦思冥想之后,韩寒找到了一些根源。梅朵本身就是一个相貌出众的女人,围在她身边的男人太多,每个男人都会宠她,都会给她喝迷魂汤,尤其是她身边的那些有钱的男人。他猜想,这次她想做副市长的念头一定也出自哪个男人。韩寒想到这些,摇了摇头,心里说:梅朵呀梅朵,你何时才能成熟起来,变得现实起来呢?你不能长期被那些混淆视听的胡言乱语迷惑了啊!那样,你会栽跟斗的,而且会摔得头破血流。

韩寒知道,现在去劝她是无济于事的。他铺开一张白纸,准备给飘飘然的梅朵写点儿什么。

第二章 煞费苦心

梅朵，我至今仍然觉得，我是最了解你的亲人，也是最了解你的男人，同时也是最关心你的男人。

我们这么多年在一起生活，因为我爱你，爱到骨子里去了，所以，尽管你有时候犯糊涂，我都忍让了，期望你能迷途知返。我这一辈就这样命苦，因为我属于你的一部分，也不想离开和分割，我就认命了。也许，我说这样的话，你会觉得荒唐和滑稽，甚至觉得可笑。不管你怎样看，我都得说出来，告诉你真相也是我的责任。

老实说，每个人都有虚荣心。你一直张扬着个性，寻找实现人生价值的路径和方向，我十分理解。另外，你是我的妻子，你的成就也是我的荣耀，我为你的成就感到骄傲和自豪。我没有不支持你的理由，这一点，你能明白。

你现在是领导了，考虑问题要实际一点儿。好高骛远的结果只会是失望。我不是想拖你的后腿或者打击你的积极性。现实是残酷的，也是冰凉的，在条件尚不成熟的时候，明智的选择是等待时机，或者卧薪尝胆。因为我是你的丈夫，是你的亲人，才要对你说这些真话，尽管这些真话可能会伤害到你。但是，我相信那句流传了千百年的古话：忠言逆耳利于行。

不能和妻子当面沟通，选择这样迂腐的方式我觉得我有些悲哀。你也不用取笑我，出现这样的结果也不是我一个人的责任。

梅朵，你回到现实中来吧，回到我的身边，回到孩子的身边。我们都会给你温暖，我们会营造幸福的空间。

写到这里，韩寒收住了。他抬头的时候，窗外的点点繁星早已隐退，一轮即将破云而出的朝阳时隐时现。韩寒有点儿失望和痛苦，同时又寄托了很多的希冀。他找了一个粉红色的信封，将写好的纸条装了进去。随后，他将信封放进梅朵的手袋里，内心祈祷着：但愿梅朵能及时醒悟过来。

清晨的阳光总是让人遐想，也总是给人希望。尽管后半夜没有睡觉，可是韩寒没有丝毫的倦意，一是因为看见了阳光，二是因为他做了一件满怀希望的事。他看了一眼表，时间刚到六点。他盘算着，一定要等到六点半再叫梅朵，好让她多休息一会儿。

他再一次走回卧室，凑到梅朵面前看了看，发现梅朵有了不易觉察的鱼尾纹，脸上也不像以前那样红润了，憔悴中夹带着苍白。他有些心疼。在他呆呆地傻看的时候，梅朵醒来了，问："你干吗呢？为什么不叫我？"

韩寒说："时间还没有到呢，还差十几分钟。"

梅朵说："太阳都这样高了。你也真是的。"

梅朵是风风火火的女人，其实，她就是闭着眼睛也睡不踏实，心里的事太多了。她衣服还没有穿好，就给阿峰打电话："今天上午怎么安排啊？"

阿峰说："明副书记上午要参加一个文化产业改革会议，九点钟之前还有时间。我正在陪明副书记晨跑呢。"

梅朵问："在哪里晨跑啊？我现在就过去。"

阿峰说："就在酒店院里。你要来就快一点儿。"

阿峰并不是她想象中的那种只知道吃喝玩乐的男人，他对领导比秘书还要细致妥帖，难怪他的企业可以做得蒸蒸日上。

韩寒说："我送你去吧？反正离开会还有时间。"

梅朵说："算了，我自己去。"

韩寒觉得梅朵的行为过于诡异，更担心她走火入魔，于是又说："我送你都不行，难道你……"

梅朵也觉得自己过分了。但她更清楚，韩寒送她过去，让阿峰或者明成副书记看见，也许会闹出不愉快，于是解释说："我们领导班子要集体拜见省里来的大领导，还是我自己去好了。"

韩寒充满了怀疑，可既然梅朵这样坚持，他也就放弃了。

简单化妆后，梅朵就赶往龙城酒店。

梅朵昨天已经和明成认识了，又一起吃了晚饭，也算得上是熟人了。

见面后，明成和蔼地问："昨晚你将首长送到机场的？"

梅朵说："是的，很顺利。"

明成说："你没有休息好吧？"

梅朵立刻说："我们还年轻，这点儿苦还吃得了。明书记，您昨晚休息得好吧？"

明成爽朗地笑了，说："比想象中还要好。龙城虽然受了灾，可毕竟还是一个山清水秀空气清新的好地方啊，空气要比省城的新鲜。"

第二章 煞费苦心

梅朵说:"既然这样,以后明书记要多来龙城走一走。"

明成一边慢跑着一边说:"好的。和我一起用早餐吧?"

梅朵没想到明成会邀请她,她愣了一下,才微笑着说:"嗯,好的。"

明成的秘书早已将早餐备好了,又让服务员加了餐具和其他的小吃。

阿峰说:"老兄,这些事哪里是你干的啊?在我的地盘上,我是跑腿的啊。"

秘书谦虚地说:"哪里哪里,我是书记的秘书,应该的。"

用早餐时,秘书和阿峰很知趣地离开了,好像在回避什么似的。

明成问梅朵:"小梅啊,你在处级的位置上干了几年了?"

梅朵说:"加上在广电局的时间,四年多了。"

明成若有所思地点点头。

梅朵有些惶恐不安。远远地,梅朵还看见了宇峰和一侧的梅兰,心里更加忧心忡忡。她担心自己这样做,市委对她的行为不满,会把事情办砸了。

说来也怪,宇峰和梅兰居然没过来和明副书记打招呼。他们要是真的过来了,梅朵还真不知道该怎样跟两位解释。

明成吃完早餐,随口说:"我上午在你们龙城开会,下午就要回省城了。你有什么事可以到省城去找我。"

明成只是口头上客气而已,并不是什么暗示。

梅朵也礼节性地说:"谢谢明副书记。我有空一定去拜访您。您不要忘了,经常到龙城来走走。"

上午的文化产业改革大会,梅朵当然也参加了。会上,她将红头文件放在面前,只看见红光满面的明成和一脸严肃的宇峰坐在主席台上,至于他们讲了些什么,她基本上都不记得了。她的脑海里不断地出现几个男人的面孔:北京来的首长,台上的明成和宇峰,此刻正在外面溜达的阿峰,最后还有丈夫韩寒。也许是因为睡眠不足,她无法理出个清晰的头绪来。

她看了一眼梅兰,觉得她的眼神里似乎隐藏着对自己的不解,甚至是误解和怨恨。她摇摇头,想使自己清醒一些,可是大脑已经不听使唤了。她现在最想做的是痛痛快快地睡上一觉。她立刻意识到，再不活动一下的话，自己就要睡着了。她站起身来，朝洗手间走去。

她用冰凉的水让自己清醒了些。对着洗手间的镜子，看着没有血色的脸和毫无神采的目光，自己也有些惊诧了：我怎么成了这副模样啊？

好像是巧合，梅兰也出现在洗手间。

她对梅朵说："怎么搞的，你的脸色怎么这么难看？"

梅朵说："没有休息好呗。"

梅兰说："既然知道原因，还不注意？"

梅朵笑笑，心想，鬼知道梅兰是什么意思，于是，她选择了沉默。

梅兰又问："今天不回去吧？"

梅朵说："怎么不回啊？县里的事一大堆呢。"

梅兰说："也是。"

会后，明成没有在龙城停留。

根据市委办公室的安排，龙山县的常委们留下来，向市领导汇报灾后重建工作。繁琐的汇报之后，宇峰单独找到梅朵。

梅朵的心立刻紧张起来。

走进宇峰的办公室，她摆弄着花瓶里的鲜花，故作轻松地说："这花好漂亮啊。"

宇峰看了她一眼，问："马上就回龙山吗？"

梅朵说："是啊，手上还有很多事等待处理呢。书记，您找我有事吗？"

宇峰笑着说："当然有事啦。看起来，你是前途无量的啊。"

梅朵不知道宇峰什么意思，面部有些僵住了，生硬地问："书记，您什么意思啊？"

宇峰将梅朵的紧张尽收眼底，于是爽朗一笑，说："我找你来，是想将首长留给你的礼物转交你。"

说着，他从办公桌下面取出了一个袋子，又说："这是领导交办的，我总不能贪污了吧？"

梅朵的脑袋"嗡嗡"直响，问道："首长给我的礼物？我何德何能啊？"

宇峰说："这我就不知道了，反正我是完成领导交办的任务。"

梅朵说:"书记,您就别打哑谜了。您还是告诉我到底怎么回事吧。"

梅朵这样说,是想知道宇峰究竟知道多少,也想看看他对自己的态度。

宇峰乐呵呵地说:"什么情况,我是一无所知。你昨晚和首长们一起吃饭,想必你更清楚一些。首长觉得你是个人才,所以要给你留礼物,至于什么原因,我就不知道了。不过,梅朵,这没有什么不好,对你来说,是一个好的信号。"

听宇峰这样说,她放心多了,于是问:"什么信号啊?我真的不明白呢。昨天我睡着了,阿峰给我打电话,说有老板要到龙山投资,让我过去一趟。我后来才知道,阿峰是让我去给首长们当服务员。您知道,龙山的投资环境……"梅朵尽量把事情转移到阿峰身上去,想让面前的男人心理上得到一种微妙的平衡。

宇峰不是糊涂人,清楚面前的年轻女人想干什么和已经干了什么。他心里并没有埋怨梅朵四处寻求关系,他担心的是,梅朵和梅兰都盯上了副市长的位置,争夺会在她们两姊妹之间展开。自己和两人之间的关系都十分微妙,自己该怎么做呢?之前,他和省里的相关部门和领导交换过意见,并且代表市委举荐了梅兰,毕竟梅兰是现任的市委常委、市委秘书长,十分熟悉龙城情况。组织上虽然没有立即表态,但是只要不出现意外,原则上是会同意的。

事情的变数就出在梅朵身上。他没料到,一个县委常委能在省里甚至是北京掀起这样的大浪。他已经得到了确切的消息,省里的领导很可能启用年轻的梅朵。对这个情况,宇峰一直很疑惑,到现在为止也没有告诉静候消息的梅兰。

不过,宇峰倒是想好了下台阶的办法:要是梅朵上了,他就对梅兰说,反正都是你们一家子,谁上都是你们梅氏姐妹的荣耀。虽然梅兰会难过,但是也能接受。从另外一个角度讲,他也不能打击梅朵。她凭自身闯荡和打拼下来的关系,坐到了副市长的位置上,自己没有帮忙本来就尴尬,所以,他对梅朵也得做顺水人情。

宇峰将礼物放到梅朵面前,说:"你这个人怎么絮絮叨叨的了?你们龙山的招商环境就是不好嘛。你这样敬业,市委和我本人都很高兴。再说,你借这个机会又认识了省里和北京的领导,这不是一举两得的好事吗？我很替你高兴。你不要有顾虑，也不用解释。"

梅朵见宇峰居然这样大度和开明，就说："能遇到您这样的领导，是我的福分。"

宇峰说："不要这样见外了。你今天不回去的话，我请你吃饭，还是铁三角。"

梅朵"嘻嘻"地笑了，她明白宇峰说的另一个人是明风。至少到此刻为止，宇峰一直把自己当成心腹，对自己能坐上市领导没有阻拦的意思。宇峰的这个邀请，她是没有理由拒绝的，于是说："恭敬不如从命。我明天一早赶回去好了。"

梅朵拿着礼物走出了宇峰的办公室，给丈夫韩寒打了个电话："今天不回去了。我现在在市委办公大楼，你来接我吧。"

韩寒接到梅朵的电话，立即开车来到了市委大院。

梅朵脸上洋溢着难得的笑容。

韩寒诧异地问："莫非你捡到金元宝了？"

他希望梅朵看到他那封情真意切的信后能有天翻地覆的改观。他奢望这种奇迹发生。

梅朵说："是啊，比金元宝还要金贵呢！"

韩寒减慢了车速度，问："什么东西那么金贵啊？"

梅朵开心地说："我可能要回到市里工作了。"

韩寒很是失望。

梅朵肯定没有看他写的信，还在做她的副市长梦呢。

回到家，梅朵打开首长送的礼物，原来是件苏绣，工艺考究，图案精美绝伦。

韩寒说："是远方的客人送的吧？工艺精美呀！"

梅朵说："是啊。"

韩寒讨好地说："放到书房里去吧，点缀一下房间也不错。"

梅朵问："你真的喜欢吗？"

韩寒说："真的喜欢。"

梅朵说："那我送给你好了，随你放在哪里都可以。"

韩寒说："那我就拿到办公室去。"

第二章 煞费苦心

梅朵说:"可以呀,只要你愿意。"

梅朵没想到韩寒喜欢这件礼物,还有几分高兴,可她不知道,丈夫这样做,其实只是为了讨好她。

见丈夫也这般满意,梅朵也迎合说:"我是专门回来给你送礼物的,过一会儿我还得出去呢。"

韩寒本以为,梅朵回来,一家人可以好好吃上一顿饭,没想到梅朵还要走。他不满地说:"你不能吃完饭再出去吗?"

梅朵又显露出了强势的一面,说:"当然不行啊,市里面的领导等我吃饭呢。"

韩寒没好气地说:"你怎么老是和市领导吃饭?你只是龙山县的常委呀,怎么搞得像个市领导一样?"

梅朵先是吃惊地望了丈夫一眼,随后将手里的苏绣扔到客厅的沙发上,转身走进卧室去,"哐当"一声将房门关上。

韩寒愣在一边,一肚子的不满无处发泄。

梅朵换了一套衣裙,在穿衣镜前转了一圈,觉得连衣裙的颜色十分协调,既不艳俗也不夸张,恰到好处地展示了她娇媚性感的一面,也符合她现在的身份。她满意地笑了,拿起手提袋,准备出门。她发现,这个手提袋和身上的连衣裙不太协调,立刻找出了另外一个手提袋。

她清理手提袋里的东西时,看见了一个粉红色的信封,上面还写着她的大名,字迹很熟悉。自己这几天没有参加开业庆典之类的活动,这个信封是哪里来的呢?她好奇地打开信封。

看完丈夫的留言,她感到有些好笑。作为一个大男人,一个丈夫,不但不关心妻子的成长,而是处处打击,我怎么会摊上这么一个窝囊丈夫?她想都没想,就将丈夫写的纸条撕成碎片,扔进了客厅一角的垃圾桶。韩寒和父母在客厅看到了这一切。韩寒内心一阵绞痛,铁青着脸,若无其事地问道:"你晚上还回来吗?"

梅朵也没有任何表情地说:"也许不回来了。"

梅朵走出家门。房门"哐当"一声关上了。

韩寒愣住了。

两位老人问道:"梅朵没事儿吧?"

韩寒心情沉重地说:"能有什么事儿?"

所有的一切,老人们都看在眼里,他们对儿媳妇是了解的。两人的目光都转向垃圾桶。

韩寒似乎意识到了什么，说："我去倒垃圾吧。"说着，他将垃圾桶提出了房门。确认梅朵撕碎的就是他昨天夜里写的那封信后，他的心都快碎了。

这时，报社值班室来了电话，请示他今天的报纸头条新闻发什么：一条是省委副书记参加文化产业大会的新闻，另外一条是经济开发区剪彩开业的盛况。

韩寒觉得在家里实在无趣，决定到报社去。

他对值班主任说："你告诉值班的副总编辑，我一会儿就去报社。一版先不要排，我看了稿子之后再定。"

路上，他尽量不去想梅朵的事情，琢磨着今天的重大新闻，考虑着究竟把哪一个作为头条。

值班主任寒梅走进韩寒的办公室，将《龙城日报》当天一版的稿子放到他桌子上。

他首先看到的标题是《龙城文化产业大会召开——省委副书记明成出席并做重要指示》，另一个标题是《龙城经济腾飞新起点——龙城经济开发区纪实》。

寒梅说："刚才副总编交待了，头条新闻发什么等你来定。不过，我觉得，还是经济开发区的那一条比较合适。"

韩寒问道："理由呢？"

其实，韩寒和寒梅的判断是一致的。那个文化产业改革的会议太空洞了，缺乏广泛的关注度，但因为省委主要领导参加了，就不好取掉。

他拿起两篇稿子，开始犯嘀咕了。虽说按新闻性，把经济建设作为头条是没有错的，但省委主要领导不是天天都到龙城来，要是省委领导过问这件事，我不就要翻船了吗？他问寒梅："你说呢？上哪条？"

寒梅没有想就说："当然是开发区那条呀，新闻性抢眼。"

韩寒却说："不，不对。"

寒梅立即问道："要换吗？我马上通知美编室？"

韩寒说："你请示一下宣传部，问问他们的意见。"

寒梅说："我看了电视台那边，他们播的第一条新闻是文化产业改革大会。好吧，我这就去问宣传部。"

第二章　煞费苦心

过了一会儿，寒梅回来说："宣传部的领导说了，头条最好刊登省委领导参加活动的那条新闻。"

韩寒说："算了，还是刊登文化产业大会那条吧。有宇峰书记的照片吗？"

寒梅将摄影记者拍的所有照片找来。映入韩寒眼帘的几张照片让他惊呆了。照片上居然有梅朵和北京来的首长吃饭、喝酒的镜头，还有梅朵和省委副书记明成一起喝酒、吃饭的镜头，当然也有梅朵和宇峰在一起的镜头。

韩寒问："这些照片从哪里来的？"

寒梅见韩寒发火了，说："等等，摄影记者还没走呢，我去问一下。"

摄影记者被领到了韩寒办公室。这个记者是刚分到报社的年轻记者，有一股子抢新闻的劲头，但他对市里面的情况还一无所知，包括梅朵与韩寒之间的关系。见值班的寒梅主任将他叫进总编室，他不免有些激动。他心想，一定是因为我抢拍到了一组珍贵的独家新闻照片，主任和总编要表扬我。

把摄影记者带到韩寒的办公室后，寒梅知趣地离开了。

摄影记者看到面前的韩总编一脸的漠然，内心开始发毛。

韩寒问："这些照片你都是在哪里拍摄的，用途是什么？"

不知深浅的摄影记者说："韩总编，您不知道，为这个新闻，我整夜整夜地没睡觉，花了老大的劲儿才拍到这些照片！"

韩寒冷冷地说："是吗？说说你拍这照片的意图。"

摄影记者说："总编辑，照片上的这个女人马上就要当副市长了。这是领导接见她的珍贵照片呢！"

韩寒还是冷冷地说："闻所未闻。你说说，你怎么拍到的？"韩寒虽然表面上这样说，内心却很想知晓内幕。

原来，摄影记者是受人之托拍摄这些照片的。邀请他拍摄的人，自称是一个新闻线索提供人。这个线索提供人说，这个女人马上就要出任龙城市的副市长了，这些照片具有历史意义，非常珍贵。他今天之所以将这些照片拿出来，是因为这个女市长候选人和省里来的领导有接触，看报社能不能发独家新闻。

韩寒觉得新来的摄影记者幼稚至极。这样的照片流传到社会上肯定会造成极坏的影响。他换了一种语气问:"你刚来报社,就能有这样的眼光很不错了。你拍的底片还在吗?我现在就要。"

摄影记者立即问:"照片能上明天的头版吗?"

韩寒压低了嗓门说:"看看其他稿子的情况再说。你把底片拿到我这里来。"

摄影记者离开后,寒梅才进来,问:"到底怎么回事啊?"

韩寒心乱如麻地说:"我怎么知道呢。"

摄影记者把底片交给韩寒后,韩寒再也无心待在报社了。他对寒梅说:"其他的稿子,你和值班的副总编辑看着办吧。"

说完,他将底片放进手提包里,急匆匆地要离开办公室。

寒梅看他心绪不宁的样子,担心地问:"你没事吧?要不要我送你?"

"没事。"韩寒说完,离开了报社。

梅朵一看是韩寒的电话,心里有些不高兴,她对宇峰和明风笑笑,说:"两位领导,我出去接一个电话。"

说完,她走出了咖啡吧。

梅朵问:"有事吗?"

韩寒十分焦急地说:"梅朵,这回真的出大事了。你的行踪被人跟踪了,还涉及高层领导。你在哪里?我们见面再说吧。"

梅朵听丈夫这样说,心里不免一惊。她知道,丈夫不是一惊一乍的那种人,他这样说,手里一定是有证据的。梅朵觉得很紧张,在她的意识里,"跟踪"这两个字离她的生活十分遥远。她没有回答丈夫的话,而是陷入了沉思。

韩寒又说:"你说话呀!"

梅朵怀疑地问:"你有什么证据?"

韩寒说:"都这个时候了,你还不相信老公啊?我手里现在就有各种照片作证啊!"一向稳重的他有些控制不住情绪了。

梅朵犹豫着说:"你等我一会儿,我给你打电话。"说完,她急匆匆地回到咖啡吧雅间,脸上冒着细汗,故作紧张地说:"实在抱歉,两位领导,我孩子突然生病了,我现在就得赶过去,不能陪两位了。"

说完,她也不管宇峰和明风做何反应,急匆匆地走了。

身后的两个男人说:"你要注意安全啊。"

第二章 煞费苦心

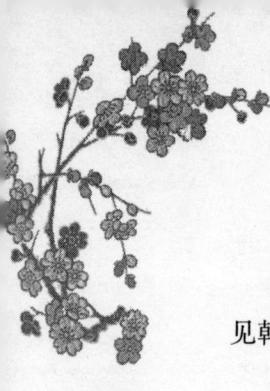

官场姬

从咖啡吧出来后,她即刻拨通了韩寒的电话,说:"我在市政广场。"

韩寒开车来到了市政广场。梅朵几乎是失魂落魄地上了他的车。她见韩寒脸色煞白,问道:"去哪里?"

韩寒说:"回家吧,回家再说。"

梅朵说:"算了,家里还有老人和孩子呢。"

韩寒觉得梅朵说得对,于是说:"找一家安静的茶吧。"

进了茶吧,两人要了清茶。

韩寒迫不及待地将照片和底片都拿了出来。

梅朵一张一张地翻看着,眉头微皱,目光忧郁,神情沮丧。

韩寒压低了声音问:"怎么办?"

梅朵沉思良久,说:"我觉得这件事很蹊跷,咱们不能盲动。"

韩寒问:"你的意思是?"

梅朵说:"先沉住气。也许是报社的那个摄影记者偶然所为呢。自乱阵脚,那不就成了笑柄了?"

韩寒此刻冷静了不少。他也觉得,不能完全排除这种可能。他看了梅朵一眼,暗暗钦佩这个既熟悉又感觉有些陌生的女人。

梅朵见韩寒沉默不语,问道:"你有什么想法?"

韩寒说:"没有。我在想,是不是再回去问问那个记者。"

梅朵说:"你这样做不是此地无银三百两吗?不要惊扰他,暗中让人注意一下就行了。倘若人家真的是冲我来的,你问人家,人家会轻易缴械吗?"

两人各怀心事地回到家里,对刚发生的事情只字不提。韩寒进了书房,梅朵若无其事地打开了卧室的电视机。

两人没有想到,寒梅居然在此刻上门来了。

寒梅是韩寒家的常客,也经常带丫丫出去玩。

一进门,寒梅就问韩寒:"没事吧?"

韩寒说:"这么晚了,你怎么来了?"

寒梅说:"没事。办公室的事忙完了,我过来看看丫丫。"

韩寒说:"都这个时候了,她早睡着了。"

韩寒明白,她是担心自己出问题,以为梅朵没在家,所以来找他。

其实，梅朵也知晓韩寒和寒梅之间没有什么，但看见寒梅那副黏黏糊糊的样子，心里就有些不舒服。她见寒梅来了，就说："你们聊吧，我还有点儿事。"说完，她走进了卧室。

寒梅不知趣，韩寒没下逐客令，她也没有走的意思。

梅朵想到了阿峰，心想，这事会不会与阿峰有关？她立刻给阿峰发了一条短信：你在龙城吗？

阿峰此刻还没有睡觉，正一个人小酌呢，心里盘算着梅朵的事，脸上不禁露了阴险的微笑。实际上，在阿峰的整个棋盘上，梅朵只是一粒微小的棋子，阿峰只是想拿梅朵来实现他的布局。

当年他与明成打交道，在用金钱收买明成的同时，也给明成设下了多个圈套。明成的许多把柄都掌握在阿峰的手里，只要他亮出这些利刃，明成就得粉身碎骨，死无葬身之地。阿峰就是运用这些见不得人的手段，在他和明成之间建立了今天这种互相依存并异常坚固的官商关系。

这一回，他下的赌注更大。北京来的首长也在明成的帮助下，落入了阿峰设计的圈套之中。

接到梅朵的短信，他心里乐不可支。他立刻回复：在呀。宝贝，有事？还是想我了？

梅朵：有正事，我想见你呢。

阿峰：来吧。我正在寓所里独饮，你过来，就更有情趣了。

梅朵立刻出门。看见丈夫和寒梅还在客厅里谈论明天的报纸内容，她也没有理睬，推门就要出去。

韩寒立刻慌了神，问道："这么晚了，你出去干吗呢？"

梅朵说："你不要管了。"

寒梅站起身来说："梅部长，我和你一起去吧？"

梅朵原本就讨厌面前这个女人，漠然地看了她一眼，说："你看，我需要吗？"

说完，她又冷冷地瞥了韩寒一眼，说："你们继续聊吧，我出去了。"

梅朵本来也没有太在意寒梅和韩寒的交往，只是对她深夜来访反感而已。韩寒以为梅朵是因为寒梅才要出去，显得六神无主，对寒梅大声

说:"你走吧!"

痴情的寒梅傻子一般,用惊恐的目光看着韩寒,问:"怎么啦?"

韩寒顾不得什么了,撇下叨唠的寒梅,飞身出门,去追梅朵。

梅朵刚到楼下,韩寒就冲上来了,一把拉住她,哀求道:"梅朵,一切都是我的错。你不要走,不要理睬那个疯女人好不好?"

梅朵看着丈夫,有几分轻蔑地说:"你说什么呀?我怎么不明白?"

韩寒就差给她下跪了,说:"只要你不走,什么都可以商量。"

梅朵看着面前神经质一般的丈夫,甩了一句:"你没病吧?不要耽误了我的事情。"

韩寒问:"这么晚了,你去哪里呀?"

这时,寒梅也下来了,凑上前来说:"梅朵姐,你要去哪里?"

梅朵快步走出了大院,打车走了。

韩寒心如刀割,乱作一团,大声嚷道:"我得罪了谁呀?我的老天呀,你为什么要这样惩罚我呢?"

寒梅凑过去问:"难道真的出事了?"

韩寒甩开她,冲出大院。

梅朵早已踪影全无。

梅朵赶到阿峰的住处,见他真的一个人在独饮。

阿峰脸上堆着笑容,取出了一只杯子,要给梅朵斟酒。

梅朵坐下,将阿峰的手推回去,神情凝重地说:"你先别喝了。事情十分严重!"

阿峰乐呵呵地说:"什么事让我们梅部长这般为难?莫不是冰岛要被海洋淹没了?"

梅朵说:"我没有开玩笑的心情。"

阿峰收起笑容,说:"不喝了。你说吧。"

梅朵将刚才发生的事情如实说了。

阿峰内心也有几分担忧,但是他这等老谋深算的人是不会表现出来的。他故作镇定地说:"就这事也值得大惊小怪呀?我问问。"

其实,梅朵刚才说这事的时候,阿峰还真吃了一惊,但当他听说照片是报社新来的摄影记者拍摄的,就放心了。梅朵说的这些,对于他来说,就是虚惊一场。他重新端起酒杯,开心地一口喝干了,然后装腔作势地打了个电话："是你们安排报社的记者去拍照的?"

手下的人回答："是的。"

阿峰说："嗯,我知道了。"

挂上电话后,阿峰说："怎么把你急成这副模样?"

梅朵将照片和底片都拿了出来。阿峰看了看,说："不是什么大事,这是我为你能顺利出任副市长采取的措施。"

梅朵几乎不敢相信自己的耳朵,说："你这是什么意思啊?你知道这意味着什么吗?照片上都是在任的上级领导啊!"

阿峰说："很简单,我是想通过这种方式来放风,让那些也看中了副市长岗位的人知难而退。这些照片怎么在你这里呀?"

梅朵说了收到照片的过程。

阿峰说："哎呀,真没想到,打乱我计划的居然是你老公。"

梅朵问："什么意思?"

阿峰说："我本来是想让这个消息有鼻子有眼地传出去,他这一阻拦,我想要的效果就达不到了。"

梅朵没想到,阿峰在为她的前途着想,一瞬间,她突然觉得丈夫成了克星,心里十分不舒坦。她也喝了一杯酒,嘴里喘着粗气,不知道该说什么好。

阿峰说："我不想前功尽弃。这样吧,你将这些东西拿回去,让你在报社做总编的老公还给那个记者,让他把这个消息发出去。你看如何?"

梅朵只得按阿峰说的办。她准备起身离开阿峰的房间时,阿峰却一把将她抱紧,色迷迷地说："别着急走呀,既然来了还是陪我一会儿吧。"

梅朵来不及躲闪,只得在阿峰怀里告饶："你饶了我吧,我哪有那个心情啊。"

梅朵回到家时,韩寒没在家,客厅里坐着韩寒的父母。见梅朵回来,韩寒的母亲小心地询问："韩寒呢?没有和你在一起吗?"

梅朵说："没有啊。他不在家吗?"

老人说："没有,你走了之后,他哭着出去了。他会不会出什么事?"

梅朵安慰老人说："没事的。可能是他误会了。我这就给他打电话。"

电话里，韩寒有些醉态，嘟囔道："别理我，烦着呢！"

梅朵非常清楚老公韩寒的做派，他从来不会像今晚这样，想必自己伤到他了。于是，她大声说："韩寒，你在哪里？你知道家里的老人都在找你吗？"

韩寒一听是梅朵，口气立刻变了："是你呀。你怎么不到家里找我呀？"

梅朵没好气地说："我现在就在家里呢！老人问你什么时候回来？"

韩寒立刻说："好，我马上就回去。"

梅朵意识到，韩寒肯定在喝酒。他要是喝醉了，开车出事怎么办？

她又说道："你不要喝了。你现在在哪儿？我去接你。"

韩寒倒也老实，立即说："在绿叶酒吧。"

韩寒已经醉得不省人事了。梅朵将丈夫接回家，望着丈夫苍白的脸，心里又气又急。

听说他们闹矛盾，梅兰和何华德也赶了过来。

梅朵更加气愤，心想，用得着闹得这样满城风雨吗？

她气鼓鼓地问梅兰："你们来干吗？"

梅兰说："你们到底怎么回事？韩寒来电话说，你今晚要出大事，我们就过来了。"

梅朵和韩寒卧室的灯彻夜未熄。

韩寒醒过来的时候，已经是凌晨四点半了。看见守候在他身边的梅朵，他内心充满了歉疚，轻声问："你怎么还不睡啊？"

"我睡得着吗？你怎么喝成这副模样了？"梅朵问。

"是我太冲动了。现在那件事情怎么办呢？"

醒来后的韩寒依然对那件事情念念不忘。

梅朵脸上挤出一丝苦笑，说："已经有办法了。没有你想象的那么复杂。我请示过相关领导了，就让它自生自灭好了。你明天到报社之后，把这些照片还给那个记者。没有什么大不了的。领导已经明确指示，只要有人拿这件事说事，就让相关部门介入。我们当事人要远离是非区。"

即便是这个时候，梅朵还是不信任韩寒，她的这一套话完全就是按照阿峰的授意说的。

韩寒摇了摇头，叹息道："这样就好。"

梅朵说："领导说得十分清楚。你可不要惹是生非了。"

韩寒又换了一种语气，问道："这些照片不还给那个记者不行吗？"

梅朵心里很不高兴，但还得耐着性子劝韩寒："不行。你想啊，跟踪北京和省里来的人，这是一般人所为吗？另外，你把这几张洗好的照片留在手里，难道拍照片的人就不会存有另外的照片和底片吗？是有人想拿这件事做文章。人家既然愿意拿出来，就说明人家留有一手。"

韩寒立即坐了起来，汗毛都立起来了，惊慌地问："这么说，我们报社的摄影记者是在被人利用？"

梅朵说："你们报社那个新来的摄影记者，根本就没有被别人利用的可能性。像他这样幼稚的记者，你会选择利用他吗？"

次日清晨，韩寒很早就赶到报社。他没有和办公室的人打招呼，就直接拨通了那个摄影记者的电话："好好干吧，报社需要你这样有闯劲的年轻人。还有，你昨天的照片用不上了，还给你，这是你的劳动成果。今后继续努力吧。"

韩寒长长地舒了一口气，然后给梅朵发了条短信：事情已妥善处理，勿念。

阿峰毕竟是个诡计多端的阴谋家，他的设想一点儿没错。报社那名年轻摄影记者不知晓里面暗藏的玄机，见人就炫耀他的成果，并四处宣扬，龙城就要有新的女副市长了。他还经常拿出他拍摄的照片，作为打赌取胜的实据。经他这样一闹腾，三天之后效果就开始显现了。很快，这件事就传开了。

不几日，连梅朵也在龙山县城听到了她即将升任副市长的传闻。她不得不暗自佩服阿峰，事情发展的每一步似乎都在他的掌控之中。在这个传言的推波助澜下，梅朵成了龙城关注的焦点人物，她走到哪里，都会听到奉承和艳羡之声。

这正是阿峰想要的效果，他就是想把梅朵推到副市长的位置上去。他得意地打电话给梅朵："亲爱的，你是否听到了胜利的号角了？"

梅朵担忧地说："我天天都在提心吊胆。"

阿峰宽慰道:"你还是久经官场的宣传部长呢,怎么这么没有气魄?别担心,有你阿峰哥做你的后盾。"

梅朵即将升任副市长的传闻很快传播开来。

听到这样的传言,明风再也按捺不住了。他本来想从宇峰嘴里得到确切的消息,但是想来想去,还是觉得不好和宇峰开口。你一个外市的副市长,省委工作组成员,不干好本职工作,关心组织上选拔谁当副市长干什么?那是龙城市委和上级领导部门的事情,你着什么急?再说,这样的人事安排还轮不到他发言。有多年的官场生涯,这时,他对该怎么做还是有数的。他想到了梅兰,觉得也许可以从她那里得到更为确切一点儿的消息。

他来龙城工作一段时间了,他关心梅朵的升迁不是没有理由的。他原本一直以为自己能到龙城出任市长,可时间过去这么久,一点儿音讯也没有,他感到有些焦虑。

于是,他拨通了梅兰的电话。

梅兰听到手机响,停下了手头正忙的工作。

"明市长,有何吩咐?"她问。

明风没想到梅兰记住了他的号码,心里暗自得意,说:"梅秘书长,好记忆力啊。我还没有说话,你就知道是我。"

梅兰说:"你大概忘了我是干什么的了吧?我不就是帮人记电话、帮人打电话的主儿吗?我要连这一点儿小伎俩都没有,不早就下岗了吗?"

明风说:"秘书长,你这不是小伎俩,是独门绝技。秘书长,上次我答应你的事还没有办成呢,你抽时间我们到省城跑一趟吧。"

梅兰故意问:"明市长,你说的是哪件事啊?"

明风说:"你真是贵人多忘事啊。见明副书记的事啊,要是不帮你办,我不成了背信弃义的人了吗?"

梅兰的心里跟明镜似的。上次的事情没有办成,并不是明风没有努力。北京的领导和省委的明副书记连市委书记宇峰都没有单独见,明风没办成这件事也很正常。

想到这里,梅兰又想起了梅朵。梅朵从小就很要强,现在都三十几岁了,也没有改。她发现,近段时间,市委的一把手宇峰似乎也关注上了梅朵。上面要提升梅朵，决不是毫无根据的传言。从宇峰的表现看，他一定很在意梅朵背后的势力和那些身居高位的官员。梅朵暗中到底动用了什么人呢？

她慢悠悠地对明风说："明市长，你言重了。我就是为大家服务的。你说吧，什么时候领导方便？"

她内心十分清楚，在这个当口，可以利用的关系一定要利用。

明风很轻松地说："你要能脱开身，我们明天就去省城。"

梅兰没想到明风说明天就走。她可没有明风那样洒脱，身为秘书长有一大摊子的事，不能说走就走，要安排好日常工作，还得向常委会请假。

她对明风说："明市长，我可没有你那样自由啊！我得请假，安排好工作才能动身。你等我的信好吗？"

"好的。你是大忙人，当然是我等你了。"

说完，明风"呵呵"地笑了。

梅兰期待着省城之行。

梅兰跨进宇峰办公室，见市委组织部长正在和宇峰商量事情，她隐约听到了两人的谈话内容，似乎与市里面的干部提拔有关系。

宇峰对她说："你一会儿再过来吧。"

她往回走的路上，在市委大院里看见了一个熟悉的身影。窈窕的身材，平缓的步态，她一眼就认出那是梅朵。

她来干什么？开会？好像今天没有会啊。那么，她这个时候出现在市委大院有什么目的呢？

梅兰想了很多，但每一个假设又都被她否定了。

平心而论，谁不希望妹妹有出息呢？但经过这么多年的官场风雨，梅兰对干部任用的程序是非常熟悉的。她为妹妹捏着一把汗，不希望妹妹栽跟头。但是，这一次因为她也是当事人，她不能在这个问题上和梅朵商量，怕弄不好还会伤了亲情，伤了姊妹间的和气。她更不愿意让妹妹觉得自己想要她让路。因此，她只能睁一只眼闭一只眼。她快步回到自己的办公室，以避免和梅朵相遇时两人都觉得尴尬。

两小时后，梅兰走到宇峰的办公室门口，刚要敲门，听见了梅朵和宇峰正在打情骂俏。梅兰知晓梅朵风骚多情，但从没有见过梅朵调情，

这回算是开了眼界。

只听梅朵说:"我让你猜一个谜语,看看你的脑筋反应快不快。"

宇峰说:"你就爱欺负我这个大脑痴呆的老实人。要是我猜不上来,你不许取笑我啊。"

梅朵说:"一条小河竖着长,一年四季水长流,年年水草不见长,只见小和尚来洗头……"

听见这种调情的话,梅兰觉得脸红心跳。

房间里又传出一阵阵暧昧的笑声。梅兰不知道他们还要聊多久,心里暗暗着急。

算了,干脆给他打个电话吧。她拨通了宇峰的电话。没有等宇峰说话,她抢先说:"宇峰书记,我是梅兰,有事情向您汇报。"

宇峰稍作停顿,说:"你等十五分钟过来吧,我现在还有一个客人。"

"好吧。"

挂了电话,梅兰心里非常压抑。但她毕竟是做了多年市委秘书长的人,她努力克制着情绪,一再告诫自己,不要把梅朵当成亲妹妹,就当她是龙城的一个普通女干部。

宇峰接完梅兰的电话后,对梅朵说:"晚上我请你吃饭。我现在还要接待客人。"

准确地讲,今天梅朵来见宇峰,一点儿公务也没有,纯属私人拜访,所以两人聊的全是些没有边际的废话或者情话。宇峰知道,梅朵是来打探消息的,是想探探市委的底。但是,宇峰早就有所准备,对梅朵这尊小神笑脸相迎,笑脸相送,谨慎行事。

一无所获的梅朵见宇峰下了逐客令,只好站起身来,说:"不好意思,占用了你的时间。晚上的饭就免了吧,改天我请你。"

宇峰也没坚持,就说:"好吧,改天再约吧。"

等梅朵走远,梅兰才走进宇峰的办公室。

她习惯性地先给宇峰把茶杯里的水续满,而后才坐到了宇峰的对面,准备说她的事情。人就是这样,不涉及自己的时候,说起话来没有什么顾忌,而涉及自己时,尤其是像升迁之类的事情,总有些难以启齿。

宇峰和梅兰彼此相当熟悉。看见梅兰的神情,宇峰想到了两种可能，一是梅兰要问他和梅朵的事，另一种是梅兰要谈她的去向。

他期望是后一种。

梅兰迟疑了片刻，似乎很难启齿。

聪明过人的宇峰又扫了梅兰一眼，立刻判断她就是为前途来的。他原本那点儿心理负担顷刻间没有了，主动问道："你是要说你去市政府的事情吧？"

梅兰说："什么都让你看穿了。"

宇峰说："你的事情我一直搁在心上。说吧，你有什么想法？"

梅兰见宇峰把话说开了，也就再没有顾忌，说："我想去一趟省城，你觉得妥当吗？"

宇峰沉思了半晌，说："该走的路，我都走了，该说的话，我也都说了。我不反对你去，可你走哪一条线呢？会不会弄巧成拙？你要把握好啊。"

宇峰的话语重心长，一是因为他们是多年的同事，二是他们之间还有一层情感关系。

梅兰也没法再保密了，只得说："副书记。"

宇峰沉默半晌，看了梅兰一眼，又问："你和明风一起去？"

梅兰点点头。

宇峰没有反对，也没有赞成，只是说："嗯，既然你已经决定了就去吧。不过，我提醒你，和有些人还是要保持一定距离为好。"

梅兰不懂宇峰的意思，随口问道："你的意思是？"

"保持距离，懂吗？这一点，你自己去掂量吧。"宇峰说。

梅兰看出，宇峰对明风其实是持保留意见的，甚至她都可以断定，要是组织上征求他的意见的话，他一定不会投明风的赞成票。两人平时亲密得像兄弟一样，原来还有这样深的隔阂。这段时间，梅兰很多时候都揣测不透宇峰的心思。

她停顿了许久才说："如果你同意，我明天就走。"

宇峰又问："你去省城，都有哪些人知道啊？理由呢？"

他当了多年的书记，知道在这个敏感时期一个在位的常委往省城跑意味着什么。

宇峰说："你不是身体不好吗？到你同学萌萌那里去看看吧。"

第二章　煞费苦心

官场姬

回到办公室，梅兰放松地坐到椅子上，品了一口红茶，拿起手机，拨通了明风的电话。

明风正在开会。他走出会议室，说："秘书长，请指示。"

梅兰乐呵呵地问："你什么时候去省城？"

明风说："你定下时间后咱们一起走。"

梅兰说："这样吧，我要先去看看病，明天上午先走一步吧。"

她这是在暗示明风，她决不是单纯为了走关系，只是顺便去一趟。

明风说："哎呀，我明天上午还有一个会议，走不开呀！"

这正中她的下怀，她立即说："这样更好，两不耽误。我先去看病，你先忙你的工作。"

明风现在要考虑的是如何与叔叔打招呼。是将叔叔约出来，还是上叔叔家去？无论如何，他不想在梅兰面前食言。他想到了阿峰，决定以阿峰的名义给叔叔捎点儿土特产去。叔叔向来是给阿峰面子的。于是，他拨通了阿峰的电话。

凑巧，明风负责灾后重建的项目管理，阿峰正想揽生意。

明风谈完了工程的事情之后，问道："我明天要到省城去看老爷子，你有没有什么东西要带啊？"

阿峰是个明白人，立即说："有，有。你现在在办公室还是宾馆？我马上让人送过去。"

一刻钟之后，阿峰就派人送来了两盒极品东北参，当然也给明风送了一盒。这两盒人参价格不菲，没有十万八万是买不来的。

明风没有推辞，对来人说："回去告诉你们老板，东西我一定带到。"

有了万全之策，明风的心里踏实了。但是，他转念一想，自己去见叔叔，不带任何礼物，而是替阿峰带礼物，叔叔会怎么想呢？对，干脆就对叔叔说，礼物是自己孝敬叔叔的，和叔叔见面主要谈阿峰要接工程的事。

第三章
隐秘交易

梅兰不知道去省城要用几天时间，于是，她早早地给保姆打了个电话，嘱咐她今天多做几个菜，然后又给丈夫何华德打了个电话，让他早一点儿回家，说她有事情宣布。

此刻，何华德正在剧团辅导舞蹈节目呢。女主角还是他钦点的菲菲。

看她的演出，已经成为何华德最享受的事情。凭他的直觉，菲菲绝对是可遇而不可求的天才演员。骨子里是文人的他，对菲菲的欣赏和迷恋程度，远远超越了对家的迷恋。

演出完毕，他有些激动地对菲菲说："太绝了，你对人物的理解和诠释非常精准，让我震撼。我奖励你吃大餐吧？"

旁边的人取乐说："太缺乏创意了。菲菲今天排练这样成功，你还不把'女儿'带回家呀？"

何华德突然有些忘乎所以了，当即答应说："好，就带回家，让家里人也高兴高兴。"

菲菲一脸羞涩。

何华德后悔自己只图一时痛快，就答应带菲菲到家里去。倘若梅兰发难或者小梅儿不愿意，自己就会弄巧成拙。不过，他转念又想，将菲菲带回去怕什么呢？这样不是更表明自己胸襟坦荡吗？

出了剧团的大门，菲菲问："你真要带我去你家呀？"

何华德说："是呀。你不愿意？不愿意就算了。"

菲菲是个完全没有生活经验的孩子，不知晓这里面的利害关系。她

其实还真的想见见他的妻子梅兰呢。她早就听说，梅兰是个美女，还是市里面的领导，比何华德的官还要大，所以一直充满了好奇。

她歪着脑袋问："你们家的领导会欢迎我吗？"

何华德笑笑说："怎么不欢迎啊？她又不是魔鬼。再说，家里不是还有我女儿吗？"

菲菲说："我第一次去你们家，总不能空着手去吧？"

何华德说："这好办，买点儿东西就行了。"

菲菲又说："她们都喜欢什么呢？你知道吧？"

何华德说："管她们喜不喜欢，买点儿意思意思就行了。"

菲菲想了想说："小梅儿的好定，就去买本书好了。可是给你们家那位买什么东西我就不知道了。"

何华德说："要不就给小梅儿买个礼物得了，我也不知道该给夫人买什么。"

菲菲眨巴着眼睛说："我听同事说，你们家那位是市委的一枝花，一定很漂亮吧？只要人漂亮，东西就好买，我决定了，就买一条漂亮的丝巾。"

何华德"嘿嘿"地笑了，心想，我怎么就没想到这样的好主意呢？梅兰还真曾经说过她喜欢丝巾，自己当时也真动了给她买的念头，可杂事太多，后来也就忘了这件事。听菲菲这样一说，他眼前一亮，说："好主意。走吧，去新华书店龙城总店，可以在那里把书和丝巾一起买了。"

两人叫了一辆出租车，向新华书店龙城总店赶去。

到了新华书店龙城总店，菲菲将何华德拉下车，嘴里还叨唠说："买东西时，你可要给我参谋啊，要是买错了，我可要找你算账啊！"

平时口若悬河的何华德在菲菲面前变得木讷了。

此刻，一双惊异的眼睛正注视着两人。他们俩没有料到，梅兰此刻也在这个书店里。她原本是想在去省城之前给女儿买一本作文辅导书，但她万万没想到，居然会看见了丈夫和一个年轻貌美的女孩牵着手下了出租车。她怒火中烧，真想上前去责问何华德。但多年的机关工作让她养成了冷静、稳重的性格。她决定，先不打搅丈夫的"好事"，暗中跟踪他们，看看他们到底在搞什么鬼把戏。她躲在一边，暗中观察着两人的举动。

眼见丈夫和年轻女孩进了书店，梅兰想，莫非这个女孩还在上大学或者研究生？现在的年轻女孩总是过分追求物质享受。不过，她又觉得，这也并不全是这些年轻孩子的过错啊。就拿何华德来说，你一个堂堂的国家干部，又是知识分子，年龄都可以做人家的父亲了，还这样去祸害人家，当然是你何华德的责任啊。

由于离得远，她看不清女孩的面容，只能看见她窈窕的身段和打扮入时的服饰。就凭这个，她也可以断定，那个女孩一定面容十分清秀。

两人选了一套书。付款的时候，女孩正要掏钱包，何华德却抢先付了款，嘴里还说着什么。

他们离开书柜后，梅兰好奇地走过去看了看，只见书柜上摆的全是中学生教辅书籍，并且以高中的为主。梅兰纳闷了。难道那个女孩在兼职做家教？要是这样的话，这个女孩应该是个上进的孩子。

何华德啊，何华德，你就造孽吧！

梅兰愤愤地想着。

何华德和那个年轻女孩又走到了书店的时尚用品柜台前，认真地挑选着丝巾。梅兰突然幻想，要是她能和丈夫在那里挑选丝巾，该是一件多么惬意的事情啊。可是，现在丈夫身边却是这么一个年轻的女孩！

女孩掏钱包的时候，又是丈夫抢着付了款。

梅兰感觉心中异常压抑。

看见丈夫对那个女孩大献殷勤，还毫不吝啬地大掏腰包，梅兰几乎失控，她真想冲过去，但最终还是咬咬牙，努力让自己平静下来。她走到一个何华德看不见的角落，拨通了丈夫的电话。

她问："你到哪里了？"

何华德好像什么事也没有似的说："就快到家了。你回家了吗？"

梅兰十分诧异，简直不认识何华德一样。他怎么变成这样，说谎一点儿也不脸红！莫非男人到了这个年纪都会这样？梅兰感到很绝望。

"多久到家？"梅兰问。

何华德说："也就半个小时吧。"

梅兰又问："你在单位吗？"

何华德说："在新华书店呢，陪一个朋友买几本书。"

何华德倒没有撒谎。

梅兰又追问："什么人啊？"

"你怎么了？别疑神疑鬼的。是一个剧团的朋友，你不认识她，回

第三章　隐秘交易

头你就会认识了。"何华德说。

"回头就会认识?他葫芦里到底卖的什么药?梅兰想,自己是不是神经过敏了?但现实又分明告诉她,丈夫和这个女孩决不是一般的同事关系。

"好吧,你快点儿啊。"

看何华德和女孩出了书店,她立即抢先走到了门外,上了一辆出租车,对司机说:"师傅,你一会儿跟上那两个刚出来的男女,回头给你双倍车费。"

司机回头看了她一眼,问道:"怎么,盯梢啊?"

梅兰说:"你问这么多干吗呀?"

何华德和女孩上了一辆出租车走了。梅兰乘坐的出租车紧跟其后。快追上何华德他们的车时,梅兰看清了那个女孩的模样,发现女孩长得十分漂亮,就像某个大明星一样。她想,她莫不是从大城市来的大明星?丈夫是文化局副局长,出于工作需要陪同她也是有可能的。

她担心何华德看见自己,对司机说:"你慢一点儿,跟在后面。"

二十分钟之后,梅兰发现,丈夫乘的出租车是在向自己家的方向开。她觉得有些奇怪。

果然,丈夫和女孩在家门口的公路旁下了车,一起向自己家的方向走去。

梅兰想了很久也没有想清楚是怎么回事。等她回过神来,准备给司机交钱时,才发现拎包根本就没在身上。她立刻慌了神,着急地说:"我的包呢?"她料定,自己是在书店跟踪丈夫时弄丢了包,愤愤地骂道:"何华德,你真不是个东西!"

梅兰用司机的手机给小梅儿打了个电话,让女儿给她送点儿钱来。

过了大约三五分钟,小梅儿跑了出来,一脸的兴奋。而此刻面对女儿稚气的笑容,梅兰却一脸无奈,怎么也笑不起来。

很少见妈妈犯愁的小梅儿的脸色也跟着"晴转阴"了,她伸出修长的手,拉着梅兰的手问:"您怎么了?本来有惊喜告诉您呢,看您这副模样我不知道该怎么说了。"

梅兰挤出一丝笑容,说:"没事的。妈妈的包丢了,有点儿懊恼。你说,什么惊喜啊?"

小梅儿夸张地说:"一个天大的秘密!"

梅兰问:"你是说书的呀,也会拐弯抹角了?"

小梅儿说："很特别，所以要有些铺垫呀。爸爸带回来一个姐姐，可漂亮了，像从画报里走出来的美人。爸爸说是我的干姐姐……"

小梅儿平日里的眼光十分挑剔，对很多大明星她也会挑出这样那样的毛病。她对刚才爸爸带回家的女孩有这样高的评价，很出乎梅兰的意料。让她更为不理解的是：何华德怎么会突发奇想收一个干女儿呢？他以前从来没有和自己打过招呼，这里面到底有着什么样的隐情呢？她尽量让自己的心态平和下来，接着问："你没有看错吧？真的那么漂亮？比我和小姨还漂亮？"

小梅儿嘟起肉感的小嘴，娇嗔道："我从来都没有怀疑过你们两人的漂亮，但您总得允许还有比你们漂亮的人存在吧？"

看着女儿的神情，梅兰也"咯咯"地笑了，丢包的懊恼情绪缓解了不少。

她按响了门铃。春风满面的何华德迎了出来，问道："你才回来啊？我以为你会比我先回来呢。身上没有零钱了？"

梅兰一边用眼睛搜索着什么，一边说："我的包丢了。"

何华德奇怪地问："怎么，你也丢包了？"

梅兰在秘书长位置上，事事养成了小心谨慎的习惯，几乎从来不会丢失东西。这可是盘古开天第一回，所以何华德有些吃惊。不过，他大度地安慰："丢了就丢了，买一个新的不就得了。"

梅兰的目光始终没有看何华德一眼，一直向房间里面张望。

何华德笑着说："怎么，你也渴望马上见到干女儿啊？小梅儿，你真是个小广播，你就不会给你妈妈一个惊喜呀？这孩子。"随后，何华德冲房间里喊道："菲菲，你干妈回来了。"

里面先是传来女孩子脆生生的"哎"声，随后是匀称的高跟鞋声。梅兰有些迟疑时，一个赏心悦目的女孩走到她面前，脆生生地喊了一声："干妈好。"

梅兰觉得这个声音很特别，是她喜欢的那种略带羞涩和卑微的声音，像久别母亲怀抱的女儿喊出来的声音。她端详了姑娘一眼。

只见她一米七的高挑身材，光洁如玉的额头，柳眉下面一双水汪汪的灵动大眼，高耸的鼻梁透出一种罕有的贵气，嘴唇湿润性感，笑的时候露出一排白白的牙齿。她一边欣赏着一边说："你好。"然后又埋怨何华德说："你怎么也不早说呀？我还没有思想准备呢。"

何华德说："我不是想给你一个惊喜嘛。现在我们家有两个丫头了，

第三章 隐秘交易

多好啊。"

梅兰身上的母性随即显露出来了，问道："丫头，你叫什么呀？在哪里工作啊？"

菲菲立刻温顺地说："干妈，我叫菲菲，在市剧团上班。"

梅兰立刻想起来了，说："哦，你就是那个获奖的孩子？我们办公室很多人都知道你的名字呢。"

小梅儿拉着菲菲的手，好奇地问："姐姐，原来你真是个演员啊？"

何华德此刻的心情十分复杂，但脸上还是堆满了笑容。

菲菲将那套《高中作文精选》送给小梅儿时，梅兰有些自责，心想，原来他们是到书店给小梅儿买书去了。自己还把他们当成了……

菲菲又将一条紫色的丝巾送到梅兰面前，娇声娇气地说："干妈，看看这条丝巾你喜不喜欢？"

梅兰此刻却有一种少有的感动，不由自主地说："谢谢你，女儿，妈妈喜欢。"

她原本想兴师问罪的心态已经没有了踪迹。

小梅儿将菲菲带进了她的闺房。

梅兰责问何华德："你什么意思？这些东西都是菲菲买的？"

她还没有放弃审问的念头。

何华德如实说："她到家里来非要买礼物。她一个刚参加工作的娃娃，我怎么能让她花钱。这些东西都是她挑选的，钱是我付的，我哪能让人家孩子出钱啊。"

梅兰打消了疑惑的念头。看来是自己错怪丈夫了，丈夫并不是没有底线的男人。

不过，想到菲菲凄美神秘的眼神、丰满的酥胸和滚圆的臀部，她隐约有一种担心：这样娇艳迷人的美人儿，有几个男人能抵挡住诱惑呢？

吃饭时，梅兰简单地说了她要去省城的事。

晚饭后，何华德对她说："今天菲菲还要回到团里排练，过一会儿我送她回去。刘副局长找我还有事呢。"

小梅儿说："又是打牌的事吧？你早一点儿回来，妈妈明天就要走了。"

"知道了，小公主。"何华德站起身来。

菲菲和梅兰、小梅儿打了声招呼，就和何华德下楼去了。

小梅儿怅然若失地说:"原来演员也这样辛苦啊,还要加夜班。"

梅兰只是笑笑,起身准备明天出门的东西去了。行囊准备好了,她发现身上没有现金,暗自提醒自己,出门之前一定要带上现金。她又想起手机丢了,立即让值班室的秘书小帆将她办公桌上的备用手机给她送到家里来。

她想,宇峰让她故意放出风去,说她是到省城治病,这并不难办。她到省城的医院开一张证明回来就行了。她还准备带着明风去一趟省女子医院,彻底封住明风的嘴,免得明风以后说漏嘴。

她给省城女子医院的萌萌去了电话。

萌萌取乐道:"你还真要带娇夫来看性无能啊?"

梅兰回敬说:"不行啊,人家指定了,就是要你给医治。"

萌萌开心地说:"这可是我求之不得的美事啊。治好之后我近水楼台一回,你不会介意吧?"

梅兰说:"嘿嘿,你就不怕我举报你以权谋私啊?"

两个女人笑成一团。

萌萌又说:"你不会只是来电话取乐子吧?有什么事?简单说。"

梅兰简要地说了她的私密行动,问:"你那边没有问题吧?"

萌萌说:"不就开一个证明吗?这事你不用担心了,全套手续我都会替你准备好。这样的事情,我每月都会遇到一起两起的。"

梅兰说:"那就提前谢谢你啦。"

事情都安排妥当之后,梅兰回到客厅,与女儿聊起了菲菲。

小梅儿问:"妈妈,您喜欢菲菲姐姐吗?"

梅兰说:"怎么说呢。算是喜欢吧,她太美了,谁都喜欢美啊。"

话虽这样说,梅兰心里还是有一种不踏实的感觉。

小梅儿一歪脑袋,说:"我长大了也要像菲菲姐姐那样,当一个明星!"

梅兰有些失望,但她不想打击小梅儿,就说:"嗯,可以。可是,你知道吗,菲菲姐姐也很不容易的,大学毕业后分配到剧团,也是从最基层干起的啊。"

小梅儿说:"只要能当明星,我也和她一样,什么都愿意干,什么苦也都能吃。"

深夜十二点了,何华德还没见踪迹。

梅兰说:"你爸爸也真是的,都半夜了还不回来。"

第三章 隐秘交易

小梅儿自告奋勇地说:"您等着,我来教训他。"

她拨通了何华德的电话。两人同时听见了熟悉的电话铃声,原来,何华德的手机根本就没有带,而是放在了客厅沙发边的茶几上。

小梅儿将爸爸的手机拿到手上,消了刚才自己拨打的那个未接电话后,看到上面还有另外的未接电话和未读短信。

她对梅兰说:"爸爸的手机还有别的未读短信呢。"

梅兰接过手机看了看,并随手打开了短信,发现短信是菲菲发来的。

她好奇地往下看。

干爹,刚才打你的电话你没有接。今天去你们家真的很愉快。干妈真的很漂亮,妹妹也很可爱。祝你们全家幸福。

梅兰明白了,电话上的未接电话是菲菲打来的。

何华德跑到哪里去了呢?

梅兰用何华德的手机给菲菲回了短信:

菲菲你好,你干爹没在。我是干妈,谢谢你的赞美,希望今后多来家里玩……

回了短信,梅兰闭目养神,静静地等待着何华德的音讯。

何华德去送菲菲根本就是谎言,他和菲菲一出门就直奔安乐窝了。

进门之后,菲菲就扑到他怀里说:"我内心很愧疚,你老婆和女儿都不错。"

何华德抱紧菲菲,缠绵地说:"她们是很好,未必你就欠她们什么了啊。"

菲菲吻了一下他的额头,柔情地问:"你真能这样分得开呀?我怎么就不行呢?"

何华德也吻了吻菲菲湿润的嘴唇,忘情地说:"也许,以后你就会习惯的。"

说完,两人手拉手进了一侧的书房。

何华德正在写一个新剧本,是现在剧团正在排演的神话剧《长风远歌》的续集。

《长风远歌》是一部中国古典爱情神话,讲述的是一个家道破落的公主不辞千辛万苦追求爱情的故事。菲菲饰演这个公主。

何华德问菲菲:"你是怎么理解剧中人物的?"

菲菲说："你不觉得她就是我我就是她吗？"

何华德听到这样的回答，心猛地一沉。是呀，剧中人物的命运有些与菲菲相似，所以菲菲饰演的时候，就把剧中的人物当成自己了，她根本就不用酝酿，演起来就入木三分。他暗自感叹：菲菲就是天才演员，假以时日，她一定会成为名满华夏的大腕儿。因此，他决定写《长风远歌》续集，要为菲菲量身定做一出更适合她的戏。

剧本的名字叫《萧萧阙歌》，剧情也是接着《长风远歌》往下续的。剧中的公主寻到了自己的爱情归属。突然有一天，天崩地裂，玉帝娘娘将公主的丈夫从人间选拔进了天宫，从此，公主与心爱的人天各一方，永远不能团聚……

何华德将故事大纲给菲菲看，还说："菲菲，你看，这样写你演得了吗？还需要改进吗？"

菲菲看完剧本，眼眶里充满了泪水，问他："你的剧本写的是不是我的结局啊？我很害怕。"

何华德说："哪里是你的结局啊。我是问你喜不喜欢这里面的角色。"

菲菲一下扑到了他宽厚的怀里，一边掉眼泪，一边说道："不是不可以演，我是担心啊。"

何华德心里有数，宽慰菲菲："你是一个好演员，这个角色是为你量身定做的。你一定能达到新的艺术高峰……"

菲菲既害怕又感动，依偎在他的怀里。

菲菲的手机"嘀嘀"地响个不停。

菲菲伸手从挎包里将手机拿出来，打开一看，居然是梅兰回的短信：菲菲你好，你干爹没在……

菲菲忍不住笑了，说："你也真是的，做这样的假戏干吗呢？"

何华德狡诈地笑笑说："你说我该怎么办呢？难道说我和你相拥在一起吗？"

菲菲说："你还是快一点儿回去吧。她明天不是要走吗？"

回到家，看见客厅里的梅兰母女，何华德反而有一种陌生感。

小梅儿埋怨他回来太晚了，梅兰没有表态。

何华德慌忙说："那个刘副局长的麻瘾太大了，本来早该结束的。我给你们做夜宵好不好？"

官场姬

小梅儿高兴地说:"好,以后谁要是犯错就罚做夜宵。"

见女儿这般高兴,梅兰也没什么可说的。

梅兰突然问他:"你是什么时候收菲菲做干女儿的?"

何华德说:"睡吧,明天你还要赶路呢。"

梅兰说:"你什么意思啊?"

何华德不知梅兰是何用意,所以不愿多谈菲菲。

"没有什么意思啊。我不过是看这个孩子有上进心。"

梅兰看着他的眼睛说:"这样的事情也可以敷衍吗?我告诉你,小梅儿认真了,我也看上了这个水灵的姑娘。等我从省城回来,你把她带到家里来,我还指望她帮助小梅儿呢。"

梅兰的这番话,让他瞠目结舌。他无法预料,将菲菲领进家门到底是祸还是福。

梅兰快赶到省城时,接到了明风的电话。

"你到了吧?住哪里呢?"明风问。

梅兰说:"这个你也关心呀,明风市长?"

明风说:"不是为了联系方便嘛。"

梅兰开玩笑说:"尊敬的明市长,本人可是到省城看妇科病的。"

明风回答说:"你吓唬谁呀?又不是艾滋病。"

梅兰说:"不开玩笑。明市长,你来后再联系吧。住哪里我还不知道,都是我的老同学在安排,她是省女子医院的博士。这一次我是出来治病的,就不住龙城办事处宾馆了。"

明风说:"好吧,我下午就过去。"

在这个敏感的时期,龙城的风吹草动明风都异常关注。省里灾后重建工作组下派之前,各种迹象表明省里即将要启用他。当然,这里面起主导作用的是明成。这段时间,任命明风的事情又没了音讯。他担心有变数,所以一直着急。他暗自揣摩,龙城市委的态度对自己肯定不利。哪个地方不希望提拔本土培养的干部呢?一个空降的副市长,在龙城也会受到各方面的排挤。

现在,明风已经把梅兰当成潜在的竞争对手。梅兰的一举一动,他都会密切关注。原来他想牢牢地将梅兰拉进他的圈子,不管用什么办法。按理说,他也取得了阶段性成果,梅兰都与他有过肌肤之亲了。但最近一段时间,梅兰和他保持了距离,把过去的肌肤之亲当成了儿戏一般的一夜情了。这是他极不愿意看到的结果。

到省城见明成这件事，一开始梅兰答应得那么爽快，可是转眼之间，她又是看病又是她先走，这些举动到底意味着什么？明风思前想后，觉得这并非是梅兰一个人的意思，她背后好像还有别的推手，就像一个无形的幽灵。那么，这个幽灵又是谁呢？

这次去省城，明风是有周密打算的。他想让梅兰出面打探省里的意思，而后采取必要的行动。对于梅兰，他也早有防范，他可不想栽在这个女人手里。至于梅朵，他还没有将她列为竞争对手。梅朵毕竟只是处级干部，提升为常务副市长和市长的可能性几乎为零。而梅兰就不一样，她本身就担任了好几年的市委常委了，改任市长和常务副市长是天经地义的。所以，他这一次去省城，一定要接近她，把她的软肋找到，最好是让她臣服于他并做他的搭档。

他初步盘算好了，先让梅兰帮他把礼物带给明成，然后再去见叔叔。叔叔一定会透露出梅兰的情况。另外，叔叔的软肋他也是知道的，美貌女人对他来说就是一道坎。对梅兰这样懂风情又有风韵的女人，叔叔一定不会反感。想到这些，他充满了信心。

上午的会议一结束，明风连午饭都没有吃，就马不停蹄地向省城方向赶去。

路上，明风想到了阿峰。他和阿峰达成了一致意见，将受灾的南城棚户区改造工程交由阿峰的地产集团接手。按阿峰公司现有的实力，要承揽政府这个工程还缺少一些必要的要件。他想好了，龙城的灾后重建需要时间，也需要速度，很多审批程序可以堂而皇之地省去，市委和省委也不会说什么。要是龙城市委对此持不同意见，他就用省委下派工作组的名义使市委让步。退一万步来讲，只要能把工程给阿峰，中途遇到什么难事，明成也不会袖手旁观。

阿峰和叔叔的利益关系，他是一清二楚的。现在他和阿峰联手，不是单一地讨好明成，阿峰也答应了他的利益要求。但是在叔叔面前，他得装着什么手脚也没做，并且把姿态摆够，把面子给足，让明成体味到明风对他的绝对忠诚。

快到省城时，他给明成的秘书去了电话，问清楚了叔叔近几天的行程安排。

三年前，明风就以远房亲戚的名义在省城买了两套联排别墅。只有他的死党才知晓这是他的房产。他每次到这里小住时，都会让保姆离

第三章　隐秘交易

开，好幽会在省城的小情人。

明风在省城有三个情人，其中最小的还在上大专。虽然梅兰也有中年女人的特殊韵味，但是与他的情人还是没法比，尤其是那个叫春梅的女孩。

明风当县长时，有一天，他和教育局的人一起到一个贫穷的乡镇中学考察，一位中学老师说，班上有个成绩好的叫春梅的女孩辍学了。

当天，明风见到了春梅。她才十五岁。他给了她三百元钱，让她回去继续上学。春梅果然回去上学了。有一天，春梅突然跑到他的办公室，乐呵呵地对他说："县长叔叔，我想去一趟市里，我长这么大了还没去过市里呢！"

明风见她讨人喜爱，答应当晚就带她去。当时是夏天，春梅穿了一件黄色花格子衣服，一看就是纯朴的乡下丫头。但春梅长得特别水灵，肌肤像凝脂一样白净，忽闪的大眼睛更是充满了灵气。

下班后，明风让司机回家，他驾车送春梅到市里看风景。

明风看着稚气未脱的春梅，产生了罪恶的冲动。在市里的一家宾馆里，一个纯洁无邪的姑娘被他粗暴地糟蹋了。

这以后，年幼的春梅成了他的玩偶。后来，他为掩人耳目，又将她弄到省城上学。一直到现在，她也没有摆脱他的魔掌。

其他两个情人，虽然长得艳丽可人，但他总觉得她们不如春梅干净，所以他只要来省城，就会把春梅接到别墅里。

春梅现在也懂风情了，相比之下，明风还是喜欢过去的她。过去，她虽然贫穷，但是干净单纯，没有任何的私心杂念。现在，身处省城闹市的春梅，多了好些油腔滑调。

正当两人准备行风月之事时，梅兰的电话就来了。明风暗自得意，心想，我就知道你沉不住气。

"你到了吗？"梅兰问道。

明风说："早到了。"

梅兰说："怎么也不联系呢？我和姐们儿都等你吃饭呢。"

明风说："是吗？我不知道你晚上有没有特别的安排，所以没有打扰你。"

梅兰说："不对吧，明市长，你有私人约会吧？我打扰你没有？"

明风立即说："没有。我和朋友在吃饭，现在结束了。"

梅兰给他打电话，主要是希望他能到医院去看她，以证实她确实在医院。

明风说:"真不好意思,我不知道你在医院呢。"

梅兰说:"我的博士美眉很想见见你这位大市长呢!屈尊你来一趟,美女要请你吃饭啊。"

看着面前香艳欲滴的春梅,明风思考了半晌,觉得不去还是欠妥,最终还是决定赶过去。

赶到省女子医院,明风见到了躺在病床上的梅兰。

明风关切地问萌萌:"我们秘书长的病不严重吧?"

萌萌说:"女人的毛病,怎么好给男人说呢?你最好还是别问了。"萌萌的话把明风弄了一个大红脸。随后,开朗的萌萌又打趣道:"你这样帅,又是市长,一定很多女人喜欢你吧?"

梅兰也跟着起哄说:"你不知道,我们的明市长眼光很高啊,虽然平时找上门来的女人很多,可明市长看上的就很少了。"

萌萌接过话茬说:"明市长,我这种风格的怎么样?"

明风被奚落得一愣一愣的。他看了萌萌一眼,这是一个精干而又不失睿智的女人,模样儿也靓丽。这样的女人是难缠的主儿。他一边审视萌萌,一边说:"不敢高攀。"

萌萌"呵呵"地笑了,继续打趣道:"你怕什么?我又不要你娶我!"她的话直接得让明风吃惊。

"你不要见怪啊!我们女子医院里几乎都是女人,所以说话不避嫌。"萌萌接着说,"这样吧,市长大人,你要是肯赏光,我请二位消夜如何?"

明风显然不想去,他迟疑地问:"秘书长能去吗?"

萌萌说:"怎么不能呢?梅兰,我带你们去一个很草根但非常有意思的地方。"

宽敞的院落,院落中央很多古木参天高耸,院子中央还摆了很多方桌,显得古色古香。

木桌、木凳、木碗、各种粗糙的器物,仿佛让人回到了远古。

明风自嘲道:"你们这些雅士就喜欢有情调的地方,像我这样的粗人来这种地方,会不会玷污了这里的空气?"

"哪里,这就是你们来的地方啊。你们来这里可以领略战火纷飞的

年代,想想远古的英雄们怎么成就霸业。我这样的人,要是在远古,充其量算一个医官。"健谈的萌萌让明风刮目相看。

过了一会儿,萌萌说:"你们俩还有正经事情要办吧?你们单独聊吧,我得回去陪老公和儿子了。"

萌萌走后,明风和梅兰将谈话地点换到了一侧的茶坊。两人各怀心思,谁也不开口先说点什么。

最后还是梅兰妥协了,她问:"明市长,什么时候见领导啊?我心里真的没底,单独见领导,还是大姑娘上轿头一回呢。"

明风说:"你这个市委秘书长,什么风浪没有见过啊?这也算得了一件事?"

梅兰直截了当地问:"什么时候见呢?"

明风说:"随时都可以,我已经和他老人家的秘书联系好。不过,我担心你自己的问题,怎么开口啊?"

梅兰最不愿意听到这种话,她赶紧说:"只是礼节性拜访,并不带任何目的,也就是看看他老人家罢了。"

梅兰在回避这个问题。但是明风就是要将这层皮揭开,让梅兰的内心暴露在他面前,而且最好听到梅兰说出此行就是为了跑官要官。这样,即便梅兰当上市长或者常务副市长,也会觉得欠他一个天大的人情。

明风换了一种语气说:"秘书长,你先找一个时机带上我给领导的礼品,就说是帮我捎带的。要等你见完他之后,我才方便出现。"

这又是一个让梅兰挠头的问题。这明摆着,明风就是要自己承认是靠他的关系跑官要官来了。可事实上也确实如此。她犹豫了很久。

明风当然知晓梅兰此刻的心境,干脆地说:"这样吧,看领导提不提这件事,要是提的话,我就帮你美言几句,要是不提的话,我也就不提这件事了,你看成不?"

梅兰只是笑笑,不置可否。

第二天,明风赶往省政府副秘书长处汇报工作。

听完汇报后,副秘书长对他说:"下面的工作就辛苦你了,没有什么特别重大的事情,你们就商量着办吧。"随后又说,"今天就这样吧。你说的那个南城棚户区改造项目,原则上可以进行,不过,你要多和龙城市委市政府进行协调,主要的工作还是他们来做,我们省里的工作组多抓协调就行了。"

明风应声说："好的，一定按秘书长的指示办。"

副秘书长一会儿接电话，一会儿看文件，忙里偷闲地和他说上几句。最后，副秘书长说："你来得不巧，我中午还得陪张副省长见外省的客人，就没有时间陪你了。"

副秘书长下了逐客令，他当即告别。走出省政府办公大楼，他就和明成的秘书联系。秘书告诉他，梅兰正在和副书记谈话。他给梅兰发了个短信：梅秘书长，我在省委办公楼左侧的茶仙茶楼恭候你。他暗自思索，现在看来，省里对龙城的班子问题是着急的，要不然，明成也不会轻易接待梅兰。只要省委在近期内解决龙城市委市政府的班子问题，我就有希望。现在我既是省委省政府下派工作组的领导成员，又是在位的副市长，也熟悉龙城现阶段的情况，组织上不用我用谁呢？起码从有利于龙城建设的角度来讲，用我就等于为龙城建设提速。想到这些，他心里暗自佩服叔叔明成。这一步棋他老人家早就考虑到了，要不然，他也不会竭力把我安排进省委省政府下派工作组。

梅兰和副书记明成近距离接触后，感觉他很和蔼很随意。刚一见面明成就伸出手来，朗声说："龙城的大管家啊，稀客稀客。你们姐妹俩都是龙城党政机关的名人啊，我在省城，都能时时听到你们的消息呢。你们姐妹都很能干啊……"

梅兰谦逊地回答："有劳领导操心了。"

明成简洁地询问了龙城的情况，还询问了宇峰的近况，然后感叹道："这次的灾难，龙城人民付出的代价太高了。你们可要抓紧时间把灾害造成的损失弥补回来啊。我相信你们龙城的干部队伍是敢于打硬仗的。"

梅兰说："龙城干部兢兢业业，可是，有时还是忙不过来啊。就说宇峰书记吧，他都几个月没有休息一天了，双眼都熬红了，长期这样下去，总有吃不消的那一天。"

明成感慨地说："是啊，宇峰在龙城，是又当爹又当妈。你是心疼书记了吧？省委也在着手考虑龙城的领导班子，时间不会太长，你们再咬牙坚持一段时间。你是老常委了，也要多为宇峰分担分担啊。"

话到这里才算与主题接近了。双方都隐晦地表达了想法。梅兰的心里也踏实了。她站起身来，给明成的水杯里加了水。当她把杯子递到明

成手里时，明成突然说："要不晚上我找你聊聊？"

明成的这个态度，让梅兰有点儿受宠若惊。直到离开了省委办公楼，她还在回忆刚才那一幕。

梅兰回到了宾馆。她要好好休息一下，晚上精神抖擞地去见副书记。

她躺在松软的床上，想到了明成，想到了宇峰，也想到了丈夫和孩子，甚至天马行空地想到了梅朵以及菲菲。迷迷糊糊中，她听到了手机的鸣叫。是宇峰来的电话。

"是你呀。我本想晚上再给你打电话的。"梅兰说。

宇峰的笑声也很爽朗，说："听你的意思，还算顺利是吧？晚上副书记还见你吗？"

梅兰将电话紧贴在耳朵边说："是啊。我原本想睡一会儿再请教你呢。晚上我过去说什么呀？"

宇峰笑笑说："说什么重要吗？既然领导对你这样热情，谈什么都不重要了。既然这样，我心里就有底了，看来市委的意见还是发挥了作用。"

梅兰说："领导也表扬你了，对你是肯定的。"

宇峰笑了几声，说："这个关键时候，我就是再没有能力，领导都会夸奖几句的。关键是你的事，还要注意明风。"

看来，宇峰和明风之间芥蒂很深，他现在还担心她和明风走得太近。

梅兰说："我知道该怎么做，放心吧。见副书记也是我一个人去。总之，我的演技还是相当到位的。"

宇峰说："这样就好。我等着你的好消息。"

"嗯，再见。"

梅兰睡着后，梦见自己当上了常务副市长。当她走上主席台发表履职感言时，她看到了梅朵在一边抽泣。梅朵的脸仿佛变形了，像马脸一样细长，她还没有说一句话，就听见梅朵大声哭泣起来。下面坐着的所有人都站了起来，望着神情怪异的梅朵。就在这时候，宽阔的大会堂里，突然刮起了一阵猛烈的飓风，一时间人仰马翻，主席台也被风雨刮得不成形状。她被龙卷风刮到了半空，身子晃晃悠悠往下坠落。这时，梅朵却站在她身边说，你看吧，老天爷都不让你当市长，你就别违背天意了！当时她十分生气，冲梅朵说，你这是什么话，我这个常务副市长是组织上信任我,众多的人大代表投票表决通过的!她还在辩论的时候,又听见了一阵阵喧哗,进而听见一阵讥笑。只见明风张开了血红的大嘴,吐出了长长的舌头,像个妖魔一样,恶狠狠地对她嚷道:你这个不要脸的女人,抢夺了我的位置。我不会放过你的!明风说着就向她冲过来……

她一个激灵,从梦中惊醒过来。她的手机响了。

电话是明风打来的。她迟疑着,不敢去接电话,仿佛明风真的成了恶魔。

她准备到美容院去化下妆,而后等着明成的召唤。

去美容院路上,梅兰才给明风回了电话,说刚才在病床上睡着了。

明风却说:"秘书长,我不是在梦游吧?我现在就在医院呢,我可没有看见你的人影啊。"

梅兰立刻慌了神。他怎么不预先告知就悄悄跑到医院去了呢?而且还揭穿了她的谎言。但她很快镇静下来,说:"你去医院了?对不起,我拿了药就回宾馆了。怎么,你找我有事吗?"

明风说:"我本来约好今晚见领导的,可领导已经离开省城了。所以,我今天下午和晚上有大把的时间,我想来照顾你啊。"

梅兰心里一惊。怎么?明成离开省城了?不会呀,他要真的离开,应该会让秘书打电话给我呀。怎么会这样呢?明风的信息也不至于有假啊。梅兰冷静下来后,觉得无论如何都要等到晚上。于是,她不动声色地说:"明市长,你的心意我领了,我就不麻烦你照顾了,还是让我一个人休养吧。"

话说到这个份上,明风觉得,再说什么就显得无趣了,只好说:"好吧,那我就在宾馆休息。明天我们再联系。"

梅兰躺在美容院的躺椅上,心里一刻也没踏实,她不知道明成会不会忘记约过她,会不会真的出了省城。她不敢贸然打秘书的电话,只能静静等候。自讨没趣的事她是不会干的。

淡妆化完了。这妆化得不张扬,也不艳俗,显得清丽柔和,正是她想要的风格。整个人显得干练干净,清纯脱俗。

她走出美容院时,手机响起来了。她立刻抓起手机。是明成的秘书发来的短信,她看后一阵激动。

短信内容为:梅秘书长,首长指示你七点三十分赶到省委一号楼,陪首长听音乐会。到时我去接你。

梅兰刚才那种抓狂的心情立刻变得豁然开朗,精神百倍地往宾馆走去。现在离明成要求的时间还有整整一个半小时。

回到宾馆,她打开电视机。电视里正在播放省委副书记明成接见外国客商的新闻。梅兰边看边想,这个明风在明成面前到底是什么角色呢?按理说从他那里来的消息应该是准确无误的,可现实的情况又不是这样,明风对明成的行程根本就不了解。看来明风在他的叔叔明成眼里,并不是重要人物。梅兰觉得,她没有完全信任明风,看来是正确的。

离开宾馆前,梅兰再次到穿衣镜前整理了服饰,披上了一条飘逸的围巾。看着镜子里依旧充满魅力的自己,梅兰得意地笑了笑。

她神采飞扬地出现在省委一号楼门前时,明成的秘书早在那里恭候了。秘书是个三十来岁的小伙子,见了梅兰,亲热地说:"看你这副打扮,我真不愿意叫你梅秘书长。"

梅兰笑靥灿烂地问:"什么意思啊?"

秘书说:"你太漂亮了,我宁愿叫你姐姐。"

梅兰开心地说:"好啊,我要是有你这样一位在首长身边工作的弟弟,我可占了便宜呢。"

秘书说:"我还得跟你多学习呢。对了,首长今晚请你看交响乐团的演出。"

梅兰高兴地说:"嗯,听首长的指示吧。不过,我对音乐比较外行,恐怕会让首长失望。"

秘书说:"走吧。首长这人很好相处。再说,交响乐团的演出,大家都认真倾听,也不用说话。我也听不出子丑寅卯来,去的次数多了也就习惯了。"

两人说话间,就到了车库了。

秘书说:"梅姐,你先上车吧,首长一会儿就到。"

梅兰跨进了轿车。

过了一会儿,明成上了汽车。梅兰心里不免有些紧张。

明成和蔼地说:"让你久等了,不好意思啊。"

"恭候首长,应该的。"梅兰说。

明成又说:"今晚也没有别的要紧事,所以请你去听交响乐,算是慰劳你。你在龙城辛苦了。"

梅兰看着明成说："谢谢领导的关心，我很荣幸。不过，我是个外行。"

明成说："音乐嘛，就是陶冶性情的，在繁忙的工作之余，听一听音乐放松自己就好了。像我们这样整天奔波的人，哪来时间研究音乐呢？每个人对音乐的态度，跟自己的工作岗位是有关联的。我们几个，哪个对音乐在行呢？"

梅兰赔着笑脸说："是的，领导说得非常好。对音乐我也很喜欢，不过还停留在消遣的层次。"

明成说："能用音乐消遣，说明你很不简单了，至少说明你能听懂音乐。现在这个浮躁的时代，真正能听懂音乐的人很少了。"

明成的座位在二层小楼上面正中央。他们落座后，秘书对梅兰说："你坐呀，今晚就你照顾首长了，我在下面看。"

梅兰还没来得及说客套话，秘书旋风般地离开了。全场安静下来，鸦雀无声。梅兰注意到，她和明成的座位在最中央，一低头就能俯视全场，每个乐团成员都在视线范围之内。

这是一个双人包厢，前面空旷，三面封闭。里面宽大的沙发是双人并排座。沙发前的茶几上备有茶点和饮料。

演出就要开始了。梅兰轻声问："书记，您喝点儿什么？"

明成说："来一杯咖啡提提神，好欣赏音乐。"

梅兰给明成倒了一杯咖啡。

明成伸手接咖啡时，将梅兰的手和咖啡杯一起攥在手里。梅兰轻轻地将手抽出来，而明成好似什么也没有发生一样。

演出开始了。尽管梅兰不经常听交响乐，但同样被一曲曲的音乐震撼着。演奏《黄河大合唱》时，梅兰看见明成有些激动。无意间，明成抓住了她的手。这一回，梅兰没有抽回手，而是随着流淌的音符，进入了幽深的音乐隧道，体味着音乐传递的神秘信息。

严肃乐曲之后，乐团演奏了两首流行曲子，凤凰传奇的《月亮之上》和古色古香的《青花瓷》，很有中国韵味，同样让人痴迷。梅兰对流行曲子显然比对严肃正统音乐熟悉得多，她此刻才发现，聆听音乐也是需要特殊环境的，在音乐厅聆听音乐感觉如此美好。

音乐会结束时，全场爆发出雷鸣般的掌声。梅兰看见明成孩子一般地鼓掌，随后说："太震撼了，太震撼了。"他站起来时，扶了梅兰一

把,动作就像明风揽她的腰一样。

也许因为拉过手了,两人也就没有那么见外了。下楼时,两人手拉手,好像一对幸福的夫妻,至少也像一对幸福的情人。

秘书早安排好了茶楼。去往茶楼的路上,明成还沉浸在音乐的意蕴里。他问身边的梅兰:"你感觉如何啊?"

梅兰说:"很享受啊。谢谢领导给了我一个提高音乐修养的机会。"

明成说:"只要有音乐会,十有八九我都不会落下,每次都会有新的感悟和收获。好的音乐作品都是能打动人心的。"

明成说,他早年在部队里待过,因为他年轻时也是一表人才,被军队的文工团军乐队看上了,从那时起,他就与音乐结缘。他在军乐团里先后吹奏过单簧管、双簧管、萨克斯、小号和中音号,后来还学习过打击乐,也拉过二胡和小提琴。总之,他在军乐团里浸泡过后,对音乐有了很深的感情,每每省内有什么重要的音乐盛事,他还热心地出任顾问。

梅兰笑着说:"书记呀,您干脆收我做学生吧。"

明成非常高兴地说:"好啊。我收了好几个门徒了,空闲时,我们就在一起交流心得。现在有空时,我还常拉拉二胡,吹吹萨克斯。我要是退休了,也组建一个乐团,不求有什么造诣,自娱自乐是没有问题的。"

梅兰立刻说:"今天我拜师行不行啊?"

明成满口答应道:"好的,我又多了一个徒弟。"

梅兰煞有介事地将茶杯举起来,说:"师傅在上,徒弟敬您一杯,望今后多加教诲。"

明成笑嘻嘻地说:"坐吧,徒弟。"

气氛立刻变得融洽起来。

明成喝了梅兰递过来的茶,赞美说:"嗯,还是徒弟的茶香啊,有一种沁人心脾的滋味。小梅呀,我最近还要到龙城去一趟,到时你还要给我喝这样可口的茶啊。"

梅兰笑着说:"师傅,要是这点儿小事都做不好,我就不配做您的徒弟了,嘻嘻。"

闲聊了许久,明成才正色道:"小梅,我们现在算是朋友了,就算随便聊聊吧。龙城市政府那边的情况怎么样啊?"

其实,梅兰一直等待着这个话题,就是不敢主动提及。见明成提出来了，她抑制不住内心的高兴，说："市政府那边，近段时间不是有临市的明风副市长帮衬着吗？现在工作运转正常，就是宇峰书记累了一点儿，总是来回两边开会。"

她注意到，明成听到明风的名字时，微微皱了皱眉头。他说话时，从来不提明风，似乎明风是一个他在故意回避的敏感话题一样。听了梅兰的话，明成说："是呀，宇峰现在的压力太大，组织上一直惦记着他。你回去告诉他，组织上很快就会给他减压。另外，你们这些在他身边的人，也要主动帮他分忧，千万不要把他累垮了。"

梅兰点点头。

明成问："你在常委位置上几年了吧？感觉如何啊？"

梅兰说："是好几年了，不过，我这个工作是为领导们服务的，只要领导们吩咐的事情，我尽力做好。"

明成说："你这个岗位很特殊，也是个非常锻炼人的岗位，能把这个岗位干好，再到别的岗位也就轻车熟路了。小梅，你是个人才啊……"

明成的话让梅兰非常高兴。明成已经明确告诉她下周要到龙城视察。梅兰想，这不就是领导的一种暗示吗？她盘算着，回到龙城后要精心准备，随时恭候副书记驾临。

明风知道梅兰和明成会面的真相后，内心十分不爽，但他又不能表现出来。回到龙城，他首先想见一见阿峰，他甚至怀疑，这次他没有见上叔叔是阿峰在背后作怪。他仔细回忆了一遍到龙城的这些日子自己是否得罪过这位神通广大的年轻商人。但他绞尽脑汁，也没想出自己有丝毫对不起阿峰的地方。

怎么会出现这样的情况呢？他想了很久，终于悟出道道了。阿峰为什么一直蹲在龙城？还不就是寻求更多的商机吗？大灾之后的龙城千疮百孔，百废待兴，比任何一座城市都更富有商机。这个时候，叔叔明成让自己到龙城来，是让他配合阿峰的。这么长的时间，自己居然都没有明白其中的奥妙，叔叔不记恨自己才怪呢。

自己只顾和宇峰厮混，还和女人浪费了大好光阴，居然把该办的事遗忘到脑后，叔叔怎么重罚都是不过分的。想到这里，他愧疚起来，埋怨自己愚蠢，过多牵挂仕途升迁，却忽略了这么重要的事情。他一拍脑袋，当即给阿峰打去了电话。

第三章　隐秘交易

很显然,阿峰对他有些不满。"明大市长啊?有何指示?"

"老弟,这么长时间了,也没有聚聚。"明风知晓对方对他不感兴趣,也只能忍着。

阿峰不冷不热地说:"是吗?我不敢打扰明市长啊。"

现在看来,老头子那边连放弃自己的打算都有了。要不然,阿峰怎么敢在自己面前这样猖狂高傲?但事已至此,他也不得不放低姿态。他说:"老弟,我有很多心里话要对你说呢,我刚从省城回来。"

阿峰对明风不感兴趣,但是对"从省城回来"这几个字还是感兴趣的。这里面有两层意思,一是明成会给他带话,二是有可能涉及梅朵的升迁。他也改了口气,说:"这样吧,我在世纪酒楼等你吧。"

阿峰叼着粗粗的雪茄,见了明风,他没有握手问好,只是对服务员说:"来一杯上等龙井。"而后,潇洒地向明风做了一个请的动作。

明风坐到了阿峰对面。

阿峰说:"我看明老兄很疲惫啊。过一会儿,我请你到 KTV 放松一下吧?"

明风委屈地说:"你老弟算是看准了。我这一段时间不但忙坏了,也被人折磨坏了,委曲求全,难啊。"

阿峰好奇地问:"是吗?老兄还会在这个小河沟翻船?"

明风摇摇头,做出一副难受的样子说:"老弟,一言难尽啊……"

随后,明风将他设计好的台词和盘托出,想让阿峰理解他,当然也希望阿峰感谢他,想让阿峰在叔叔面前帮他美言几句。他说:"老弟,龙城可没有想象的那样简单。就说这城南棚户区改造工程,还有两江清淤重建工程,我不知道和宇峰较了多少劲,费了吃奶的力气才弄到我的管辖范围,难呀。"

阿峰的眼睛开始放光了。城南棚户区改造工程虽然要三年才能完工,但绝对是一块难得的肥肉。两江清淤重建工程是一块更大的肥肉,要是能将这个项目拿下来,比城南棚户区改造工程还有利可图,利润可能会是前者的两倍。

明风接着说:"被毁坏的两江百货大楼商厦也要重建,有关手续正在办理。市里面出台了政策,这个项目实行股份制,谁要出资建设,就和百货公司合股经营。这个消息还没有对外公布。市里面的意见也还没完全统一。这个项目已经明确由我负责了。"

明风还向阿峰透露了工业区重建、生态农业区开发等优势项目的信息。这些都是阿峰十分有兴趣的。

阿峰终于放下了架子，端起茶杯，对明风说："哥们儿，以茶代酒先碰一杯，待一会儿我们再去喝个痛快。"

阿峰猛抽了一口雪茄，又问："老兄，你不是说刚从省城回来吗？带回什么好消息？"

明风疲惫地说："这段时间，我整个儿一泥瓦工，去省城也是向省委和省政府汇报工作，连拜访叔叔的时间都没了。不过也好，忙活这些项目，有几个像样的让我抓住了……"

阿峰是聪明人，明风的暗示他能听不出来吗？他乐呵呵地说："老兄，有付出就一定会有回报的。走，喝酒去。"

阿峰给手下安排："我和客人现在要去花都酒店酒吧，你安排一下。"

手下回话说："二楼603号，就在二楼拐角处，位置最好。这个包厢三面隔离，正面向着酒吧吧台一侧的舞台，正好可以看到热力四射的舞台表演。"

落座后，阿峰将吧台的服务员叫过来，亮了亮他的白金消费卡，吩咐说："上XO。另外，叫三五个漂亮女生来，记住，一定要漂亮的。别让其他的推销人员到这里来了。"

服务员见来了大鱼，立刻眉开眼笑地说："好的，先生。"

吧台服务员送来酒水的同时，带上来了四个年轻貌美的女郎。

阿峰问明风："你看看，面前哪两位陪你喝酒，剩下的陪我。"

明风说："随便吧，随便吧。"

阿峰对站在明风身边的两位小姐说："你们伺候好了这位哥哥，一会儿老哥高兴了，今晚把你们全部包下。要是哥们儿不满意的话，你们马上就得走人。"

几个女郎娇嗔道："大哥，你就放心吧。"

阿峰的白金卡引来了酒吧的经理，一位气质优雅的少妇飘然而至。阿峰在这个女人耳边嘀咕了几句，还斜眼看着明风。

那个女人走到明风面前，十分谦卑地低下头，说："谢谢您光临鄙人的小酒吧，大哥的到来，令小店蓬荜生辉啊。小妹敬大哥一杯。"

明风没多说什么，举杯一口喝了。

那女人回到阿峰身边说："大哥，您慢慢喝。我去安排，一定会让

大哥满意。"

阿峰向她挥挥手,她款款而去。

酒吧的舞台上,热力四射的劲舞热歌开始上演。只见一个长相十分美艳的女歌手身着三点式登台演唱,浑身散发着激扬的青春气息。

一阵沧桑的音乐声后,女歌手挥舞着麦克风,反串唱起了迪克牛仔的《有多少爱可以重来》。

明风端起酒杯,一口将酒喝干,跟着哼唱起来。

阿峰眼见明风处在半醉半醒之间了,便让人给他们安排客房。

明风喝醉了,眼里看见的这个女孩儿,好像长了几个头似的,他好奇地问:"姑娘,你怎么长了三个脑袋、六只眼睛啊?"

明风说完,一头倒在宾馆的房间的床上。

阿峰在另外的房间里睡了一会儿,想起了另外房间里的明风。他揉揉眼睛,摇摇晃晃地走进明风的房间,嘴里喊道:"大哥,大哥。"

明风缓慢地睁开眼睛,问道:"这是哪里啊?"

阿峰说:"花都酒店,你就住这里算了。"

明风清醒了不少,立刻意识到住这里会有诸多不妥,挣扎着坐了起来,说:"不,不能住这里,明早还得开会呢……"

明风走了几步,不知道门在哪里,又回头来问阿峰:"真奇怪,这个房间怎么没有门呢?"

阿峰摇摇头,将门打开,说:"走吧,门开了。"

阿峰扶着明风,两人一瘸一拐地向楼下走去。明风几乎是被塞进汽车的。汽车风驰电掣地向明风住的市委招待所驶去。

阿峰点燃了雪茄,深深地吸了一口,思索着明风刚才透露的每一个信息。他颇为满意的是,明风现在终于开窍了,将几个比较大的工程项目的管理权拿到了手里。要不是他在明成那里将明风的愚笨说出来,还不知道这个浑小子要糊涂多久呢。你也不想想,你做这个市长或者常务副市长的目的是什么。一个市长一年才挣多少钱?你要是真的清正廉洁,你下台的时候,恐怕口袋里还是一贫如洗吧。但是,只要你动动脑子,一辈子就有的花了。这个榆木脑袋现在总算开窍了。想到这里,阿峰不免有几分得意。

有些传奇色彩的商人阿峰的商业嗅觉当然是一流的。龙城遭受百年不遇的洪灾当天,他就断定,龙城新一轮的商机来临了。让明风入主龙城，一半的功劳就来自于他的想法。大灾之后有很多需要重建的项目，这样的机会一生中也不会再遇到第二次。所以，在他的蛊惑之下，明成终于动了心思。阿峰让明风过来，就是要让他不显山不露水地为自己开辟生财之道。

一开始时，为避开龙城市委、市政府的目光，他几乎很少和明风接触，甚至在一些公开场合，也故意装作不认识明风，给公众造成一种错觉。这个效果达到了，可是明风却误会了明成的真实意图，眼睛里只关注仕途。这自然让明成失望，同时也引起了阿峰的不满。

要是明风只看到仕途那个层面的话，他的梦想就一定会是个残缺的梦想。即便真的可以实现，明成也不会站出来帮他。明成早就看穿了官场的规则，在他的潜意识里，并不是想让明风做什么市长或者常务副市长，而是要让他占据可以谋利的关键岗位。当然，老谋深算的明成要让明风在一种神秘的光环之下，去完成他的使命，于是，就让他穿上"省委省政府联合下派工作组成员"的外衣，有了一层明风就是未来龙城市当家人的神秘光环。

这里面的玄机明风一开始是无法看透的。龙城市委、市政府当然更是无从知晓。一般人最多能看到明风即将入主龙城市政府，哪里会想到这里面隐藏的另一着棋呢？宇峰这样城府很深的人，也同样没看透。

外人当然不会知道，梅朵的命运转机也与此事有密不可分的关联。阿峰原来与梅朵有联系，是因为阿峰是梅朵的招商客户。无论如何，阿峰不可能异想天开地将梅朵培植成他的势力。事情就是那样凑巧，梅朵就在明风让阿峰失望时撞上来了。

阿峰决定培植梅朵，梅朵和阿峰两人是各取所需，梅朵渴求升职，而阿峰既可以占有梅朵的肉体，又可以培育利益集团。

汽车停稳之后，阿峰对司机说："你现在就通知经理们，让他们立即赶到我的住处开会。"

阿峰对经理们说："南城的棚户区改造项目、两江清淤重建工程以及沿江商贸大厦，都已经被市里面列上了议事日程。这些工程都可能由我们承揽，从现在开始，每个部门都要开足马力。上面的事情我去协调，你们谁出了问题，我就拿谁是问。"

阿峰的手下听到这样令人振奋的消息，个个摩拳擦掌，准备大干一番。

阿峰最后说:"最迟后天之前,各部门要把方案交给我。我近期要去一趟省城。"

阿峰十分兴奋,眼看他的设想就要实现了。他终于可以踏踏实实地过一阵子了。只要他的企业蓬勃发展,手中有大把的钞票,其他的一切事情就好办多了。现在,阿峰的心踏实了,只想着明天与梅朵幽会之事。

阿峰有些疲乏,冲了个热水澡,躺在床上两分钟就进入了甜美的梦乡。这一觉他睡得异常踏实。

阿峰不仅英俊潇洒,而且极其讲究着装。他经常把自己打扮得明星一般。第二天早晨,他精心整理完头发之后,换了一套休闲装,足蹬马靴,头戴牛仔帽,还带上了一个考究的大烟斗。下属见他这身行头,就知道老板今天的心情一定不错,十有八九是要去幽会女人。

阿峰还特地给梅朵带了一套与他十分匹配的野性服饰,同样品牌的马靴和牛仔帽。今天是礼拜天,他要给梅朵一个惊喜。上车后,他给梅朵打了个电话。

电话里,梅朵有气无力地问:"谁呀,这么早?"

他完全有理由相信梅朵是故意这样说话的,这段时间,梅朵心目中最重要的男人,一定是他,而不是别的任何人。就是权倾龙城的宇峰,也不一定有他在梅朵心目中的地位高。

他说:"懒猫,小乖乖,你还在被窝里呀?我的声音你听不出来呀?"

很显然,梅朵有一丝兴奋,说:"是你呀。"

阿峰说:"想我了吧?我就在你楼下呢。"

梅朵被电话吵醒,头脑还没有完全清醒过来。她伸出头,看了看窗外,说:"我怎么没有看见你的车呢?"

梅朵的回答让阿峰感觉特好,这说明梅朵不但想他,而且有见到他的愿望。他乐呵呵地说:"小傻瓜,你好可爱啊!四十分钟后,我就到你们县委广场的公路边,我去接你。"

梅朵娇嗔道:"人家还没有睡醒呢。你这么早就把人家吵醒了。"

阿峰说:"梅朵市长,你都睡了一个晚上了,嘿嘿。"

梅朵对"市长"两个字眼十分敏感,听见阿峰这样说话,还真以为阿峰获取了绝密消息,突然有几分激动,说:"就你坏,你这样乱喊,人家不理你了!"

她嘴上这样说,心里却是美滋滋的,顿时睡意全无。

她走近穿衣镜,看着镜子里面那个美丽的女子,心里默念道:我像市长吗?

这些天,她在办公室嗅出了异样的味道。每次开会,其他三个副部长总是窃窃私语,神神秘秘的。尤其是常务副部长,经常散布谣言说,梅部长走是好事,是让龙山县有面子的事。其实,她是了解这位副手的,此人别的毛病没有,工作也还算踏实肯干,就是太想升职了,老早就盼望着她离开,他好升任部长。

就是这个副部长,听到风就是雨,整天传播她要离开龙山县的消息。

梅朵很不愿意身边的人议论她的事。倘若谣传不能实现,她今后的工作还怎么开展呢?她当初期望谣言流传,主要是想让竞争者们知难而退,而现在这些谣言却让她闹心了。昨天丈夫韩寒的电话,就让她无法安宁。

昨天一大早,她刚踏进办公室,手机就响了。

电话是韩寒打来的。

韩寒好像如临大敌,说道:"你说话方便吗?"

"有事你就说吧。"梅朵似乎从来都没有把韩寒的话当成一回事。

"你要有思想准备啊。有关你的传闻泛滥了,市纪委和监察局的人都在暗中过问。据说,市人大和市政协的老干部们对此意见很大,给市委提了很多意见。报社也收到了群众来信,甚至都有指名道姓的了。这件事复杂了,可能背后有人在捣乱啊。"韩寒说。

韩寒的每一句话都让她如坐针毡。她没有想到会招来这样大的麻烦。但是此刻,她什么也不想说。

韩寒问:"你在听没有?"

梅朵控制住自己的情绪,说:"在听呢。你说呀。"

"昨天,报社收到了三封群众来信,其中两封提到了你。广电局的局长昨晚告诉我,他们局里面几档新闻节目组都收到了同样内容的群众来信,也有提到你的,措辞严厉。昨晚值夜班时,宣传部常务副部长也打电话,同样也暗示了这个情况。我担心呀,所以将这些消息告诉你,你也好有所应对。"

她的心思被完全打乱了。她给宇峰办公室打去电话,秘书说他在

第三章 隐秘交易

开会。她拨打他的手机,居然是关机状态。这让她有一种不祥的预感:莫非市委那边已经对我的事情反感了?就因为这事,直到凌晨三点她疲倦到了极点才躺下。阿峰一大早来电话时,她还在迷糊之中。当她听出是阿峰的声音,又得到了一丝慰藉,巴望着阿峰能给她焦虑的心境带来转机。果然,阿峰居然叫她市长,让她突然有一种豁然开朗的感觉。

梅朵看见了阿峰的悍马汽车。她刚到广场时,汽车就朝她驶来。车门打开,阿峰却没有下来,只听见司机喊道:"梅部长,上车呀。"

梅朵上了车,看见阿峰一副西部牛仔的洒脱模样,黑黑的墨镜几乎挡住了他的大半张脸。梅朵十分欣赏阿峰的这副打扮,有一种阳刚之美,充满了野性与霸气,不像文质彬彬的韩寒,一年四季西服笔挺,一头永远不变的书生发型,让人看了都觉生厌。

梅朵忍不住赞赏道:"酷哥,我喜欢。"

梅朵摘下阿峰的眼镜,说:"让姐看看你的真面目。"

汽车开出了县城,到了郊外的青山绿水之间。

阿峰吩咐司机:"你先下去,让梅部长换衣服。"

司机停稳汽车,跳下去,关上了车门。

梅朵诧异地看着阿峰,问道:"你这是什么意思啊?光天化日之下?"

阿峰一把将她揽到怀里,深深地亲吻了她。

梅朵像兔子一般挣扎着,嘴里说道:"不要,不要,大白天的,快住手。"

阿峰大大咧咧地说:"你呀,真可爱。"说着,他放开了怀里的梅朵,将一个皮箱推到她面前,说:"你看看吧,这是今天你应该有的行头。"

阿峰将皮箱打开。里面的服饰和阿峰身上的一模一样。

梅朵问道:"你让我穿你的衣服?"

阿峰将里面的衣服抖落开,说:"你自己看吧。我到外面等你,免得司机看见了不好。"

梅朵奚落道:"哦,你也有羞耻的时候啊?"

阿峰下车之后,梅朵拿出了皮箱里面的衣服、墨镜、帽子和皮靴,忍不住笑了。这个阿峰也真够有意思的,一起出游非要她扮装成他的情侣。不过,她并不反感这样有情趣的男人。她还真没有穿过这样粗犷的服装呢。自己穿上这种风格的服装后会是怎样一种风情呢？

她换上这套粗犷的服饰之后，对着镜子一照，不敢相信自己的眼睛。

不知道阿峰是怎么知道她的尺寸的，每一件衣服都好像是量身定做的一般，穿在身上十分妥帖。更让她惊异的是，这套衣服还恰到好处地衬托出了她丰满的胸部、窈窕的腰身与微翘的臀部。她不由得有些脸红心跳。

车里的音乐换成了美国乡村音乐。几个人一边哼唱，一边快乐地向目的地进发。

阿峰一直紧紧地搂抱着梅朵，似乎忘记了还有司机存在，偶尔还会亲吻她的面颊，让梅朵感到一种莫名的幸福。

汽车开到了水库边。水库里长满了一望无际的芦苇，微风刮过来，湖水荡漾，远远望去，分不清哪儿是湖水，哪儿是芦苇，场面蔚为壮观。打开车门那一瞬间，湿润的空气涌过来，夹带着野外的一丝馨香，浸人心脾，使人感觉仿佛来到了人间仙境。梅朵有一种呐喊的冲动。放眼望去，水库中央，白鹭翻飞，还有几页小舟在烟波浩渺的湖中穿行。她忍不住说："阿峰，我要租一只小船。"

汽车停好后，阿峰带上矿泉水和零食，将车上的帐篷也背到了身上，拉着梅朵直奔水库。

两人租了一条小船。阿峰在后面摇橹，梅朵撩起朵朵水花，脸上笑得像灿烂的夏花。船到水库中央，阿峰将船停下来，让梅朵靠在他身边，忘情地深吻她。

梅朵躺在阿峰的两腿之间，静静地享受着温情。太阳异常温暖，水面上，潮湿的空气弥漫。

小船在水面上自由漂泊，梅朵享受着难得的宁静与安逸。从远处飞来几只水鸟，还有两只落在船舷上唧唧喳喳呢喃。梅朵从两只水鸟的动作判断，它们正在谈情说爱。梅朵的目光死死地盯着它们，判断着哪一只是母的，哪一只又是公的。她不知道阿峰看见这个精彩的瞬间没有，但她不能出声，更不能动，她害怕惊走了温情的水鸟情侣。过了一会儿，两只水鸟扑打着翅膀飞走了。梅朵十分遗憾地看着飞远的水鸟。

她拍了拍阿峰的大腿，吩咐道："把船摇到岸边去。"

　　阿峰站起身，用力朝岸边划去。两个人的内心都翻滚着人类最原始的欲望。这辽远的天空，水雾缥缈的湖水，触碰到了他们彼此的情弦。梅朵傻傻地望着远方，透过水雾，穿过翻飞的水鸟，她看到了苍翠的芦苇丛，看到了醉心的苍茫群山。她又转身看看正在摇橹的阿峰，突然紧紧地攥住了阿峰的手，内心升起一种从未有过的冲动。

　　这一夜，他们住在了宁静清新的水库度假山庄。梅朵改变了对阿峰的很多看法，似乎一夜之间，变得有些依恋这个男人了。

　　夜里，梅朵醒了过来。醒来后的她想到很多，突然变得迷惘了。她不知道自己现在究竟需要什么，男人，爱情，还是仕途？想起丈夫的电话内容，她的心情又沉重起来。她突然坐起来，看着窗外皎洁的月光，有很多话想对人倾诉。

　　阿峰见梅朵坐起身，奇怪地问："梅朵，你怎么啦？"

　　梅朵索性打开了灯，说："我想出去走走。"

　　阿峰当然不知道她内心的想法，探头看看外面的月光，说："嗯，这样的美好夜色，我陪你出去走走吧？"

　　梅朵心事重重地说："也好。"

　　夜晚的风有些寒意，梅朵不自觉地蜷缩了身子。阿峰将她的手攥到手里，两人沿着大坝慢慢往前走。这样的夜晚，这样的景致，与自己心仪或者相爱的人漫步，当然是人生快事。可此刻梅朵的心情却有些复杂。

　　阿峰问："梅朵，你有心事？"

　　梅朵说："是啊，我总觉得会有什么事情发生。"

　　阿峰说："你不要太过敏感。会发生什么事呢？一切都在往好的方向发展。"

　　梅朵低着头，闷声闷气地说："我没有你潇洒，每天面对各种谣言，面对质疑，难啊。"

　　阿峰说："谣言怕什么？这就受不了了？等你当了市长，压力会更大。"

　　梅朵气鼓鼓地说："我都快被压趴下了，唉！"

　　梅朵把丈夫传来的信息以及副部长们的举动一股脑地告诉了阿峰。

　　阿峰却笑了，问："就这些？"

　　梅朵着急地说："还不够吗？"

　　阿峰轻描淡写地说："梅朵，梅大人，伟大的梅常委，梅部长，你多虑了。你为这些事情生气，未免太不值得了。如果是你们县委常委有意无意地为难你，或者书记、县长为难你，就说明真有问题了。现在不是他们为难你呀。这说明你引起了各方面的重视，也是我们想要达到的效果。从另外一个角度讲，只要市里面重视了，主要领导重视了，就会近距离考察你。只要你本身没有什么大问题，主要领导也不会轻易表态，而这个时候，我们上面的关系只要一出面，接下来会怎样呢？你比我更清楚。"

梅朵没想到，阿峰分析问题会这样透彻。她又将面前的男人与丈夫做了比较，一个硬朗超前，一个软弱胆小，简直就是判若两人。

两人走到大坝尽头，瞭望水库湖面。闪烁的渔火映在水面上，增加了几许神秘的色彩。

两人在一个石凳上坐下来，阿峰将她抱在怀里。她没有拒绝，歪着脑袋，好奇地问阿峰："你怎么想到今天到这里来呢？"

阿峰说："放松呀。昨天之前，我的心情比你还沉重几倍。现在不一样了，我两年之内没什么顾虑了。"

梅朵更加好奇了："说说，让我分享你的快乐。"

阿峰将龙城几个项目的事情都说了，还说："这几个项目都是明风主管的。现在我放心了，可以集中精力张罗你的升迁之事了。"

梅朵不明白，面前的这个男人到底还有多少秘密是她不知道的。她问："问一句不该问的话，你和明风到底什么关系？"

阿峰捏了梅朵的脸蛋一下，说："事到如今，我也不想再瞒你。我们本来就是多年的哥们儿。"

梅朵又问："你是做生意的，他一直在官场，你们怎么就成了哥们儿了呢？"

阿峰说："我们曾经一起在省城的理工大学上过MBA班，也算是同学吧。"

梅朵感叹道："原来你们还有这层关系啊。"

阿峰问道："怎么了？你有什么难言之隐吗？"

梅朵摇摇头，说："唉，人跟人就是不一样啊。不说这个话题了。"她突然想起了韩寒，心想，他要是有阿峰一半的深沉，也就是自己的福分了。可惜呀……

阿峰说："不想说就算了。"他用手整理着梅朵被风吹散的头发。

第三章 隐秘交易

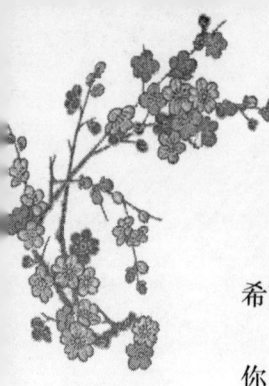

梅朵靠近了阿峰，也用手摆弄着阿峰的短发，问道："我的事情有希望吗？"

阿峰说："现在最主要的是沉住气，不要让人看出任何破绽。告诉你，明成副书记很快要到龙城来。"

梅朵惊喜地问："什么时候啊？"

阿峰神秘地说："你就不要问了，你只管做好你该做的。到时候，你只要恰到好处地表现就行了。"

梅朵说："我在大领导面前总是手足无措，怎么恰到好处表现啊？"

阿峰说："你也是三十几岁的人了。大领导怎么了？大领导就不是人啊？他不照样是要食人间烟火、有七情六欲的人吗？"

梅朵笑着说："我在机关待久了，总是仰视领导，哪有你那样神态自若、举重若轻的洒脱呀。"

阿峰说："我是局外人，所以没有卑微心理。不过，下一次，你不要过于拘谨了。"

梅朵说："嗯，有你在身边，我就会好些。"

梅朵回到住处，拿出手机，看见居然有十七个未接电话，都是韩寒打来的。她心生不快，暗自骂道：这个窝囊男人，除了会做这些无聊的事情，还能做什么呢？想到这里，她生气地索性将电话关机了。

梅朵回到家时，已经十点钟了。她没有想到，家里居然没有一个人。丫丫的小床上有几件新衣裳，花花绿绿的，她想，这样的服装穿在女儿身上一定很好看。女儿可爱的笑脸浮现在她的脑海里。她穿过客厅，进了书房。桌子上的一张纸引起了她的注意。丫丫歪歪扭扭地在纸上写着：寒梅阿姨买衣服。

梅朵的心突然往下一沉。

她像受到了莫大打击的溃败逃兵，心神不宁地离开了书房。进了卧室，她下意识地看了纸篓一眼。她惊呆了！里面居然有用过的避孕套。她和韩寒是从来不用这些的，这些东西从何而来呢？

她打开丈夫的床头柜，看见里面还放着一盒用了一半的避孕套。她再次看了看纸篓，发现里面不止一个用过的套子。在床头的一角，她还发现了女人的胸衣。

她心乱如麻地回到书房，坐在椅子上，眼泪止不住流淌下来。她看到了寒梅的一个笔记本，里面写满了她对韩寒的渴望，对韩寒的爱恋……每一句缠绵话，都让梅朵心若刀绞。即便是很有心计的她，突然面对这样的事实，她也是不能接受的。

她失魂落魄地拨通了韩寒的电话。

韩寒十分平静。

梅朵不想问其他的事情，只问："丫丫呢？"

丫丫接过电话，说道："妈妈，我和寒阿姨和爸爸在麦当劳。"

梅朵觉得，她被所有的人抛弃了，成了一个孤独的女人。她挂断了电话，眼泪夺眶而出。

这时，梅兰打来了电话。

原来，韩寒把他所有的想法都向梅兰坦白了，说他和梅朵的婚姻走到了尽头。

梅朵抽泣着说："他怎么这样狠心呢？"

梅兰劝道："你们之间的问题，我根本就不想介入。你们都是成年人了，要对自己的行为负责。另外，你们的事情，我不想让小梅儿知道，也不想让何华德知道。你明白吗？"

梅朵抽泣着，没说话。

梅兰又说："什么事情都是有因果关系的，这一点你应该能想明白。你在哪里呢？"

梅朵说："刚刚回到家里。"

梅兰毕竟是梅朵的亲姐姐，这样的时刻，她还是想安慰一下妹妹，于是说道："你出来吧，我们到花都茶楼见面吧。"

花都茶楼里回荡着《回家》《相逢在海滨》和《二泉映月》等经典的萨克斯金曲，整座茶楼显得温馨浪漫。梅朵压根儿没有心思品味格调，满脑子一团糨糊。多年来，她哪里受过这等的窝囊气啊？她万万没有想到，平时三脚踹不出一个屁的丈夫居然做出了这样惊人的决定。

其实，梅朵的事情根本没有逃过梅兰的眼睛。梅朵少年时的桀骜不驯，青年时的滥情乱交，现在的各种放荡行为，她这个大姐心知肚明，只是懒得说她罢了。梅兰经常想，爸妈都去世了，留下了我们两姐妹，没有必要争斗什么，毕竟梅朵是自己的妹妹。

要说想放弃妹妹，梅兰心里不是没有动过这个念头。那是她知晓丈

夫和梅朵的暧昧关系时。那年她出差去省城，回来时就发现丈夫不太正常。她暗自跟踪，发现丈夫居然和妹妹混在了一起。何华德的奸情暴露后，跪倒在她面前，声泪俱下，恳请梅兰宽恕他，还主动写了情真意切的悔过书。梅兰看着泪流满面的丈夫，接受了他的道歉。

她原本希望梅朵进入官场后会有所收敛，可是，梅朵现在越来越嚣张，不仅和社会上那些不三不四的商人乱来，还试图勾引市委书记宇峰。不过，梅兰相信，宇峰没有做出让她不齿的行为，毕竟宇峰是担任要职多年的领导干部。

梅兰在花都茶楼找到梅朵时，她正埋着头，无精打采地坐在一个角落里。梅兰走到她面前许久了，她也没有看见。梅兰也没有惊动她，慢慢地坐到了她的对面。

服务员上来询问："小姐，需要什么茶呢？"

梅朵没好气地说："我不是要了吗？"

她抬起头，这才看见梅兰。

服务员说："没有说你。"

梅朵知道自己有些失态了，连忙说："对不起。"

梅兰说："一杯墨西哥咖啡。"

服务员送上了咖啡。

梅兰品了一口咖啡，望着窗外，淡淡地问："你有何打算？"

梅朵摇摇头，一脸的茫然、失落与无助。

梅兰又说："你也是经历了很多事情的人了，在官场上历练了这么久，你应该知道事情并不是偶发的。"

梅朵看了梅兰一眼，还是没有说话。

梅兰说："回避是解决不了问题的。"

梅朵终于忍不住了，满含怨气地说："事情没有发生在你身上，你当然说得轻松。要是你遇到了这种事会怎么办？"

梅兰觉得梅朵有些可笑，转念一想，毕竟她是自己的妹妹，需要亲情的关怀，于是，同情地说："你们到底发生了什么？"

梅朵犯愁了。怎么说呢？她想了想，把韩寒与寒梅的事情讲述了一遍，而后说："韩寒早有预谋，他早就想拆散这个家了！"

梅兰慢吞吞地说："今天只有我们两个人在场，你是我的亲妹妹，但我也要站在公正的立场上说话。寒梅和韩寒之间的事情，不像你说的那么严重。他们之间的事是最近才有的。现在两人关系如此暧昧，不是韩寒和寒梅的问题。是韩寒对你失去了信任，绝望了。我认为，多半责任还是在你身上。"

梅朵不满地看了梅兰一眼。

梅兰接着说："你是否想过你也有过错？思考过对方的感受？还有，你对家有没有感情？你把家当成家了没有？这个家你可以不要，不就是一个旅店和一个男人吗。可是，你考虑过丫丫吗？不管怎么样，你是她的亲妈。"

梅朵的眼睛有些湿润了。

梅兰很少看见梅朵动真情，看到梅朵流泪，她心里也充满了酸楚。

梅兰按响了自己家的门铃。

开门的何华德说："回来了？处理得怎么样了？"

小梅儿也关切地问："小姨和小姨父真要离婚吗？"

梅兰惊愕，心想，他们怎么全都知道了？

梅兰冲小梅儿说："你一个小孩子，关心这些干什么？"

小梅儿生气地说："我怎么错了？我关心丫丫妹妹都不行吗？"

说完，她往自己的房间走去。

看着委屈的女儿，梅兰也有些自责。

何华德说："你冲女儿发什么火呀？她又没有碍着你。"然后，回头对小梅儿说："梅儿，不要生气了，你应该知道妈妈这个年龄是怎么回事。"

小梅儿回头说："哦，更年期。"

梅兰十分惊愕。天啊，自己在家里的地位居然沦落到如此地步了，发一点儿火就成了更年期。

她把手包往客厅里一摔，将何华德推进了卧室，双手抱胸，怒目圆睁，一字一顿地说："何华德，你是什么样的人，你清楚，我也清楚。你想干什么？想乘人之危还是落井下石？你安的什么心？你不说清楚，我跟你没完！"

何华德也双手抱胸，无奈地看着咆哮的梅兰，摇摇头，又耸耸肩，辩解说："冤枉，冤枉。"

梅兰大声说："你还冤枉？就没有见过你这样无耻的男人！"

小梅儿推开他们的卧室，大声吼道："你们别吵了！要么都不在家，

第三章　隐秘交易

要么见面就吵,这个家还像一个家吗?这样下去,我就该跳楼了!"

梅兰不问青红皂白,就一股脑地将罪责扣在他的头上,还不容他辩解,令何华德十分懊恼。梅兰太不像话了,就因为我过去犯过错误,就这样让我在孩子面前毫无尊严,这样的日子怎么过下去啊?

他上了大街,一个人孤独地散步。

他形影孤单地逛到了市中心广场,突然接到了菲菲的电话。

"你真有雅兴,一个人散步啊?"

她怎么知道的呢?

何华德问:"莫非你是千里眼?"

菲菲说:"反正我知道你在干什么。我昨天就想让你和我到乡下去玩呢。"

何华德说:"怎么不早说啊?"

菲菲说:"你转身,向前方望,公主就在面前啊。"

何华德转过身,看见菲菲就在二十米之外的地方,正笑吟吟地看着他。他愿意马上和菲菲离开闹市,到清静的乡下去安宁一会儿。

"你肯陪我去吗?"菲菲扬扬漂亮的眼睫毛,撒娇地问道。

"当然。"

何华德和菲菲来到龙城的著名景点大溶洞,兴致勃勃地游玩了一阵。

走出大溶洞时,他的手机突然"嘀嘀嘀"地响个不停。何华德拿出手机一看,是两个小时前小梅儿发来的短信。由于溶洞里手机信号受到隔阻,所以现在才收到。

——爸爸,您到哪里去了?妈妈已经知道错了。您赶快回来吧。我们在家里等您。

——爸爸,您怎么关手机啊?您到底跑到哪里去了啊?妈妈做了您爱吃的麻辣鸡,您快点儿回来吧。

——爸爸,您不会出事吧?我们找遍了您所有可能去的地方。您怎么就像消失了一样呢?难道这点儿小事,您就承受不起了?爸爸,您是家里的男子汉啊!

——爸爸,妈妈急了。您要是再不回来,我们就要出去找您了。

——爸爸……

一个接一个的短信，让何华德看得眉头直皱。

菲菲开玩笑道："怎么了？有事你先走。"

何华德一时无语。

菲菲见何华德神情严肃，改口说："要是工作上的事情，你就赶紧回去吧，不要耽误大事。"

何华德说："是小梅儿发的短信。"

菲菲说："女儿发个短信，你至于那样紧张吗？要是为难，你马上回家吧，我不留你。"

何华德突然觉得心烦意乱，索性关了手机，说："没事，只是说学习上的事情。"

菲菲从何华德的表情已经判断出来，事情决不会像何华德说的那么简单。

菲菲看得非常清楚，何华德有些心绪不宁。她只是在等候他的最后决定。她温柔地依偎在他身边，两人朝大溶洞外面的开阔地走去。

菲菲说："我看你的情绪不好。你还是先回去吧，明天中午我们再见面。"

何华德按响了门铃。房门打开了，门口站着梅兰和小梅儿，眼睛里充满了焦虑与期盼。

小梅儿带着哭腔说："爸爸，您去了哪里啊？怎么关了手机呢？我们都急死了……"她扑到爸爸怀里，一双小拳头不断敲打他。

一边的梅兰深情地看着他。他相信，小梅儿一定将整个过程告诉她了，所以她会有内疚。

小梅儿突然将何华德头上的遮阳帽揭开，大声尖叫起来："哎呀，爸爸，您怎么啦？"

梅兰也心疼地说："你怎么弄的，这么大的青包？"

小梅儿大声训斥说："妈妈，您还好意思问，都怪您不好。"

梅兰自我检讨说："是我不对，我道歉。"说完，她找来了药膏，说道："快，坐到沙发上，我给你上药膏。"

何华德愣了一会儿。

小梅儿说："爸爸，您怎么不听话了啊？快过去啊！"

何华德坐到了沙发上。

梅兰一边小心翼翼地给他涂抹药膏，一边轻声问道："气糊涂了不

第三章　隐秘交易

看路,在电线杆上碰的吧?是电线杆硬呢还是你的脑袋硬啊?"

小梅儿"扑哧"一声笑了,说:"妈妈,您还欺负人家呀,人家现在是重点保护对象呢!"

梅兰接过话茬说:"对,我们把他当成国宝熊猫好吧?"

梅兰和小梅儿如春风般的话语,让何华德心中涌起复杂的情愫。他闭上眼睛,看见的依然是菲菲笑靥如花的面容和勾人心魂的眼神。总之,他觉得菲菲一切都是美好的。

"爸爸!"小梅儿的叫声将何华德拉回现实世界。

他笑笑,说:"怎么啦?"

小梅儿悄悄地说:"您快看呀。"她指指厨房里面的梅兰,又说:"您走了之后,她很后悔呢,做了您最喜欢吃的菜呢!"

何华德看着天真可人的女儿,点点头,装着十分满足的样子说:"你妈妈很久没有这样对我了。"

女儿却说:"怎么啦?这不也是一种幸福吗?不是说打是亲骂是爱吗?"

何华德不满地瞥了小梅儿一眼,说:"你一个小孩子,怎么能说这样的话呢?"

小梅儿不服气地说:"我是小孩子吗?菲菲姐姐比我大不了几岁,您怎么就拿她当大人呢?她不也是您的干女儿吗?"

小梅儿的话让何华德一愣,心想,这个小丫头,怎么会有这样的念头呢?

两人说话时,梅兰出来了,问道:"你们两个说什么呢?"

小梅儿立即报告说:"妈妈,爸爸不公平。"

梅兰问:"怎么,爸爸又怎么对女儿不公平了?"

小梅儿撅起小嘴说:"我和菲菲姐姐,是不是都是你们的女儿?"

梅兰说:"是呀。怎么了?"

小梅儿说:"爸爸把菲菲当大人看,却把我当成孩子看,这公平吗?"

梅兰说:"嗯,是不公平。"

小梅儿戳了戳何华德的脑袋,说道:"听到没有,老何同志?您可不能厚此薄彼,尤其是在您的女儿们面前!"

何华德摇摇头,无奈地说:"这是哪儿跟哪儿啊?"

梅兰回到龙城后，还没有向宇峰汇报她去省城的事情。她觉得，这样的事情不找时间向宇峰汇报是有几分欠妥的。她安排好手里的工作后，敲响了宇峰办公室的门。

宇峰正在打电话，随口说："请进。"见是梅兰，他也没有什么忌讳的，依旧在电话这头大声说："谢谢部长。是呀，部长一直都对龙城的年轻干部很看重。欢迎部长随时下来检查工作。再见。"

宇峰挂断电话，乐呵呵地说："听见了吧？省里对龙城的班子已经上心了，刚才就是组织部领导来的电话。"

梅兰在市委机关工作也不是一两天了，知道什么话该问，什么话不该问。即便是刚才宇峰说了这番话，她也没有去追问。她稳重地说："你实在太辛苦了。领导们心里是有数的，他们知道你的难处啊！"

宇峰很清楚，组织上关心龙城领导班子问题，决不单单是考虑他的身体问题，他们是不愿意看到龙城的权力过于集中。这种状况持续时间久了，新安排来的市领导会很难开展工作。

宇峰说："这段时间，我确实累得够呛，巴望着组织赶快配齐龙城的班子，我也好松一口气啊。"随后他又问："你找我有事吧？"

梅兰有几分为难地说："实在不好意思，是我的私事。我去了一趟省城，还没有给书记汇报过呢。"

宇峰笑着说："秘书长的事情，私事也是公事啊，最少也是亦公亦私的呀。你说说，我倒还真想知道你的省城之行呢。说小点儿，是为我的部下前途考虑，说大一点儿，是为龙城今后跨越发展寻找管理人才。"

梅兰说："我哪里有那么重要啊，还不都是书记的培养。"

梅兰将省城之行娓娓道来。

宇峰听完之后说："早就听说明副书记在音乐方面很有造诣。"随后，他又说，"明风那个情况，你是怎么看的啊？"

十分显然，宇峰异常关心明成对明风的态度。当然，这也可以理解，因为宇峰对明风没有太多的好感，更不愿他成为自己的搭档。他现在揣摩，明成副书记会不会私下里向他提出一个平衡的建议，让明风做市长，将市委推荐的梅兰放到常务副市长位置上去。要是这样的话，宇峰倒也能接受，但是，他就是不明白明副书记内心的真实想法。听梅兰说，明成对明风态度冷淡，他想，难道老爷子又有新的安排？或者北

第三章　隐秘交易

京方面又来了新的暗示？他突然想到了毫不起眼的梅朵。这个女人会不会真的成为龙城的风云人物呢？如果这种可能性成立，她的背后又有些什么样的背景呢？莫非明成也和她有某种联系？倘若不启用明风，把他放到工作组的意图是什么呢？

宇峰陷入了沉思。

梅兰说："书记，我汇报完了。没有指示的话，我就回去办公了。"

宇峰举手示意道："你等等。"

梅兰给宇峰换了茶水。

宇峰说："有两件事情，我得给你交待一下。"

梅兰重新坐到了宇峰的对面，理了理头上的短发。她看见宇峰一直盯着她的胸部发愣，又提醒说："你说呀。"

宇峰收回目光说："第一件事，算是工作安排。你是秘书长，明成副书记下周来了，怎么接待，细节怎么安排，你可都得想好了。明成副书记这次来，对市委意味着什么，你应该明白，对你本人意味着什么，你更应该明白。"

梅兰不安地问："省里主要领导莅临，不是有相关的接待规程吗？还怎么安排呢？"

宇峰说："我的秘书长，你可要考虑好了。我提两个要求。第一，便于谈话；第二，送点儿新鲜的特产。你做得到吗？要是做不到，你可就要承担责任了。"

梅兰心里清楚，宇峰的话一语双关，一方面事关他的未来，另一方面也关系到她自己的切身利益。

她说："第一点没有问题，第二点，难点儿。"

宇峰武断地说："好了，我不听你讲条件，必须做好。"

梅兰不吭声了，听着他要交待的第二件事。

"第二件事，就是你的家事。"宇峰说。

梅兰一愣。家事？有什么事呢？莫非何华德在这个节骨眼上犯事了？她紧张地看着宇峰。

宇峰说："很多人反映你妹妹梅朵最近和丈夫闹离婚。一个是市委委员，一个是县委常委，在这个节骨眼上，你让他们安静点儿。有什么事不能过了这阵子再谈吗？你是姐姐，也是市委领导，我也希望这件事情不要牵扯到你。处理不好家庭关系，又怎么能处理得好工作上的事情呢？我说的这些，不代表市委，只是我个人的意见。你处理完之后给我一个回复。"

　　梅兰明白，梅朵的事情让市委书记挠头，就不是小事了。虽然宇峰嘴上说不是市委的意见，而这个意见是从市委一把手的嘴里出来的，不是市委的意见又是谁的意见呢？宇峰的话让梅兰吃惊不小，她的情绪也一下子紧张了起来。

第三章　隐秘交易

第四章
又起波澜

尽管梅兰是跟了宇峰多年的部下，但她还是没能完全揣摩出宇峰的用意，尤其是关于梅朵与韩寒婚变的问题。其实，宇峰的真实想法，并不是要他们和好，也并不是要保护梅兰。他担心的是，性情刚烈的梅朵如果在这个时候婚姻破裂，会经常来找他。在这个上下都关注龙城的敏感时期，他不想落下任何对自己不利的口实。其二，梅朵要真的是被某个首长看上或者抓到手的人，要是在这个时候暴露出首长的蛛丝马迹，让人抓住把柄，弄出什么丑闻来，不要说梅朵升迁无望，就是他这个市委一把手也会被推上风口浪尖，随时都有被拿下的可能。所以，他让梅兰出面息事宁人。

梅兰接受了宇峰交给的任务后，心情一下子变得沉重起来。她没有料到，梅朵的事情会闹到这个地步，连市委主要领导都出面了。她感到十分窝火，也十分无奈。

她想好了，这一次，她要教训教训这个无法无天的梅朵和那个窝囊的妹夫。

她让办公室秘书分别给梅朵和韩寒打电话，通知他们明天上午到市委办公室来，说市委领导要找他们谈话。

梅朵接到县委办公室电话通知时，还正在与阿峰调情。接完电话后，她一半惊喜，一半惊慌，弄不明白市委的真实意图。

老练的阿峰说："不要揣摩了。你不是有个常委姐姐吗？这时不用她，你几时有机会用她呢？"

梅朵即刻拨通了梅兰的电话，她没想到，梅兰不冷不热地说："你按通知上办吧。有什么事情，你到了不就知道了吗？"

梅朵突然意识到肯定不会是什么好事，推开了想和她亲热的阿峰，说："没心情。我明天上午就要回龙城，市委要找我谈话。明天县委中心组学习，我现在得去书记那里一趟，向他请假。"

说完，她也不管阿峰什么表情，一个人惶惶然地走了。

阿峰冲她喊："我等你回来啊。"

梅朵没有吱声。

梅朵边走边想，听梅兰的语气，问题似乎有些严重。梅兰可能是出于组织纪律的原因才不告诉她的。她断定不会是什么好事，她想到了阿峰制造的那些传言，突然有些害怕起来。是不是市委要调查这件事？要是那样的话，她的政治生命就结束了。她又想到了韩寒的举动。莫非他也知晓了这个结果，才做出与自己分手的决定的？想到这里，她突然伤感起来。天空飘着小雨，她淋着小雨向办公楼走去。

她进了办公室，"哐当"一声将办公室门关上后，一个人呆坐在宽大的办公桌前发愣。

办公室主任敲门进来，手里拿着一份文件，说："部长，你回来得正好，这里有好几份文件都等着你看呢。最晚明天要送回去。"

梅朵接过文件，对办公室主任说："我明天要到市委去一趟。明天的活动你和常委办沟通一下，就不要安排我了。"

办公室主任出去之后，梅朵认真阅读了几份文件，又在几份需要审阅的文件上签了大名。

梅朵整理了桌子上的文件，也整理了抽屉里的文件，挑选了一些要带走的东西，然后陷入了沉思：这个位置我还能回来吗？会不会明天之后自己就再也回不来了呢？

窗外的雨越来越大，发出"沙沙"的响声。

梅朵站起身，打开窗户，看着窗外飞扬的雨丝。

下班了，空荡荡的大楼里只剩下梅朵一个人。

茫然无措时，她接到了阿峰的电话："你还在办公室吗？"

她淡淡地说："是的。"

阿峰说："你往楼下看。司机在楼下等你呢。我知道你没有带雨具。"

上了车，司机说："老总在辽源西餐厅等你呢。"

第四章 又起波澜

官场姬

辽源西餐厅里有很多时尚的年轻人,就是没有阿峰的身影。

服务生上前问道:"请问,您是梅小姐吗?"

梅朵奇怪地说:"你认识我吗?"

服务生微笑着说:"不,是一位先生委托我把礼物交给您。"说着,他从吧台里捧出了一大束鲜丽的玫瑰花。"那位先生在888号房间里等您呢。"

西餐厅里播放着萨克斯金曲《回家》。餐厅的播音员说:"这首《回家》,是888号男士特别送给梅小姐的,希望梅小姐一生幸福快乐,忘记身边的所有烦恼。就算什么都没有了,你还有一个心爱的男朋友。"

梅朵走进888号房间。

阿峰春风满面地站在她的面前,手里端着两杯红酒,笑吟吟地说:"亲爱的宝贝,你来了。"

梅朵放下玫瑰花,坐到餐桌边,眼睛湿润了。

梅朵略带酸楚地说:"看来,也只有你对我好了。"

阿峰逼视着梅朵,说:"即便不与你赴汤蹈火,也一定与你共患难。"

梅朵不知道,这实际上是阿峰埋下的伏笔,他要让梅朵对他感激涕零,今后死心塌地地与他为伍。她升任副市长虽然现在还没有完全明朗,但不能说没有希望。市委找她谈话也许不是积极的信号,但好戏还在后头。

梅朵有些凄楚地问:"我离开了官场,你会怎么样呢?"

阿峰明白,此刻的梅朵十分脆弱。他拍拍梅朵的肩,说:"我会让你过富足的生活。别担心,不会走到那一步。"

梅朵诧异地看着阿峰,问:"你怎么知道走不到那一步呢?"

"现在的你,需要淡定与从容。不要过分悲观,你大可不必自己吓唬自己。"阿峰安慰说。

梅朵失魂落魄的模样让他有些担心。他不愿看到梅朵失去斗志,让他的计划前功尽弃。

他十分肯定地说:"梅朵,现在不是泄气的时候。"

韩寒赶到市委,梅兰没有见他。办公室秘书让他等候,并说,市委领导等会儿见他。韩寒历来都是一个胆小怕事之人,在这样的场合,心里一直忐忑不安，也不敢多问。

茶水都喝淡了，他还没有见到领导的影子，想去询问，但是又觉得不妥，只好耐心地等候。

他听到了梅朵的说话声，神经一下子紧张了起来。怎么回事？莫不是自己和梅朵的事情引起市委重视了？怎么可能呢？这样的家事市委也管？他更加焦躁不安起来。他可不想在这里见到梅朵，她的火爆脾气要是克制不住，还不知道会闹出什么动静来。他心里祈祷着梅朵千万不要进来。

梅朵推门进来，看见韩寒，马上退出了房间，对秘书说："搞错了吧？里面有人。"

秘书说："没错，进去吧。"

梅朵迟疑着走进办公室，在一把靠墙的椅子上坐下，看也没看韩寒一眼。

韩寒的心里更慌张了，但他极力控制自己的情绪，轻声问："你来开会啊？"

梅朵似乎没有听见一样，仇人似的不予理睬。

韩寒又厚着脸皮说："也不知道怎么回事，通知我来市委谈话，可我等了半小时也没有见到领导的影子。"

梅朵看了韩寒一眼，心想，怎么，他也是被找来谈话的？她的嘴角动了一下，很想询问，但又拉不下面子。

韩寒又问："你是来办事还是开会啊？"

梅朵说："我也是接到通知，被领导找来谈话的。"

"是吗？"韩寒有些惊诧，突然意识到了什么。

他们谁都没有想到，梅兰手里拿着笔记本，一脸严肃地走了进来。她坐到了长方桌的一边，一字一顿地说："你们坐到对面去。"

韩寒和梅朵面面相觑，但心里的紧张感还是大为减少了，毕竟找谈话的领导是他们的姐姐。

梅朵看着既熟悉又陌生的姐姐，不知道即将发生什么。

梅兰轻轻地敲了一下桌子，说："你们怎么了？平常开会也是这副神态吗？"

韩寒不敢说话，下意识地将笔记本掏了出来。

梅兰见梅朵没有任何表情，又说："梅朵，梅部长，你平时开会也是这样吗？在县委你可以这样，但现在你是在市委。"

第四章 又起波澜

梅朵只好拿出了笔记本，缓慢地打开。

梅兰要煞有介事地给两人一个下马威。见两人都有所准备，她才字正腔圆地说："我受市委委托找你们两人谈话，希望你们对组织坦诚。现在是什么时候？灾后重建的关键时期，市领导空缺的敏感时期！你们两人又都是领导岗位上的同志，你们的言行会成为干部和群众关注的重点。你们近一段时间的行为，让市委的领导十分不满。作为市委委员和县委常委，你们是不是应该反思反思？"梅兰停顿了一下，又说，"本来市委是要派其他领导找你们谈话的，因为顾及我这个常委的面子，所以派我来和你们谈话。但是，家事归家事，我并没有打算徇私情，和你们谈完话之后，我还得向领导汇报，所以，你们要坦诚。明白了没有？"

韩寒和梅朵都怯怯地回答："明白了。"

其实，两个人不是糊涂虫，他们都十分清楚，他们的事情都让市领导关注了，那还是小事吗？弄不好有可能丢官去职。

梅兰又说："你们既然都听明白了，那就进入正题吧。韩寒，你先说，到底怎么回事？你们的事情弄得沸沸扬扬，让领导们都不得安宁。"

韩寒十分委屈地说："大姐……"

梅兰粗暴地打断了他的话，说："什么大姐？这里只有秘书长。"

韩寒改口说："秘书长，我老实向组织陈述我的问题。我的个人情感问题，也不是一两天了，人的忍耐都是有限度的。"他陈述了他的不满，列举了梅朵的种种不是，就是不提他和寒梅之间的暧昧关系。最后他说："我说的全都是实话，对组织没有丝毫隐瞒。"

梅兰问："你和寒梅的事情是怎么回事？这不是隐瞒了吗？"

韩寒瞠目结舌，他没想到梅兰这样认真，沉默不语。

梅兰说："韩寒同志，你是多年的老党员吧？知道除了国法还有党纪吧？你的这种行为意味着什么？你有妻子，还在外面做这种事情，你的思想觉悟哪里去了？组织纪律性到哪里去了？党性和原则性又到哪里去了？"

梅兰连珠炮般的发问让韩寒脸上挂不住了，他挤出一丝变形的笑容，说："寒梅对孩子太好了，我心里……"

梅兰说："这些都不是理由。你的所为造成的负面影响你难道不知道吗？"

韩寒没有再辩解，低下了头。

梅兰又把目光转向了梅朵。梅朵立刻低下了头，躲避开梅兰锐利的目光。她希望梅兰能放她一马,别让她太难堪。

梅兰严肃地说:"梅部长,你说说吧。"

梅朵愣住了,左右看了看。

韩寒低着头,没有理睬她。

她迟疑半晌,才说:"我的问题是严重的。虽然属于家事,但是毕竟我是干部,没有做好表率,尤其是在现在灾后重建的特殊时期,没有处理好家庭问题,让领导和组织操心,也给组织上添乱了。但对领导和组织,有些话我还是要说清楚,主要错误并不在我……"

梅兰说:"你不要说别人的过错,说你自己的。谁对谁错,轮不到你下结论。"

梅朵不敢看梅兰的眼睛,低声说:"我没有抽时间照顾家庭,没有照顾好孩子……"她轻描淡写地说了她的错误,最后说:"我诚恳地接受组织上的教育和批评。"

两个人都说完了,梅兰说:"好,既然你们把自己的问题交代了,我就代表组织给你们提出几点要求。"

韩寒和梅朵下意识地握紧手中的笔。

梅兰说:"第一,你们就在这里写出书面检查交给我,检查要深刻、全面,尤其要检查自己的缺点和过失。第二,今后怎么办?要详细写出。第三,梅朵立即回家,不准在这个敏感时期再传什么谣言。第四,韩寒悬崖勒马,斩断婚外情。第五,如果你们不听劝告,按组织纪律处分。听明白没有?"

韩寒和梅朵只得说:"听明白了。"

梅兰停顿了一下,又说:"你们还要考虑丫丫的感受和老人的感受。今天晚上,你们带上丫丫到我们家去吃饭。顺便告诉你们,我和何华德最近收了一个漂亮的干女儿,也让她见见你们两个长辈。"

要是放在平时,韩寒和梅朵早就闹翻了天。可今天,两人出奇地平静,没有提出任何异议。他们也都知道,他们反抗是没有用的。市领导都出面了,他们再闹难道非要让自己丢官失职吗?两人都没有愚蠢到这个地步。

梅兰离开接待室后,韩寒冲梅朵尴尬地笑笑。两人都没想到市委找他们是谈这件事情。梅朵上厕所时偷偷给阿峰发了条短信,告诉他自己心情好多了,还称赞阿峰的高瞻远瞩,言语之间对阿峰充满了信任。阿峰也给她传来了喜讯:明成就要来龙城,还向他询问了她的情况,一切

第四章 又起波澜

都在按预定的方向发展。

　　梅朵回到接待室,看见韩寒正在认真地写检查,心里暗自发笑。这个书呆子,做什么事情都那么认认真真,就连写个检查也是工工整整的,生怕别人看不清他的罪状似的。

　　梅兰早就安排何华德做好了准备,在家里备好了丰富的酒菜,也把菲菲请来了。

　　梅朵牵着丫丫一进门,看见青春靓丽的菲菲,不免有些惊诧,问:"莫非这孩子是演员?"

　　小梅儿立即抢着说:"我姐姐就是演员,演过很多的戏呢。怎么样,我姐姐漂亮吧?我也要当演员。"

　　梅朵捏捏小梅儿的脸蛋,乐呵呵地说道:"嗯,小梅儿一准行的。到时候啊,让你爸爸专门给你写戏啊。"

　　小梅儿一本正经地说:"嗯,就是。我姐姐现在就在演爸爸写的戏。"

　　韩寒问道:"这么说菲菲也是龙城人?"

　　梅兰正式介绍说:"是的,我们家菲菲是市剧团的演员。菲菲,这是你小姨和小姨父。"

　　菲菲脆生生地叫了梅朵和韩寒。

　　韩寒说:"我觉得有些眼熟。你就是上次到北京参加演出还获了奖的那个丫头吧?我们报纸上刊登了你的大幅图片。"

　　梅兰又给菲菲介绍说:"你小姨父是报社的总编辑,你今后要多向他请教。"

　　韩寒立即谦逊地说:"算了,你还是向你干爸学习吧,他是全市上下公认的文化权威。"

　　何华德正从厨房里走出来,朗声说:"哎呀,好热闹啊,今天算是一家人聚齐了,要好好喝上几杯。"

　　菲菲领着两个小丫头到小梅儿房间里去了。梅朵对梅兰说:"这个菲菲,还真是美女啊。你们怎么挖到这个漂亮干女儿的啊?"

　　梅兰冲何华德努努嘴。梅朵对姐夫太了解了。她心里暗想,这个表面祥和的家庭,其实已经充满了危机了。

　　从梅兰家回来后,梅朵和韩寒之间的敌对情绪得到了明显的缓解。

梅朵有很多话想说，听众也就只有韩寒。梅朵凭女性敏锐的第六感断定，菲菲与何华德之间绝不仅仅是干女儿与干爸之间的关系。很多细节都没有逃脱她的眼睛。吃饭时，菲菲给长辈都敬了酒，就是把何华德晾到了一边。在众人的提议下，她才十分勉强地和何华德互相碰了一下杯。碰杯时，菲菲的眼神里没有一丝敬重，倒是有一丝不易觉察的调戏之感。所以，她十分肯定，何华德与所谓的干女儿菲菲之间已经有了超乎寻常的那种关系。她暗想，梅兰太可怜了，他们把闹剧都演到家里来了，她还一无所知。但她也清楚，梅兰这时不需要这个消息，更不愿发生这事。如果自己此刻去揭穿的话，梅兰不但不会感谢自己，反而会认为自己在挑拨她的家庭关系。

她和韩寒之间原本就没有什么话可说，这正好是一个话题，她也想用这个话题冲淡两人之间的隔阂和陌生。

梅朵说："你觉得，菲菲怎么样啊？"

韩寒说："很乖巧的一个女孩子。"

梅朵问："你喜欢吗？"

韩寒说："用词不当。如果非要我回答的话，应该叫欣赏。她不是你姐的干女儿吗？"

梅朵看着韩寒，问道："你觉得，她真的是何华德的干女儿吗？"

韩寒一愣，问："你这话什么意思？"

梅朵说："你没发现她和何华德之间有暧昧关系吗？"

韩寒摆摆手，说："梅朵，你在我面前说说也就罢了，千万不要乱说。"

梅朵一字一顿地说："韩寒，不妨我们打个赌。这个菲菲要不是一个狐狸精我就不姓梅了。你看着吧，迟早会让梅兰难以收拾的。"

梅朵是一个好了疮疤忘了疼的女人。心情放松之后，她桀骜不驯的性格又开始彰显。

她给阿峰发了条短信：亲爱的，你在哪里？

阿峰很快回了短信：宝贝，我在谈生意。十一点你到我住处好吗？我有要事和你商量。

快到十一点时，梅朵的电话响了。她懒懒地抓起电话。她听出是阿峰的声音，立刻坐起身来。

阿峰说："要不要让司机去接你？"

第四章　又起波澜

梅朵起身下了床，避开丈夫说："不用了，我自己过去就行了。"

阿峰说："我在花都酒店，我让人到酒店门口等你。"

挂断电话，梅朵对佯装睡觉的韩寒说："县委书记和县长从省城回到龙城了，让我和他们见面，我得过去一趟。"

韩寒不想这个时候和梅朵闹不愉快，含糊其辞地说："好吧，你注意安全，早点儿回来。"

梅朵赶到花都酒店，被人带进了阿峰所在的雅间。

阿峰正在宴请宾客，见了梅朵，立刻起身，给在场的人们介绍说："这位美女领导是龙山县委常委、宣传部梅部长。"然后又给梅朵介绍说："外地的朋友，他们今后将要与我合作经营龙城的娱乐业。"

其中一个谦逊地说："不是合作。我们都是奔阿峰大哥来的，准备和他一起发财。"

梅朵坐下来，和几个老板边喝酒边说闲话。

阿峰显然是主角，只听他说："各位，我今天请大家小酌几杯。待我们的娱乐一条街开张的时候，我们再好好庆贺庆贺。来，干杯！"

梅朵早就听说，龙城要建一条规模庞大的娱乐一条街。市政府还将这项工程放到了重要的议程中了，但她没有料到，娱乐一条街的幕后老板居然是阿峰。

她斟满了酒，对阿峰说："祝贺祝贺，你的新项目又开张了。"

众人散去后，阿峰与梅朵进了宽敞豪华的宾馆客房。

阿峰说："今天，就住这里了，如何？"

梅朵说："你不是说要和我商量事情嘛？"

阿峰吻了一下梅朵的额头，说："娱乐一条街不是小项目，投资两亿多呢，省文化厅和商务厅对这个项目非常重视。现在，这事终于板上钉钉了，可以轻松一下了。"

梅朵从认识阿峰开始，很少见阿峰真正地清闲过，总听见他在谈项目。

她对阿峰说："你整天都这样忙，很辛苦啊，老是没命地忙碌。"

阿峰说："我是有苦说不出啊。我是赚了不少钱，但是我的背后得养多少大佬啊。好了，不说这些了。还是说说你的事情吧。"

梅朵递给阿峰一杯刚沏的清茶。

阿峰品了一口，说："我有一个很实际的想法。"

梅朵看着他，问："什么想法？"

阿峰说："你知道，我对你是真心的。我不想让你以后埋怨我，所以，我想预先给你安排一个出路。"

梅朵吃了一惊。他这话是什么意思？难道他知晓自己仕途的路已经断了？她有些紧张地问："什么意思啊？难道我出了什么问题？"

阿峰又品了一口茶，说："你误会了。娱乐一条街的项目我想让你做股东。"

梅朵又是一惊。

阿峰接着说："不管你今后做不做副市长，你持有这个股份都是没有问题的。假如你哪一天不做官了，你一样可以有经济收入。即便是你官越做越大，多一份收入也没有什么坏处。"

阿峰的语气十分诚恳。

听了阿峰的话，梅朵陷入了沉思。这样的好事要是换了别的女人，岂不照单全收？这意味着一劳永逸，一辈子都有一份不菲的收入啊。可梅朵清楚，事情一旦败露，开除公职、判刑都是有可能的。她说："你能这样想到我，我谢谢你。可是……"

没等梅朵说完，阿峰就说："你的顾虑我都考虑到了。我不会公开给你股份的。你找一个亲人替你做股东。这件事情只有你我知道。"

梅朵笑着说："不管怎样，我都要谢谢你。这件事情，你还是让我想想再定吧。"

这时，电话来了。电话是阿峰的秘书打来的，说明风已经到他公司了，有事情要和他商议。

阿峰一边穿衣服一边对梅朵说："实在不好意思，明风找我说事，我得过去一趟。"

梅朵说："你赶快走吧，回头咱们电话联系。"

南城棚户区改造工程和两江清淤重建等重大工程，在明风的安排下，几乎没有遇到任何的阻力，全部让阿峰集团拿下来了。明风到阿峰的公司来，就是商议如何解决这些项目操作中出现的问题。

一见面，明风就开门见山地说："老弟，项目全部给了你，你可得上心啊。要不然，老兄我也支撑不住啊。"

阿峰这几天都在张罗龙城娱乐一条街的事，没有顾得上其他项目。

第四章 又起波澜

他不知道明风抱怨什么，谨慎地问："老兄，你和我还打哑谜啊？有问题你老哥就直说。"

明风说："两个工程都出了麻烦。两江清淤重建工程中，施工人员把江边的民房弄垮了十几间，那些人都闹到市政府去了。南城棚户区改造工程，也是贸然开工。很多老居民有意见，昨天还有几个人跑到市政府去闹事，又哭又闹的，让市委很难堪啊。要是闹出人命来，你我兜得了吗？"

阿峰故作惊恐状说："下面都给我汇报了，我还没想到有这么严重。"

明风摇摇头，无奈地说："老弟呀，你要是这样马马虎虎，恐怕我没法干下去了，还谈什么赚钱啊。"

阿峰道歉说："实在对不起，老哥，我没想到这件事情让你为难了。这样吧，我明天就想办法，一定摆平这两件事。不能因为这样的事情，让老哥不好过。"

明风说："这两件事情说大就大，说小就小。龙城遭受了这么大的灾难，全国都在关注，要是事情闹大了，谁负得了这个责啊？你老弟不会害我吧？"

阿峰给明风倒了一杯XO，说："老哥，放心，我今晚就安排下去，实在不行就多出点儿血。"

明风品了一口酒，担心地说："你可不要掉以轻心啊。现在是特殊时期，什么事情都可能升格成为政治事件啊。"

两人说话之间，阿峰从酒柜下的保险柜里取出十万现金，对明风说："这个你拿去，请同僚们喝喝酒，让他们积点儿嘴德。另外，这些工程的利润下来之后，你有百分之二的红利。工程上的事情，其实也就是咱自己的事情，有问题请你多想想办法，能及时消除的就及时消除，不要把事情弄得还要省城那边来出面。"

明风没有想到阿峰会这样大方，他感到意外的倒不是这十万现款，而是百分之二的红利。那不是一个小数目，要是顺利的话，这几个工程完工之后，他后半辈子都可以衣食无忧了。明风了解阿峰，他和叔叔明成合作的时间也不短了，阿峰说出来的话是可信的。但碍于面子，他没有表态，故作冷淡地说："还是先把火烧眉毛的事情处理好吧。"

阿峰看了明风一眼，说："老哥，你还非要等我给省城挂电话你才接受吗？"

明风见阿峰有些生气，顺坡下驴地说："好吧。我接受。不过，明天一早你得和我一起去处理这两件事。"

他边说边将钱装进了手提袋。

两人又喝了一杯酒，阿峰安排人将明风送走了。

送走了明风，阿峰即刻让分管两江清淤重建工程和南城棚户区改造工程的人赶到办公室，连夜研究办法。

阿峰黑着脸说："你们都是白痴呀？这两个工程是随便就能拿到手的吗？不当回事的话，你们明天就滚蛋！"

阿峰向来脾气霸道，属下没有一个人不害怕他的。

部下任凭阿峰痛骂一顿之后，才开始心平气和地汇报事情的由来。

阿峰武断地说："经过就不要讲了，我要的是结果，明白吗？如果工程出了问题，我们还到哪里去赚钱啊？你们要是处理不好这些问题，可别怪我不客气！"

明风早早来到办公室，等候阿峰到来。他慵懒地靠在宽大的转椅上，盘算着这些个工程做完后，他能有多少进账。在这方面，他不得不钦佩高瞻远瞩的叔叔明成。在成为市长之前，还有这样的绝好机会赚上几笔，一方面为他的政治前途铺平了道路，另外，要是升迁不成，自己也不亏本。

"笃笃笃！"有人敲门。市委办公室的副秘书长一进门就惊慌地说："不好了，明市长，市委、市政府大院外面聚集了很多闹事的人，市委通知你到一号会议室开紧急会议。"

说完，副秘书长转身出去了。

这个消息立刻让明风惊呆了。闹事？莫不是我抓的两项工程出事了？他探出头，看了看窗子外面，果然看到了大院外面黑压压的人群。

他立即拨通了阿峰的电话，问："老弟，你在哪里呢？"

阿峰的情绪明显不对了，同样慌张地说："老哥，我在赶往市委的路上呢。问题是不是很严重？局面还可以收拾吗？"

明风一下子瘫坐在椅子上。刚才他还抱有侥幸心理，企望闹事的人与他分管的工作无关，而阿峰的电话已经证明，在市委、市政府门口闹事的还是几天前闹事的那一帮人。怎么办呢？市委召开紧急会议，名义上是寻求解决的办法，实际上就是想让他下不来台，把责任推到他这个省委工作组成员头上。接下来省委也会问责，他的政治前途也就渺茫

第四章 又起波澜

了。那样的话,他在龙城非但不会捞到任何好处,还得回到临市原来的副市长位置上遭人白眼。想到这些,他对阿峰有几分怨气:这个唯利是图的商人,成事不足败事有余,一心想着捞钱,一点儿政治头脑都没有。这样的人,叔叔明成怎么还将他当座上宾呢?很快,他又明白了一个道理,这个八面玲珑的阿峰,在叔叔明成面前肯定是一条合格的狗——办事利落,小心谨慎。

这时,副秘书长又来电话了:"明市长,你什么时候能到呢?其他领导都到了,就等你呢!"

明风慌忙拿上笔记本,直奔市委一号会议室。

这个突发情况,何止是明风着急,整个市委都变得气氛紧张。保卫部门将这个严峻的情况汇报到秘书长梅兰那里后,梅兰即刻敲开了宇峰的办公室,如临大敌一般将这个情况汇报了。

宇峰表情严肃地说:"这个明风怎么处理事情的?这是在拿龙城市委的生命线开玩笑啊。立即召开常委扩大会议。"

梅兰火速回到了办公室,将通知很快传达到了所有应该到会的人。

事实上,这件事情发生之前,宇峰一直在冥思苦想,怎么才能让这个有特殊关系的明风离开龙城。市委、市政府两套班子,市委书记是绝对权威的,要是有这么一个特殊的市长,他这个书记的权威就面临前所未有的挑战。卧榻之下岂容他人酣睡?他一直在寻找将这只"老虎"挤出龙城的机会。现在,机会终于来了,宇峰当然不会放过。

会议开始前,梅兰又出现在了宇峰的办公室,向他报告说,省委副书记明成已经在赶往龙城的路上了。这个突发情况让处事冷静的宇峰都有些吃不准了。

他问梅兰:"没有说因为什么吗?"

梅兰摇摇头。

宇峰自言自语:"到底为什么?不是说两天后才来参加龙城工业园区的剪彩仪式吗?怎么现在就来了呢?"

明成这个时候来是不是来救场的呢?要是那样的话,明风还是有可能继续升任市长的。该怎么办呢?

一名副秘书长报告说:"书记,秘书长,外面的情况越来越严重了,不能再拖了。"

宇峰说:"慌什么?我们马上召开常委扩大会。你们可要尽力维持好外面的秩序！"

　　宇峰心里明白，出了这样的事情，市委肯定是要承担责任的。他是龙城市委书记，这个责任他肯定是要承担的。其他市委领导则不同，比如梅兰，她一定不希望省委明成副书记到来时，市委还被闹事的群众围困，要是明成发怒，所有的常委都会受到牵连，升职的希望可能就要化为泡影。而对宇峰来说，情况就大不一样了。倘若他息事宁人，明风就有可能躲过这一劫，还会成为他的劲敌。要是让这把火再烧一烧，让明成副书记也觉得不好下台，他就有胜算的可能，使明风不能在短时间内受到提拔重用。

　　想到这里，宇峰的脸上浮现出往日的从容和淡定。他爽朗地说："走，开会去。"然后，迈着方步向会议室走去。

　　梅兰问："书记，要不要派人接明副书记啊？"

　　宇峰说："要啊。我这时去不太合适，你让政协主席老李辛苦一趟。"

　　梅兰说："好的，李主席已经到会议室了，我进去找他。"

　　两人走进会议室。宇峰坐在自己的座位上，看了看身边的政协主席，又向大家点点头。

　　梅兰与政协李主席耳语了一番。

　　李主席站起身，对宇峰说："书记，那我就去了啊。"

　　宇峰说："嗯，你也可以先汇报我们这里正在处理的情况。"

　　宇峰环视了大家一眼，字正腔圆地说："各位，惭愧呀。灾后重建的重要时期，我们本来该在一线奔忙，而现在我们却要坐在会议室里，不是商议龙城的振兴与发展，而是解决干群之间的矛盾。这说明什么？"

　　明风低着头，不敢看宇峰。

　　宇峰接着说："同志们，什么是大局？什么是政治？什么是关键时刻？领导岗位上的同志，这些问题都搞不清楚吗？现在龙城最需要什么？需要团结干群，一心一意搞灾后重建。需要排除矛盾，发动一切力量谋发展。今天的情况是怎么回事？是什么原因导致群众闹事？我们市委的态度是明确的，我们坚决查清原因，绝不姑息迁就。"

　　明风的脸上有些挂不住了，不断喝水以缓解紧张情绪。他原来在临市做副市长从没遇到过这样尴尬的场面，没有受到过这样严厉的批评。现在，他的身份很特殊，还是省委下派工作组成员，宇峰这样说，不是有意要给他下马威吗？明风想，我到龙城之后处处维护宇峰的威信，维

第四章　又起波澜

131

护市委的权威,他怎么能这样对我呢?我就是得罪了他,冒犯了他,他也应该给明成几分薄面呀。看现在这个架势,宇峰就是冲我来的。

他还在分析时,宇峰突然说:"我们这些政府的管理部门是怎么抓工作的?明风同志,你是省委下派工作组的领导成员,你也发表一下你的意见,好好批评批评龙城的不良作风。"

宇峰的话让明风猝不及防。他很生硬地说:"好,既然宇峰书记让我讲几句,我也就讲几句吧。"

他知道,宇峰名义上是让他指导,实际上却是让他献丑。

明风看了大家一眼,说道:"目前,龙城的总体情况还是很好的,灾后重建的速度也很快。我非常同意宇峰书记的看法,目前发生的这件事情,就是要严肃查处。灾区无小事,每一件事情都事关国计民生。这件事情既然发生了,我们就得积极面对,找到处理的办法,迅速补救。这起事件的起因,可能和我们重建进度推进过快有一定的关系。但是,不能因为我们加快了建设速度,就损害老百姓的利益,滋生新的社会矛盾。"

明风很精明,同样的问题,他巧妙地说出了两面性,有意识地减少和推卸了他的责任。

宇峰对他的发言很不满,可是,接下来发言的常委们大多数站到了明风的立场上,有的还客观地分析了事发的原因。当然,明风清楚,说这些话的人都是和他吃过饭也看好他背后身份的。

轮到梅兰发言了。

宇峰意味深长地看了她一眼。

同样,明风也眼巴巴地看着她。

梅兰感觉到了内在的压力,她斟酌了半天,才说出了这样的话:"前面各位领导的意见,我都非常赞成。我只补充一点。现在,群众已经聚集了两个多小时了,维稳办和公安方面应当立即采取行动,时间拖得越久会越难办。"

表面上,梅兰的发言什么都没有说,实际上,她是在回避两方面的锋芒。应该说,她的发言,宇峰是意料之中的,而明风却颇感意外,因为梅兰没有旗帜鲜明地针对他。

让明风更为意外的是,所有的常委发言之后,宇峰的态度依然很强硬。

他说:"同志们,外面的情况越来越紧张了。半个小时之后,省委明副书记就要赶到我们龙城市委。龙城出了这样的事情，我们每一个人都是有责任的，我们都得向省委向群众有一个合理的交待。我提议，让龙城市委常委、秘书长梅兰和省委下派工作组明风同志组成联合领导小组，加强对这两项工程的领导力量。梅兰同志是老常委，对龙城的情况熟悉，工作能力尤其是与群众和各单位之间的协调能力很强，加上明风同志的智慧，肯定会更快更好地开展工作。"

　　明风当即傻眼了。这明明就是告诉大家，他明风的工作能力低下，不足以指挥全局。让市委的老常委梅兰加进来，在今后的工作中到底谁指挥谁呢？虽然他并不讨厌梅兰，可是梅兰的背后不就是宇峰吗？他今后的每一件工作，不都要在宇峰的监督之下了吗？

　　梅兰看了看明风，见明风没有说话的意思，她说："我现在的工作本来就很繁忙，加上我本人的能力有限，只怕是担不起这副重担，让市委失望。所以我建议，改换其他更有能力的同志去协助明风同志。当然，我只是个人意见，如果市委决定让我去，我执行组织的决定。"梅兰并不糊涂，她也看出了宇峰的意思。很明显，宇峰就是想用市委的名义实现两个意图。首先，让她这个市委秘书长开始抓具体工作，熟悉政府部门的工作方式，为她改任政府领导打基础。其二，宇峰是有意让梅兰和明风站到同一个起点上，看看两人的表现，只要明风有一点儿闪失，提拔明风的时候，市委就可以提出更多对梅兰有利的理由和证据。

　　果然，她的话音刚落，宇峰就说："梅兰同志的态度很好，只要市委决定了，你就要无条件地执行。明风同志，现在就你一个人没有表态了。"

　　明风的态度明显有些抵触，他说："我没什么意见，我是临时抽调来帮助龙城工作的，听大家的意见就是了。"

　　宇峰没有丝毫退让，他正色道："明风同志，你过去是临市的领导同志，现在是省委下派工作组成员。我们今天的会议，虽然名义上是市委常委扩大会，可实际上是省委下派工作组和龙城市委的联席会议。我在开会之前，也与省委下派工作组组长、省委办公厅副秘书长汇报沟通了，所以今天你的态度还是很重要的。"

　　宇峰的话滴水不漏。明风显然不是宇峰的对手，他说："宇峰书记，你和我们组长研究过了，我执行就是了。"

　　宇峰环顾了整个会场，说："大家没有不同意见，那就算形成决议了。"

第四章　又起波澜

会场里鸦雀无声。明风下意识地向窗外望了一眼。谁都明白，他这是在控制不满的情绪。

宇峰早料到明风会不满，所以根本不在乎明风的反应。

他让市政协的李主席去迎接省委明副书记，他心里也是盘算好了的，他想把会议故意拖长一点儿，好让明成亲自看看这里的混乱场面，让他无话可说。但会议都快结束了，明成还是一直没到。

此刻，李主席打来电话说，他已经将明成副书记接到宾馆了。宇峰愕然，突然明白了，他忘了让李主席把明成接到市委来。李主席错误地以为宇峰不想让省领导见到市委尴尬的一幕。

既然这样，他只好宣布散会。

会后，宇峰让明风留了下来，说："实在不好意思啊。你我都是多年的老党员了，我相信你能理解我的心情。龙城这么大的摊子，现在就我一个人担着责任呢。要是再出问题，我怎么向省委和人民群众交待啊？对梅兰你也很熟悉，她能力强，又熟悉龙城的情况，你们配合，我是放心的。"

明风正在郁闷，阿峰打来了电话。明风将电话掐了，阿峰却不识好歹，又拨过来。

宇峰看见明风为难的样子，知道这个电话不寻常，示意他先接电话。

明风说："宇峰书记，你还有什么要吩咐吗？要是没有，我马上和其他人一起去现场处理问题。"

宇峰说："也行，你先忙吧，回头咱们再交换意见。"

明风走出会议室，按下了电话的接听键。

阿峰急不可耐地嚷道："老哥，你怎么不接电话啊？我这里出大事了！我的车在市委门口让人给砸了。现在这里已经闹得不可开交。省城里的头儿来了，已经到了龙城，住在龙城酒店，让你有空过去呢。头儿好像很不高兴，你要留心点儿。你们再不来的话，恐怕这里要出人命了！"

明风一边听电话，一边往窗外张望。市委门口聚集了很多市民。他急促地说："不要让事态升级，要保持克制。"

阿峰说："市民们已经疯了。他们砸烂了我们的车，还要打人……"

明风预感到要出大事了，心里对宇峰充满了怨恨，心想，会开这么长干什么呢？要是及早处理，说不定混乱局面早就控制住了。他跑出市委大院时，看见市委常委、政法委书记和市长助理、公安局长也在往门外走，人大、政协的领导们，梅兰和市政府的其他副市长，都在往外面走。

市委大院外来了大批的武警和公安，现场秩序已经基本得到了控制。外面有几辆被愤怒的群众砸烂的汽车，地上还有血迹和破碎的玻璃碎片。正在打电话的阿峰等人也被打伤，已被送往医院抢救。

事态的突然升级，让明风觉得有些晕眩。这时，梅兰远远地喊明风："明市长，我们几个人一起去和市民代表商谈。"

明风没有说什么，和梅兰一起回到了市委的一间接待室，与市民代表对话。

经过与市民代表的耐心沟通和劝说，市民代表们心平气和地走了。

梅兰对明风说："这起事件，原本就是偶然事件，要是早一些沟通，事情也不至于闹到这个地步。明市长，你觉得是不是该找找市民背后的律师呢？"

梅兰的干练、机敏和处置事情的能力，让明风对她开始另眼相看了。

梅兰回到办公室时，市委、市政府各小组的材料都汇总过来了，一个小时之后，一份完整的报告就送到了梅兰的办公桌上。

梅兰马上把报告给宇峰书记送去。

宇峰满意地对梅兰说："梅秘书长，看起来，你很适合做政府工作的嘛，执行力这么强。"

梅兰说："都忙晕了，你还有心思开玩笑。"

宇峰认真地说："你这话可只对了一半啊。记住，越是关键时刻，越要保持清醒的头脑。"

梅兰说："谨记书记的教诲。"

宇峰看完材料，做了几点修改，特别增加了一段关于市委对这件事情的态度。宇峰决定，将材料上报省里面的同时送给明成副书记。宇峰对梅兰今天的表现十分满意，梅兰的才能这一次充分展示出来了。他断定，要是让梅兰做市长或者常务副市长，一定是合格的，也是让他放心的，当然，他最需要的还是梅兰做自己的心腹。

梅兰问："是不是现在就上报省里？"

第四章 又起波澜

宇峰说:"可以,现在就上报。"

梅兰刚要转身,宇峰又问:"医院那边的情况如何?是谁去医院那边看望受伤人员的?"

梅兰说:"政法委书记带队,公安局、卫生局和民政局的领导都去了。情况我不是很了解。我现在就问问。"

梅兰当即拨通了卫生局长的电话,询问了相关情况。

卫生局长汇报说,问题不是很大,阿峰受伤最轻,明天就可以出院,其他人还得留院观察。

梅兰将情况向宇峰汇报了。

宇峰说:"嗯,还好,没有闹出人命来,算是万幸。"

宇峰没想到,他原本和梅兰精心谋划的接待省领导方案,由于突发事件而流产。不过,让宇峰觉得踏实的是,在明风的问题上,他现在从容多了,即便是面对省委的大员,他也可以委婉地说"不"。

宇峰和梅兰商量:"我们现在怎么办?"

梅兰说:"原来的方案要做调整。"

宇峰说:"接下来呢?和领导见面就谈谈工作还是说一点儿别的?"

梅兰说:"这个时候,不谈工作恐怕是说不过去了。"

宇峰说:"是啊,现在是多事之秋,想单纯地和领导说说话看来是奢望了。"

梅兰忧虑地说:"领导到了龙城,我们主动打上门去,妥当不妥当啊?"

宇峰说:"领导明确说,晚上听工作汇报,在领导没有改变计划之前,我们找上门去可能不太好。不管怎么样,我们还是要主动一点儿嘛。"

梅兰随后又问:"我们准备的礼物呢?"

宇峰说:"先放在车上吧。随时看情况而定,好吧?"

这时,明成副书记的秘书打来电话。

梅兰按下了手机的接听键。

秘书说:"梅秘书长,领导让宇峰书记过来一趟。"

梅兰说:"知道是什么事情吗?"

秘书说:"领导没说。让宇峰半小时后赶过来吧。"

梅兰说:"好的。宇峰书记一定按时赶到。"

梅兰挂断电话，沉思了一刻，对宇峰说："看来，事情有新的变化。让你半个小时赶到龙城酒店。"

明成没有指明单独见宇峰，那就说明是一般性的工作会见。

宇峰说："好吧，你我都准备一下，一会儿就出发吧，把该带的文件都准备好。"

龙城宾馆的一间小会议室里，摆上了鲜花与水果，并撤掉了多余的座位。

宇峰和梅兰进了这间熟悉的小会议室，发现里面的陈设有很大不同，显然是经过精心布置的。位置只有几个，这证明，领导就是找人谈话而已。

宇峰和梅兰都明白了，明成这一次来，事先一定是设定了的。按照常规他应该先通报市委，让市委有所准备。可明成并没有这样做，那就说明明成这一次就是微服私访，或者暗中调查什么。

梅兰对宇峰说："书记，看来，不要先汇报今天的事情。明成副书记也许根本就不知道这件事。"

宇峰决定，对明成先不做任何汇报，等到探明明成的底牌之后再做决定。这样虽然愚蠢一些，但不冒失，也相对稳妥。他在梅兰耳边说："看我的脸色行事。先不要透露任何想法，就当是上级的一次普通巡查。"

梅兰点点头。

外面传来了脚步声。

宇峰和梅兰都站起身准备迎接明成。

门打开了，进来的却是明成的秘书。

秘书说："你们稍候一会儿。领导正在打电话，一会儿就过来。"

时间又过去了二十分钟，还是没见明成的身影。

宇峰看了梅兰一眼。梅兰说："也许领导正在忙呢。"

宇峰的情绪明显受到了影响，有点儿心神不宁。他下意识地看了看手表。

门外又传来脚步声。他和梅兰赶紧站起来。

进来的还是明风的秘书。

宇峰问道："怎么回事？"

第四章　又起波澜

秘书神秘地说:"书记,梅常委,我看见明风市长进了副书记的房间,还有那个刚从医院出来的老板阿峰。"

宇峰倒吸了一口凉气,不明白明成要下哪一步棋,唱哪一出戏,感觉如坐针毡。

梅兰与他一样,被这个突如其来的变化弄得六神无主。她不明白,明成为什么会先见明风和阿峰,却迟迟不见龙城市委的一把手。这里面究竟有什么样的玄机呢?是不是政协李主席……

"李主席!"宇峰和梅兰几乎是同时脱口而出。两人断定,一准是李主席对明成说了什么。政协李主席是龙城唯一见过明成的人。不论如何,了解一下情况是十分有必要的。

梅朵立即拨通了政协李主席的手机,然后把电话递给了忐忑不安的宇峰。

李主席说,他并没有向明成透露更多的信息,只是轻描淡写地说了今天的事情,说市领导们都在现场处理,所以宇峰特派他赶过去迎接他。当时明成还说,他这次来没有什么公务,只是随便下来走走。

他们从李主席的话语里,无意之中得到一个十分重要的信息,那就是明成这次不是公干。

放下电话,宇峰立刻有了准备。这样看来,根本没有必要汇报今天发生的事了,否则,弄不好还会扫了领导的兴呢。

他对梅兰说:"李主席说不是公干。"

梅兰沉思半晌,说:"嗯,这就对了,要不然,他第一个见的应该是你。"

不过,两人仍然不明白明成此行究竟为何。倘若真的不是公务,明成为何现在又让宇峰来见他呢?

梅兰自言自语地说:"是不是龙城的班子问题?"

宇峰也觉得,明成此行一定事关龙城的领导班子调整。他还断定,明成嘴上说不是公干,实际上是受省委书记和省长的委托,专门展开调查的。他还想到了一件事情,自从去年七月省委常委、组织部长上调北京之后,组织部长一直空缺,组织和人事工作一直是明成代管的。他考察选拔干部,是明正且言顺的。想到这些,他有些叫苦不迭。要是这样,他还是要将明风推上市长的位置的。于是,他横下一条心,不管明成是不是要用明风,他都要将明风惹的祸一一摆到省委其他领导人的案桌上。

　　明成迈着不紧不慢的步子走进会议室。宇峰像从座位上弹起来一样，快步走上前去，说道："老领导，您的身体还和以前一样硬朗啊。"
　　明成乐呵呵地说："这段时间，你辛苦了。看你忙成这样，我还真有几分心疼呢。你可要注意身体啊，龙城离不开你。"
　　宇峰说："谢谢明书记，这点儿苦算不了什么，请领导放心。"
　　明成说："主要是让老百姓放心，只要老百姓放心了，领导自然也就放心了。"
　　宇峰立即说："领导教诲的对，我一定会加倍努力的。"
　　随后，他把梅兰介绍给明成。
　　明成握住梅兰的手，说道："知道知道，全省女干部中的大美女啊，省里面都知道龙城市委有一位美女秘书长啊！上次你到省里去，我算是见识了你的风采了，不只是人美，也是一位很有才华的干部啊！"
　　梅兰说："谢谢领导赞扬。"
　　一番客套之后，三个人坐下。
　　明成将桌上的水果分发给宇峰和梅兰，自己也摘下一个香蕉，说道："我也没有什么特别的事情。来，一边吃点儿东西一边闲聊吧。"
　　气氛变得随意了几分。
　　明成一边吃水果一边说："龙城的情况很不错嘛，我听政协的李主席介绍了近段时间龙城的主要工作，也深受鼓舞啊。"
　　宇峰立即说："龙城这次受了这么大的灾难，现在灾后重建，龙城人都憋着一股劲。大家知道，只有这样不等不靠，才能把大灾给我们带来的损失夺回来。"
　　明成点点头，说："嗯，很好。这样省委也就放心了。"
　　几个人聊了一会儿，明成又说："我这一次下来，只是想找你们几位随便聊聊。这样吧，宇峰先和我聊一下，梅秘书长先去休息一会儿。"
　　梅兰走后，房间里的气氛发生了微妙的变化。
　　宇峰揣摩着，面前的明成究竟要干什么。
　　明成语气温和地说："老宇啊，你这一段时间辛苦得够呛吧？现在就只剩下我们两人了，很多的话，也都不用藏着掖着。你有什么困难，也可以直接向我提出来，我决定得了的，就当场答应你，答应不了的，

第四章　又起波澜

我会带回省委去。"

宇峰说:"谢谢领导关心。我本人没有什么困难,身体也还行,这一点儿苦也能熬下去。我向您汇报一下龙城的发展情况吧。"

明成说:"你的身体也是大事,要是支撑不住了,我放你假。不过不是现在,要等你们的班子到位之后。"

宇峰听明白了,看来,明成还是为龙城的班子之事来的。他更加小心谨慎地说道:"我个人确实没有什么问题,就是担心龙城的发展。我在龙城工作二十年了,对龙城充满了感情。但是,明书记,您也知道,我现在这个年纪,要是守业和稳定大局,原则上不会有大的问题。但让我有更多的新点子和创新,恐怕就难了。我担心我会成为龙城发展的障碍呢。"

宇峰说这话,一方面是暗示市长人选迫不及待,另一方面也想打探打探省委对他本人的态度。

明成喝了一口茶,对宇峰说:"省委高度重视龙城的重建与发展,也抱有很高期望。你们龙城领导班子的现状,省里也是知道的,改善龙城领导班子的结构,省里面不是没有想法。你们的班子是能战斗的班子,对你的工作能力和领导能力,省里面也有很高的评价。你不要过于谦虚,刚才我说过了,龙城人民离不开你,省委也不会让你离开这个岗位。你的任务还很重,省委也对你寄予厚望。你前几次给省里有关部门的汇报,省委也在考虑。干部问题不是小问题,用好了,我们的事业大有希望,用不好,就会误国误民,所以很多事情是急不得的。刚才梅兰同志在这里,这样的话我不好说。你是市委的一把手,你举荐她,代表市委的集体意见,省委会认真考虑的。但是,省委任命和提拔干部是有程序的。"

宇峰揣摩着明成话里的意思。让他欣慰的是,他第一次听到省委主要领导直接和他谈论梅兰的改任问题,而且省委主要领导并没有否定他代表市委提出的建议。也许不久的将来,梅兰就会走上市政府的领导岗位了。

明成的秘书走了进来,说有一个要紧的电话。宇峰当然明白,秘书是要他回避,他站起身走出会议室。

明成歉意地说:"对不起,老宇,一会儿我们接着说。"

宇峰在楼道里来回走动,正在一边休息的梅兰向他走来。

宇峰头脑中还在想明成刚才说的话。

"谈完了？"梅兰轻声询问。

"还没有呢，领导在接电话。"宇峰脸上没有任何表情地说。

梅兰根据多年的经验判断，宇峰的这副表情就说明形势对他有利。往往是宇峰笑眯眯的时候，问题才严重。她一颗悬着的心也落地了。

这时，明成的秘书出来说："宇峰书记，领导说和你谈话就到这里，没有说完的话，一会儿吃饭时再接着说。梅秘书长，领导请你进去。"

梅兰意味深长地望了一眼宇峰，然后说："吃饭的地方已经安排妥当，你先到那边去吧。"

她让服务员领宇峰到已经订好的房间里休息，然后走进了会议室。

明成微笑着说："来来来，坐坐。"

梅兰矜持地说："谢谢书记。"

明成说："我刚才说了，这一次来就是找大家随便聊聊。咱们想到哪里就说到哪里，好不好？"

梅兰微笑着说："我听领导的。"

明成突然转换话题，愉快地说："还记得我们一起听的音乐会吗？"

梅兰说："当然记得啦，毕生难忘啊。"

明成摆摆手说："你不用这样夸张。那场音乐会只是普通的音乐会，不过，质量还是很高的。"

梅兰讨好地说："领导，对于我这个没有什么音乐修养的人来说，什么音乐会都是一样，嘻嘻。"

明成问："龙城的情况怎么样？我指的是干部队伍的情况。你是市委秘书长，身处市委工作的敏感位置，对市委的工作是最清楚的。"

梅兰心里想，明成刚才还说谈话的内容不正式，现在却提出这样严峻的问题，让她感到十分棘手。她愣愣地望着明成，说道："应该说一切正常吧，因为市政府那边的一二把手都空缺，市里面的主要领导就显得忙一点儿。"

明成又问："有没有忙中出错的情形啊？我没有责备的意思啊。实话实说。"

梅兰颇感为难。她说："事情多了，有时就有点儿顾不过来，很多重要的经济工作安排显得滞后，下面出了问题，也很多时候来不及总结。"

第四章 又起波澜

明成突然单刀直入地问:"这样的问题,在宇峰身上是不是很集中啊?"

梅兰一时不知道该怎么说,停顿了一下,说道:"这样的情况在龙城每一个市领导的身上都有,主要是因为现阶段的工作不规律,各种突发的任务太多。我身上也有这样的问题。往往出事在前,之后又没有充裕的时间纠正和总结。"

明成看了梅兰一眼,说:"你们这段时间出点儿问题是可以理解的,你们现在能做到这个样子已经很不容易了。"随后,他又将话题一转,问道:"你觉得宇峰这个同志平时工作作风霸道专横吗?"

梅兰心里又是一惊。明成为什么老是揪住宇峰问问题呢?莫非这一次也要将他调整下来?她没有太多的时间思考,只能说:"这个问题,我觉得要看从哪一个角度去看。他作为一个地方的主要领导,没有一点儿魄力显然是不行的,但魄力过头了有时候就成了专横跋扈了。不过,就我这么多年来与他的工作配合,我不认为宇峰同志是那种霸道专横的领导。"

听完梅兰的话,明成点点头。

明成又问:"你们龙城的经济建设在全省范围是相对滞后的。宇峰同志对经济工作支持吗?还有,他对民营企业关不关心?"

全市上下都知道,宇峰别的事情都好,就是对经济工作不是很上心,也不很在行,所以他对民营经济不太关心。他的这种秉性,省里很多部门的领导都知道,并且在各种场合暗示过他。梅兰有时候也觉得他这方面过激了。她把自己的想法实话实说,最后还补充说:"宇峰书记虽然和民营经济和民营企业不太接触,但他还是大力支持的。"

明成又问:"倘若让你主持龙城的工作,你会关注民营经济和民营企业吗?"

梅兰愣了一下,傻呵呵地说:"领导,我觉得我不能回答这个问题,因为这个问题不可能成立。"

梅兰假装傻呵呵地笑,其实是在打探省委的底牌。

明成说:"你别管成不成立,我说的是如果,你也可以如果一下啊。"

梅兰笑着说:"现在是经济和财富时代,党委和政府的工作都离不开这一条主线,哪一个地区的经济最活跃,哪一个地区的民营经济发展就越快，龙城也涌现出了一批有希望的企业。我要是主持龙城工作的话，当然只是假设，我会让民营经济承担更大的责任，让它们获得更多的发展空间，实现龙城经济快速发展的目的。另外，民营经济经营机制灵活，还可以给国有企业的改革带来示范效应。"最后她又说："当然，这些都是假设。"

明成看她的眼神有些诧异。

明成又问："看来，我们的梅常委并不是一个单纯的书生，你对民营企业是早有关注的。你认识一个叫阿峰的企业家吗？"

梅兰回答说："听说过，他在龙城和龙山县有很多项目，现在，市里面的几个大工程，譬如两江清淤重建、南城棚户区改造工程都是他的公司在操作。"

明成又问："你觉得这个企业家如何呢？"

梅兰只得如实说："我没有实际接触过他，听说这个人很有些魄力。"

她知道，这个时候，她绝对不能再提阿峰承揽的工程闹出了大事。

明成说："希望你今后能够关注这样的企业家，真正为龙城的经济发展出力。"

梅兰说："一定谨记领导教诲。"

到这个时候，梅兰都没明白明成此行的真正意图，完全是在被明成的问题牵着鼻子走，几乎迷失了方向。

明成说："省委工作组怎么样？和市委配合得还好吧？"

梅兰说："省委工作组和市委的协调是相当和谐的，各项工作开展得都十分顺利，省委工作组对龙城的指导是功不可没的。"

明成说："梅秘书长，我不想听冠冕堂皇的话。我需要了解真实情况。省委工作组一方面是来指导龙城工作的，更重要的是落实省委意图，协助龙城市委抓好工作。"

梅兰听出了弦外之音，他强调说省委工作组是来落实省委意图、指导龙城工作的，这就意味着，省委工作组撤离之前，龙城市委还是要听省委工作组的。这样的话，明风的位置就显得特殊了，工作组的组长、副组长长期在省城，常驻龙城的只有明风了。梅兰不禁为宇峰捏了一把汗。明成副书记对她说这些话，有一点儿敲山震虎的味道。

梅兰说："两个机构是存在一些问题，没有形成日常的交流机制，

第四章　又起波澜

总体上工作还是以市委为主,因此,难免在工作中出现一些小问题。省委工作组的组长、副组长长期在省城,宇峰书记和他们经常只是电话沟通,所以就形成很多决定以市委为主的局面。"

明成点点头,说道:"嗯,小梅呀,你把问题看得很透。那么,我这么理解行不行?要么加强省委工作组的力度,要么撤销省委工作组?"

梅兰吃惊地说:"领导,我没有这样想,也不敢这样想啊。"

明成笑着说:"我没有责备你的意思。你的话本来就是这个意思呀。"

梅兰只好附和着笑了笑。

明成说:"你的这个意见非常重要,我会认真加以考虑。不过,撤销省委工作组的可能性暂时不大,实在不行的话,省上可以考虑增设副组长,以便和市委平等沟通。"他的意思非常明显,就是要将明风提升为副组长。这样的话,他在龙城就能和宇峰平起平坐地交流沟通,从而形成明风在龙城的真正权威。

听到这里,梅兰已经明白了明成的弦外之音了。

当天的晚宴让宇峰和梅兰颇感意外。不但明风参加了,阿峰和梅朵也出现在餐桌旁。

明成举起酒杯说道:"各位,今天我并非公务,在座的有县里的领导,有市里的领导,也有企业界的朋友。今天我们只叙友谊,认识朋友,好不好?"

大家机械地说:"好。"

明成又说:"这几个人就不用一一介绍了吧?来,为友谊干杯。"

大家干了一杯。

宇峰的不悦和茫然仅仅停留了几秒钟。他环顾了餐桌上的所有人,站起来说:"来,我们龙城的干部和省委下派工作组的同志,还有龙城工商界的朋友,一起敬明书记一杯,谢谢明书记对龙城的关心。我们一定不辜负省领导的关心与厚爱,尽心尽力把龙城的事情办好。"

明成十分满意地说:"龙城市委的号召力就是不一样,不仅团结了省委下派工作组,还凝聚了市县领导,广泛联系了工商界的朋友。只要宇峰同志的要求合理,我代表省委表态,尽力答应,好不好?"

宇峰明白明成这番话的意思,就是要他与明风搞好关系,与企业家阿峰搞好关系。他现在还不知道明成和梅兰谈话的内容，但他依然说："谢谢领导。"

宇峰对身边的人说："现在，就看我们龙城各界的战斗力了。要是哪个方面军在省领导面前丢人，我这个地方官可不饶恕啊。"

最先响应的是梅兰，这个时候，她的女人优势就凸显出来了，一连和明成喝了三杯。

梅朵和明成是老熟人，梅朵端着酒杯走到他面前。明成十分豪爽地说："梅朵，咱们也是老朋友了，你说，咱们是喝一杯还是几杯？"

梅朵说："一杯两杯三杯都不行，最少六杯。"

大家一起鼓掌。

喝到第五杯的时候，明成看着梅朵粉嫩的脸，说道："我看你还有什么祝酒词？"

梅朵将酒举到明成面前，说道："找一个祝酒词还不容易吗？今天在场的所有人中，您是最大的大哥，我是最小的妹妹，就让最小的妹妹敬最大的哥哥一杯酒吧！"

明成也乐了，说道："太机灵了，太机灵了。"

梅朵歪着脑袋说："书记，还喝的话，我还有祝酒词呢。"

明成摇摇头，说："不喝了，不喝了。我知道你还有祝酒词，我上了你的当了。"

作别了明成，梅兰和宇峰走进了隐秘的茶座。两个人的心中都有各自的忧虑。宇峰从来未经历过这样尴尬的场面，明成虽然表面对他肯定，实际上也暗含很多的否定。唯一让他感到欣慰的只有梅兰的问题。听明成的意思，梅兰的改任不会有问题了。让宇峰觉得不好受的还有，明成几次冷落他，和他谈话的时间远没有和其他人谈话的时间长。宇峰能感觉到，明成是有意在给他制造压力，暗示某种不便说出口的结果。宇峰断定，龙城的班子确定之后，他也就该淡出政治舞台了。

梅兰的内心更为复杂。明成和她的谈话，一半是针对宇峰的，使她预感到宇峰的前途不妙。她知道，明成对她说这些有两层意思，一是考验她的立场，是不是和省委领导保持一致，二是把她当成传话筒，让她将这些话原封不动地传到宇峰耳朵里，起到敲山震虎之目的。一旦这样做，她在省委的心目中地位就会降低，也就不可能让她出任市政府要职

第四章　又起波澜

了。她考虑了许久,最后还是下定了决心,不向宇峰透露明成的任何真实意图,在两边保持绝对的中立。她知道,结果只有一个,那就是宇峰惨烈败北。

明风战战兢兢地站在明成面前,一句话也不敢多说。最近发生的事情,阿峰早就给明成通风报信了。对龙城的风吹草动,包括明风的失误和龙城市委的举动,哪一样明成都十分清楚。他看着面前的侄子,心里有说不出来的滋味。这个侄子不长进成了他的心病,他几乎是见一次训他一次,可就是没见他的长进在哪里,更让他生气的是,在这样的关键时期明风还让他不省心,有时他真不想再管这个侄子的事情了。可是,明风毕竟是他的亲侄子,他还是决定要尽力辅助明风坐上龙城市长的交椅。现在的情况十分复杂,最要紧的不是让明风做市长的问题,而是让明风在龙城扎下根。龙城市委和省委下派工作组的矛盾已经白热化了,他此行除了要调停双方的矛盾,更要调整省委下派工作组的结构,让明风升任省委下派工作组常驻龙城的副组长。

明成看了一眼这个不争气的侄子,想发火,但又无从说起。

明风主动地说:"对不起,叔叔,是我疏忽大意,才造成了被动的局面。我以后一定会加倍小心。"

明成长长地叹了一口气,摇了摇头,说:"算了,也不要说什么对不起了,我只希望你能对得起你死去的爸爸就行了。"停顿了片刻,他又说,"你和宇峰之间到底出了什么问题?怎么会弄到如此地步?"

明风说:"叔叔,我在临市的时候,就听到过宇峰的传闻,说此人善于弄权,龙城就是他的天下。我在省委下派工作组进入龙城之前,也来过几次龙城。那时宇峰还百般讨好,我能感觉出他是冲叔叔的面子才这样做的。我进入省委下派工作组之后,有谣传说,我到龙城是叔叔安排的,是来接龙城市政府市长位置的。宇峰从此就排挤我,不论什么事,只要经我的手,他都会拿放大镜过一遍,嗅嗅里面有什么问题,就像我是来抢他的班夺他的权似的。"

明成慢悠悠地品了一口茶,并没有打断明风的意思。于是,明风的胆子更大了,想好好奏宇峰一本。

明风接着说:"看来,外界的传言不假,宇峰张扬跋扈惯了,就连省委下派的工作组也不放在眼里,想怎么干就怎么干。他压根儿就没有把我放在眼里,总是以市委的名义压我,好像省委下派工作组就是他市委的一个工作部门。"

明成的脸上露出了不悦,他打断明风的话,问:"你说的可都有实实在在的证据?"

明风极其认真地说:"叔叔,我是本着对省委负责的态度汇报情况的。"

明成又问:"要是增设一名省委下派工作组副组长,局面又会怎么样呢?"

明风说:"当然会好一些,不过,得有两个条件。第一,这个副组长要常驻龙城,第二,省委必须给副组长足够的权力,要不然,就是再增设两个副组长也是摆设。"

第四章 又起波澜

第五章
苦心经营

送走了明风,明成一个人陷入了沉思。他曾经收到过不少龙城群众来信,在他的印象之中,反映宇峰问题的信件不少,问题主要集中在两个方面:一方面是宇峰独断专行,在龙城市委大搞一言堂。在龙城,他宇峰就像是天高皇帝远的大臣,只要是宇峰决定了的事情,决不允许有不同意见。来信列举了大量的实例,很多因为持不同意见或者给市委提意见的人,遭到打击报复,被削职去官或降级降职。时间久了,龙城成了宇峰的天下,针插不进水泼不透,有时候,就是省里下来的干部也迫于宇峰的淫威,无法开展工作。

群众来信中列举的宇峰的第二类问题,主要集中在他的生活作风方面,称其生活腐化堕落,安于享乐。宇峰在龙城有多个红颜知己,很多还是官场要员,权色交易已经严重危害到了干部队伍的纯洁。

明成也明白,要轻易动一个市委一把手,并不是一蹴而就的事,得有长远的谋略。现在看来,要想立刻将宇峰推倒是很不现实的。他想到了梅兰等龙城的官场中人。他听说梅兰和宇峰很亲密,他就要看看梅兰到底站在哪一边,只要梅兰站在他这一边,在明风的羽翼丰满之后,就不愁拿不下宇峰了。

他很清楚,现在最要紧的是,拉拢一批龙城的干部,让他们和明风尽快形成一个完整的阵营。

让明成同样不满的还有宇峰这次的上报材料。龙城刚受了重灾,还有省委下派工作组驻扎在龙城,事件已经平息了,还报省委干什么?这不是让他明成难堪吗?省委灾后重建下派工作组是由明成直接负责的,这样的情况要报也应该是省委下派工作组和龙城市委一起上报才对，龙城市委这样做，等于是把省委下派工作组放到一边了。

明成陷入了沉思。

明成想到了八面玲珑的阿峰。他想，阿峰对龙城的情况十分熟悉，从局外人的角度观察，也许比明风更为透彻。

阿峰永远都是毕恭毕敬的模样儿，见了明成，他态度谦卑地说："明书记，您找我啊？"

明成十分客气地说："就你我两人，你就不要那么见外了，叫明大哥好了。"

阿峰说："好的，明大哥。"他仍旧笔直地站在一边。"明大哥，您有什么事，就直接吩咐吧。"

明成客气地说："你坐呀，站着怪别扭的。"

阿峰坐下后，明成的秘书送来一杯极品西湖龙井。

明成说："我知道老弟喜欢喝这种茶，特地给你备下的。"

阿峰有几分感动，他没有想到，贵为省委要员的明成居然这样细心，还记得他的嗜好，立即说道："有劳大哥牵挂了。"

明成说："我一直把你当兄弟啊，你怎么能拿我当外人呢？"

阿峰一个劲地点头，说道："谢谢大哥的挂记。"

明成最欣赏阿峰的谦卑，在他面前永远像个小弟一般，这让他觉得十分受用。明成不光喜欢阿峰这一点，更喜欢他在做完事后从来不邀功请赏，标榜自己的重要。在明成心目中，阿峰虽然只是个民间商人，但是其分量远远超越了一般的地方大员。

他也喝了一口龙井茶，问道："兄弟，这茶咋样啊？"

阿峰细细地品了一口，说："绝对的极品。大哥，您还有存货吗？"

明成说："好茶就是用来款待懂茶人的，我早就给你备了两盒。"

阿峰高兴地说："这个世界上，知我者还是大哥也。"

两人愉快地笑了。

明成又问："龙城的情况想必你是知道一二的。今天，我们两人不妨就聊聊龙城的情况吧。"

阿峰说："大哥要了解哪方面的情况？"

明成说："就从你的生意谈起吧。现在有些什么困难？"

阿峰和明成打交道不是一两天了，他当然能明白明成的意思。于

是，他想了想，说："目前还不是很好操作，主要原因是龙城市委不重视我们这些商人，重视我们的人又没有掌握龙城的命脉。"

明成又试探性地问："依你看，龙城懂经济的领导有没有啊？或者说对经济感兴趣的干部。"

阿峰摇摇头，谦逊地说："大哥，政府的事情我们商人不好评价。"

明成诚恳地说："我是想听你讲真话，说错了我也不会怪罪你。"

阿峰委婉地说："大哥，我能说几个人吗？"

明成说："当然可以，你说吧。"

阿峰沉思了一会儿，缓慢地说："要说懂经济，明风应该算一个人选，但目前他的地位和资历，在龙城这个地盘上还缺乏号召力。如果要真想让龙城高速发展，恐怕外围的空间必须改善。我觉得龙城的两个人可能会是改善这种局面的人。"

明成很想得到一些印证，迫不及待地问："哪两个人？"

阿峰说："就是人称龙城官场二姬的姐妹花。"

明成突然来了兴趣，兴致勃勃地问："你说的是梅兰和梅朵吧？老弟，我知道这两位在龙城的影响力，可是你用什么证明她们能为龙城经济发展做事呢？"

阿峰介绍了他和梅朵相识的过程，并详细描述了梅朵在抓招商引资时的种种成绩，最后又说："我就是被她骨子里那种锲而不舍的精神所感动才到龙城投资兴业的。"

阿峰还没有介绍完，明成打断了他的话，问道："那么，梅兰呢？"

阿峰不假思索地说："这个人就更不简单了，虽然只是秘书长，但她头脑清醒，思路清晰，她是个对经济在行的领导。"

明成点点头，又问："就算是两人都可用，可她们能与明风形成一致吗？"

阿峰把握十足地说："只要让她们有足够的舞台，这个局面就一定能形成。"

明成已经明白了，阿峰私下里肯定和她们有过接触，一定也达成了某种战略同盟。阿峰比明风沉稳得多，没有把握他决不会夸海口。话到这里，明成心中已经有数了。

阿峰十分了解明成的心境，问道："大哥，您是不是见一见梅朵和梅兰？"

明成也想见见这两个美艳的女人，和她们交交底，于是说："好，你安排吧。"

离开明成后，阿峰即刻与明风取得了联系。他想让明风给梅兰打电话，这样，既可以让明风感觉到他在明成心目中的地位，也可以让明风去做一个顺水人情，让明风在梅兰面前摆功。

明风很快就将这个绝密的消息告诉了梅兰。

梅兰正在和宇峰私会，看到明风的短信，她内心为宇峰捏了一把汗。

宇峰并不知情，轻声问："这么晚了，还有别的约会吗？"

梅兰清楚，她必须立刻离开这里，明成在宾馆等她呢，于是笑了笑，说："书记，我得走了，你交待我的任务我得善始善终呢。"

宇峰诧异地问："什么任务？不能明天再说吗？"

梅兰说："不好意思，妹妹和妹夫又闹起来了，现在就在我家楼下呢。"

宇峰摇摇头，苦笑着说："这两口子。"

梅兰说："真没办法啊。"

宇峰说："你赶紧走吧。"

梅兰坐在出租车上，心想，明成没有让秘书而是让明风约她，这意味着什么呢？这说明，明成对明风不但信任，还在暗示她梅兰什么。看来，龙城的形势越来越诡异了，稍有不慎，就会让她粉身碎骨！可是，明成半夜三更约她会是什么事呢？莫非……她不敢往下想。

出租车停在龙城宾馆大门前。

梅兰忐忑不安地赶到明成的房门前，按下了门铃。

门里面传来熟悉的声音："是不是梅兰啊？这么快就到了？"

梅兰回答说："明书记，是我啊。不会打搅您休息吧？"

房间里只有明成一个人，音响里播放着萨克斯金曲《回家》。

此刻的明成早已没有了白天的威严，他满脸堆笑说："嗯，你来得正好，我正想跳一曲呢。"

梅兰觉得明成的话里藏有些许暧昧，好像她不是被请来的，而是自己送上门来的。

明成说："你先喝一杯咖啡吧，然后我们跳一个舞。"

梅兰支支吾吾地说："好啊。不过，和您这样有音乐修养的人跳舞，我挺有压力。"

第五章　苦心经营

明成呵呵地笑了。

梅兰端咖啡的手有些发抖，在她的潜意识里，今晚要发生什么事情了。尤其是面对明成那张永远不变的笑脸，她不知道自己应该笑得淡雅一点儿还是暧昧一点儿。

明成将音乐换成了快三，歪着脑袋问："没有问题吧？这种曲子跳起来很有意思。"

梅兰只得点点头。

明成伸出手，做了一个优雅的请的姿势，嘴里说："梅兰小姐，能赏光吗？"

明成的这副媚笑模样，白天她几乎都无法想象。

明成的舞步娴熟，节奏有力。不出五分钟，梅兰就感觉身体已经发热。她离开学校后，很少跳这样劲爆的舞了，单独和一个男人跳舞就更是没有过。她有时也和宇峰跳上一曲，但都是慢节奏的。

明成身体非常强健，梅兰已经浑身发热，他还没有停下来的迹象。梅兰不敢败明成的雅兴，只能咬牙坚持。看她的脚步明显有些变形了，明成才停下来，几乎是贴着梅兰的脸柔情地问："体力不支了？"

梅兰歉意地说："真不好意思，平时缺少锻炼。"

明成说："你们女人呀，就是应该加强锻炼呢，要不然会很快苍老的，不像男人，不容易老。"

梅兰觉得，和明成谈论这些不着边际的话题，有一种怪怪的感觉。

明成说："跑题了跑题了。"

明成将咖啡递到梅兰手里，眼睛含情脉脉地不离她的面部，让梅兰感到有些窒息。

明成的玩兴很大。两人喝了咖啡，又跳了慢步舞曲。

梅兰明显能感觉到，明成身子前倾时有意无意地触碰她风韵的胸部，手也在时不时变换拿捏的姿势。总之，明成的各种身体语言告诉她，现在仅剩两人世界了。随着缠绵的舞曲，梅兰也轻轻地靠到了明成宽厚的胸脯上，能清晰地听见明成的心跳。

两人的舞步越来越小，慢慢地，只剩下两人的身体摇摆了。突然，明成问她："假如有一天，让你主抓龙城的经济建设，你有思想准备吗？"

梅兰没有料到，此时明成会说这样的话。

她摇摇头说："领导，我没有任何思想准备。"

明成说:"市委的意见可不是你说的这样,说你准备好了一切。"

梅兰说:"是吗?市委有这样的看法,那是对我太高看了。"

明成说:"你也不要太谦虚。市委的意见我看还是有道理的,省委也认为你是一个人才。你说说,现在市委抓经济工作时有什么明显的缺陷没有?"

梅兰说:"书记,现在的龙城经济发展问题,也不是市委单方面的问题,与龙城的整体经济发展水平有关系。就是换一批懂经济又熟悉经济工作的同志到龙城来,想立竿见影地取得突破性发展,也是不现实的。经济发展有它的特殊规律。"

明成并没有责备她,反而赞赏地说:"小梅,你这话是真知灼见啊,和我的想法是一致的。省委有的同志也认为,龙城的经济工作一团糟,想搞一刀切,好像换一批人就能立即让龙城经济腾飞。你的意见很中肯。龙城有龙城自身的特殊性,还是要依靠本地的干部力量,适当引进新鲜力量,稳步推进龙城的经济改革。像你这样的人才,今后就不能闲置,可要发挥好应有的作用啊。"

明成这番话让梅兰感觉像在云雾里。她一边扭动身子一边说:"领导,您抬举我了。"

明成看着妩媚艳丽的梅兰,灼热的目光让梅兰直躲闪。他说:"小梅,你能得到上下一致的认同,相当地不易了。组织上迟早要将你这样的人才推到相应的岗位上去的。"

两人又跳了一曲后,明成若有所思地说:"现在只有我们两人,你就不要当我是领导,当我是朋友好了。我问你一些私人问题,你能真诚地回答我吗?"

虽然灯光有些柔软缠绵,梅兰还是异常清醒的。她想,明成这样和我说话,也许是要让我成为他的人。她说:"我知道的,一定会如实回答。"

明成轻轻拍了拍她的肩膀,笑着说:"不要这样严肃嘛。我不是说过嘛,咱们现在是朋友之间的谈话。"

梅兰故作轻松地说:"呵呵,我有些不习惯。"

明成顺手关了厅堂里最亮的一盏灯。

梅兰心里"咯噔"一下。该怎么办呢?是拒绝,还是犹抱琵琶半遮面?

她还在沉思时,明成打开了话匣子:"你知道,我和明风也相当于

第五章 苦心经营

父子之间的关系。因此，我很难听到下面的人反映明风的真实情况。我迫切地希望，在你这里能例外。而且，我还希望你们能在今后的工作中精诚团结。"

明成的这一番话，让梅兰打消了刚才心中的疑虑。十分明显，明成铁定想提升明风，而且希望她也进入明风的利益集团。梅兰立刻谨慎起来。要是不答应，就表明自己没有把省委大员放在眼里，也就意味着与他决裂。要是一口应承下来，今后自己就务必要和宇峰保持距离，甚至关键时还得充当把他拉下马的推手。梅兰觉得有些猝不及防，久经沙场的她此刻也有些六神无主。

明成再没有问及明风的事，而是转移了话题。梅兰知道，明成在等着她的答案呢。要是她离开前没有明确的态度，她的仕途也就完结了。她思考良久，十分认真地对明成说："书记，我觉得明风是一个能干的人。要是有一天能配合明风市长工作，那是我一生的荣幸。"

明成看着梅兰说道："好啊，我要的就是这句话。天已经很晚了，你的家人也许正等着你回家呢。谢谢你，小梅。"

梅兰紧握着明成的手，说道："能陪首长，是我的荣幸。您早一点儿休息，再见。"

明成站在门口，看着身材妖娆的梅兰消失在视线之外才转身回去。

别看阿峰对梅朵一副惺惺相惜的样子，骨子里却把梅朵当成他手里的一颗随心摆布的棋子。

阿峰见了明成，说道："最近有些传闻在龙城都传疯了。"

明成说："是吗？什么事啊？"

"不过，我倒希望这事是真的。我听说梅朵要做副市长了。这个人脑子活，人精干也有魄力。梅朵不但年轻，脑子灵活，还是大学老师出身，理论也是一顶一的。我虽然没有资格评价一个党政干部的能力，但是从民间的角度来讲，我们需要这样懂行的干部。"

明成说："你站在基层，也许比我们看问题更加实际一些。你安排她来见我，我也想听听她的想法。"

阿峰说："这样吧，我安排一个私人场合。"

明成想，人事问题本来就是个敏感话题，地市一级领导的调整尤其敏感，所以，他只能私下约见梅朵，算是对基层情况的摸底调查，于是说："好，你安排吧。"

阿峰一刻也没有停留，马上打电话给梅朵："小宝贝，省委明成副书记答应见你了。你准备一下，我现在就从龙城出发去接你。"

梅朵接到阿峰的电话时，正在开全县教育工作座谈会。省委副书记要见她，这可比全县教育工作座谈会重要得多。她简要地做了几点指示后，对分管教育的副县长说："你们继续，我有重要的工作要处理。"

副县长问："会议结束的时候你还来吗？"

梅朵说："不来了，你们把会议形成的总体意见汇报给我就行了。"

说完，她急匆匆地回到办公室。

办公室副主任进来说："梅部长，下午的部务会已经准备好了，部务会之后，科室干部还开会吗？"

梅朵这才想起了昨天自己定下来的部务会，她无奈地说："你通知几位副部长，今天我要到市里开会，下午的部务会只能先取消了。"

阿峰的车已经在梅朵的办公楼下等她。梅朵上了车，汽车向县城外急驰而去。

车驶出县城大约五公里，阿峰将车停了下来。

梅朵上下看看自己，问："怎么，我有什么不妥之处吗？"

阿峰说："不是呀，我在欣赏你呀。"

梅朵诧异地说："我怎么觉得你怪怪的。我美不美，你现在才发现啊？什么时候去见副书记？本来我下午还有个会。"

阿峰乐呵呵地说："我说梅部长，你也太敬业了吧。说不定明天你就要离开龙山了，还用得着这么卖命吗？"

梅朵说："话不能这样说啊，事情还没有确定下来呢。"

阿峰突然将她搂到怀里，亲吻了她的脸，笑着说："你真可爱，我就喜欢你的这副模样儿。嘿嘿，你当上副市长之后会是什么样子呢？不过，我相信，那个时候你的事情就没有现在多了。"

梅朵问道："何以见得？"

阿峰说："你当我不知道吗？官越大越清闲，官越小事情越多。"

梅朵看了阿峰一眼，问："你还没有说什么时候见副书记呢。"

阿峰启动了汽车，说："今天晚上。怎么，现在就着急了啊？"

梅朵不解地说："是晚上啊？你怎么不下午来接我，这么早去哪里啊？"

第五章　苦心经营

　　阿峰心里有几分不高兴，嘴上却说："这可是你人生中的大事，要早点儿合计合计。还有，你也找个地方好好休息休息，见了副书记才有精神啊！我这样安排有什么不妥吗？"

　　听阿峰这样说，梅朵也觉得很有道理，感激地看了阿峰一眼，说："还是你想得周到。"

　　阿峰看了梅朵很久，然后问："你见副书记的目的是什么呢？"

　　梅朵一脸不解，问道："你说呢？"

　　阿峰说："一般性的见面，混个脸儿熟。"

　　梅朵说："那我还用得着这样火急火燎的吗？"

　　阿峰又问："那你的意思呢？"

　　梅朵说："要是不为那件事，见不见面意义不都是一样吗？"

　　阿峰又说："那么，你是有目标的人？"

　　梅朵这才明白了阿峰的意思，就是要让她想好此行的目的。她问："你说我该怎么开始？"

　　阿峰说："有些事情，只要你把它想明白了，就知道应该怎么面对了。你知道有一本叫《厚黑学》的著作吗？那上面的观点很多我是赞成的。"

　　梅朵说："这和我的事情有什么关系吗？"

　　阿峰说："不但有，而且还非常密切。"

　　梅朵说："你都把我绕糊涂了。你到底要我怎么做啊？"

　　阿峰说："很简单，我就是要你一次下够本钱，让副书记知道你就是冲副市长位置去的，满足领导的一切要求，你懂吗？"

　　梅朵迟疑地看了阿峰一眼，明白了他话里的含义。

　　梅朵又问："我知道你和他之间的关系很铁，这一回，我是不是应该送点儿什么呢？比如特产什么的？"

　　阿峰说："你也太简单了。现在早就过了投石问路的阶段了。你就放开了表现的你的魅力吧。其他的事情，你背后不是有我这个哥哥吗？"

　　梅朵似乎明白了，阿峰就是要让她把自己献给副书记。她想，只要升迁之事能够搞定，这又算得了什么呢？

　　梅朵见到明成是在晚上八点，明成刚刚看完当天的新闻联播。明成见了浑身朝气的梅朵，连连说："你们年轻人就是好啊，有想法，有胆识，更主要的是有一个好身体。"

　　梅朵说："领导，您要是让我当市长或者副市长，我一定会干出很多让您欣慰的事情。"

她这个玩笑，让明成对她刮目相看。他仔细看了看面前的这个年轻女人，问道："你真的很想当市长？"

梅朵笑着说："领导，要是等你们都老了，谁来接班啊？总不能让我们的事业后继无人啊。"

明成再次正视面前的梅朵，觉得这个女人有几分野性和霸气，心想，这个女人迟早会成为有魄力的干将。他很欣赏地说："小梅呀，我很看好你这样敢想敢干的年轻人，未来一定是属于你的。"

梅朵站起身，把茶杯递到明成面前，她躬身的时候，丰满的乳房在灯光的照射下显得别样惹眼，她转身时，明成更是注意到了她丰满的臀部和扭动的细腰。面前的这个女人，正是明成喜欢的那一类型的女人。当梅朵回身坐下时，明成问道："你会跳舞吗？"

梅朵说："会啊。怎么，领导也爱好跳舞？那我们就跳一曲吧。"

舞曲悠然地响了起来。明成拥着梅朵旋转开了。明成闻着梅朵身上散发出的馨香，不自觉地捏紧了她柔嫩的手。

阿峰见梅朵回来时脸上荡漾着微笑，料定她已经大功告成。

梅朵捏了他一把，说："看你一脸坏笑，就没安好心。"

阿峰诡异地笑了，说道："倘若我没有猜错的话，你已经成功了。你身上的味道就告诉我了。"

梅朵扑到阿峰的身上说："就你坏，就你坏。"

阿峰正色道："好了，别闹了。你去洗澡吧，然后我们庆祝一下。"

这时，明成打来了电话。

阿峰立刻恭敬地说："领导，这么晚了您还没有休息啊？您可得注意身体啊。"

明成说："你介绍的那个谁呢？"

阿峰立即说："梅朵是吧？"

明成说："对，就是那个梅朵。她刚才在我这里坐了一会儿就走了。这个孩子还真的有些底子，我看她是个好苗子。你明天就不要管我了，一大早我就回省城了。"

挂断电话，阿峰对梅朵说："看来，事情已经搞定了。我安排人送你回龙山吧？"

梅朵一口喝干了杯子里的酒，说道："谢谢你。我这就走。"

阿峰叫来了司机，并交待说："你可要将梅部长安全送到，出了问题，我要拿你是问。"

告别了阿峰，梅朵上了车，坐在车厢的后排，对司机说："走吧。"

她看着夜色中朦胧的龙城夜景，心中涌起阵阵伤感。自己这是为何呢？莫非做那个副市长就要这样糟践自己？最可恨的是阿峰刚才对她冷漠的态度。她没有去见明成之前，阿峰还当她稀罕物，好像见了明成之后她就成了下贱的妓女似的，像躲瘟疫一样躲着自己，还深更半夜地将她撵走。想到这些，她内心充满了委屈和沮丧，想发火又不知道该冲谁发。

司机回过头来问："梅部长，您想听什么音乐？古筝曲还是怀旧经典？"

梅朵回过神来，说道："哦，就放古筝曲吧。"

司机说："好的。《春江花月夜》和《渔舟唱晚》这些曲子很经典，百听不厌。"

梅朵正眼看了看驾车的司机，问道："你开车之前是干什么的呢？"

梅朵觉得这个小伙子眉清目秀，说话也得体，突然有一种交流的冲动，觉得这样总比一个人闷着生气要好。

司机说："梅部长，我开车之前就是学生啊。我是老板从省城招聘过来的。我学的是房地产专业，本想毕业之后进一家地产公司，学有所用。我的运气还挺好，老板在省城招聘时挑上我了。我来公司之后学会了开车，也算是多了一门技术。我挺感激老板的。"

司机还很健谈，对阿峰的感激之情溢于言表。

梅朵对司机说："你好好干吧，遇到一个好老板不容易。"

司机似乎有什么话要说，回头瞥了梅朵一眼，说道："梅部长，有些话我不知道该不该说。"

梅朵说："你这个年轻人，你就当我是你大姐好了，有什么不好说的呢？"

司机说："我就是觉得您很亲切，所以有些话想对您说。"

梅朵说："说吧，就当聊天好了。"

司机："梅部长，其实我很矛盾。我们老板对我很好，可是我对他的做法很不理解。比如他对女人的态度，就让我很费解。大姐，我没把您当外人，才说这些话。他身边的女人太多了，就在您过来之前，他刚送走一个女人呢。那个女人很年轻，看上去也就十八九岁，也不知道他们把她送到哪里去了。当时我很揪心，但是我不敢过问老板的事情。梅部长，我看您是个好领导，今后还是少与我们老板来往的好。我担心，总有一天他会出事的。"

梅朵想，也难怪阿峰今天要将我送走，原来他的房间就是一个淫窟。她突然感到有些不安。

见梅朵没有说话，司机回头问："梅部长，您没事吧？"

梅朵回过神来，连忙说："你讲的话把我吓着了，我没想到你们老板是这样的人。"

司机说："我都想好了，干到年底就辞职，我总觉得再干下去不安全。"

"哦。"梅朵回应说。

汽车很快就到了梅朵的住处。看着驾车离去的小司机，梅朵的心里很不是滋味儿。人家小孩子都觉察到了阿峰不是个东西，自己这是在干什么呢？这不是飞蛾扑火又是什么呢？她摇摇头，慢慢走进房间。突然，她感觉床上有一个男人，顿时紧张起来……

梅朵还隐隐约约听到了均匀的呼吸声。这会是什么人呢？怎么躺在自己的床上睡着了？惊慌之余，她神经紧张到了极限，猛地打开电灯。梅朵看清了，床上不是别人，而是她的丈夫韩寒和女儿丫丫。她的心还在"怦怦"直跳，心里骂道：该死的韩寒，这是干什么呢？事先不来个电话，居然赶到我的住处来了。

韩寒醒了，揉了揉眼睛，问："你到哪里去了，现在才回来？"

梅朵没好气地说："你到我这里来，怎么不事先说一声呢？"

韩寒坐起身来，说："你什么意思啊？莫非你住的地方我和孩子来都不能来？"

梅朵心很虚，知道她今天干的这些事，不要说对不起孩子，就是面对韩寒，她也有几分愧疚。"我不是这个意思。你要是事先告诉我，就能住到招待所去，那里的条件要比这里好，孩子也不至于受罪呀。"

韩寒说："哦，这还差不多。我们上午就从市里出发了，本来想带着孩子来看你，给你一个意外的惊喜。没想到在路上车坏了，忙乱之中手机也弄丢了，真是倒霉啊。"

看着韩寒的窝囊样，梅朵就有些生气，说："你这样让孩子跟着受苦，哪有当爸爸的样子？"她看见孩子的脸上面有蚊子叮咬的痕迹，心疼地说："你看，孩子脸上都让蚊子咬了。走吧，到招待所去。"

韩寒无力地说："算了吧，都住下来了，凑合一晚吧。"

梅朵说："你凑合吧，我和孩子走！"说完，她拨通了县委招待所的电话，随后问韩寒："你走不走？"

韩寒嘟囔道："你说去就去吧。"

韩寒将已经睡熟的孩子抱起来。三人下了楼，搬进了招待所。

梅朵上床之后，用被子将自己包裹起来。

韩寒有蠢蠢欲动的想法。

梅朵瞥了他一眼，没有任何表示。

韩寒捅了捅梅朵，说："怎么了？"

梅朵说："不要吵着孩子了。"

韩寒没有争执，反而平静地躺下了，问道："你最近怎么样？"

梅朵说："什么怎么样？不就是工作吗？"

韩寒翻过身正对着她，流露出不信任的神色，说道："是吗？你今天到市里开什么会啊？我们怎么都不知道啊？你们的书记也不知道？"

梅朵明白了韩寒的意思，冷冷地笑着说："我开会，开什么会，一定要通知书记吗？"

韩寒不冷不热地说："那倒不一定。我是怕你走错路了。"

梅朵立刻火了，说道："韩寒，你到底什么意思？你今晚给我说清楚。"

此刻，她早已忘记了身边的孩子。

韩寒说："我不想和你吵闹，怕把孩子吵醒了。我只是提醒你，很多华彩的东西，其实并不见得能见阳光。"

梅朵最见不得韩寒一副冷嘲热讽的模样儿，逼着韩寒说："你说出来，说出来呀！"

韩寒翻过身去，嘟囔道："算了，太晚了，不和你说这些了。"

梅朵却不依不饶，将他的身体翻过来，十分恼怒地说："你不说出来，我今晚和你没完！"

韩寒冷冷地看着她说："有些事情，说得太明白就没有余地了。"

梅朵的倔劲儿上来九头牛也拉不住，她揪住韩寒不放，说："你必须有一个明确的说法。"

韩寒无奈地说："好吧，是你让我说的，我说出来你可不要怪我。阿峰接你去干了什么？"

梅朵的大脑突然一片空白，愣愣地看着曾经那么熟悉现在却十分陌生的丈夫。原来他一直在跟踪自己。她愣了足足半分钟，突然起身下床，"哐当"一声关上房门，冲出了招待所。

韩寒呼喊道："梅朵，你要去哪里？"

梅朵跑过了静寂的街心花园，跑过了熟悉的县委办公大楼，一直跑到她的宿舍底下，才放慢了脚步。她自己也不知道在干什么，为什么这么干，她没有泪水，只有愤怒。

回到房间后，她躺在床上不但无法入睡，反而越来越清醒，索性将灯打开。

她拿起手机看了一下，发现居然有八个未接电话。刚才仓促出门，她将手机忘在房间里了。她犹豫了一刻，心想，会不会是丈夫韩寒打来的呢？要是他打来的，我就不理他。丈夫的手机不是丢了吗？不会是他来的电话。那么，这些电话又会是谁打来的呢？

心情乱糟糟的梅朵，本来不想看这些未接电话，可转念一想，要是工作上的事情呢？想到这里，她打开了手机一个一个查看。

一个电话是宣传部办公室的副主任打来的，另一个电话是县委书记打的。她有点儿坐卧不安，思绪很乱。

她先给副主任打了个电话。对方说："梅部长，你看了送到你家里的文件没有？明天上午召开全县科技大会，你要在会上讲话，稿子和相关的资料我都送到了你的住处。"

梅朵这才注意到茶几上散乱的一堆文稿，原来就是副主任说的资料。她动手翻了翻，上面有很多水渍，还有几张残缺不全，有撕毁的痕迹。她料定，一定是孩子干的好事，于是说："我看资料不齐全，明天你再给我一份完整的吧。"

梅朵又拨通了书记的电话。

书记闷声闷气地说："谁呀？"

梅朵说："书记，我是宣传部的梅朵。你不是刚才打了我的电话吗？"

书记迷迷糊糊地说："什么霉不霉的？半夜三更的，你是谁呀？"梅朵觉得莫名其妙，她甚至怀疑自己拨错了电话。她正想挂断，电话里传来了一个女人的声音："你好，梅部长啊，我是嫂子。书记他喝多了，乱说话，你不要介意。"

梅朵说："没事的。谢谢你，嫂子。"

第五章　苦心经营

放下电话,梅朵还是觉得有些怪异,心想,书记平时很稳重,他怎么会喝醉酒呢?

原本就心绪不宁的梅朵,心里又搁上这两件事,几乎无法入眠。她随即起身,找了安眠药加大药量吃了下去,生生强迫自己入睡。在睡觉之前,她还特意打电话嘱咐办公室副主任,让他明晨七点半一定叫醒她。

次日清晨,办公室副主任按时叫醒了梅朵。她早早地赶到办公室。她要干的第一件事情当然是给县委书记去一个电话。她非常清楚,她虽然有当副市长的意愿,但现在对一把手也不能敷衍。昨天没有及时接他的电话就已经犯忌了,今天要是不及时沟通的话,他可能就会有想法了。

她对书记说:"书记呀,我是梅朵。"

书记问:"你有事吗?昨晚你也打电话给我了?"

梅朵乐呵呵地说:"是呀,书记。不是你找我有事吗?我的手机落在家里了,回来晚了,看见你的电话,就回了一个过去,是嫂子接的。"

书记说:"哦,没什么事。早上起床的时候老婆给我唠叨这事了。你说我昨晚给你打电话了?几点?"

梅朵说:"大概是十二点了吧。"

书记断然否定说:"不会不会,我昨晚没有给你打电话啊,可能是电话出了问题吧。"

梅朵突然意识到一个问题:我是一个人来龙山县的,他一个堂堂的县委书记为什么深更半夜给我打电话?也可能是昨晚嫂子吃醋了,也可能是书记在喝醉的情况之下打过我的电话,现在或许忘了。她想,既然忘了,就不可能有什么大事了,于是说:"嗯,是这样啊,那就没事了。"

书记突然问:"今天你们的那个会,市里领导谁来参加啊?"

梅朵没有准备,连忙说:"今天的科技大会吗?你等一会儿。"梅朵看了看会议议程,又说:"书记,人大常委会副主任和市科委主任都要来参加会议。怎么,你要参加吗?"

书记说:"哎呀,这件事我还差一点儿忘了。我答应了人大副主任要去陪他的,他是我的老领导呀。哦,我想起来了,我可能就是因为这件事给你打过电话。"

梅朵立即问："书记，是不是要改变会议议程？你要出席的话，这个程序得调整一下啊。"

书记想了想说："会议我不参加了。中午我请他们吃饭，你先招呼好他们。"

梅朵这才放心地说："好的，书记，你就放心吧，我一定接待好他们。"

梅朵刚挂上电话，副主任进来提醒梅朵："梅部长，会议快要开始了，市里面的领导也快到了，你是不是现在就赶到会场？"

梅朵一边收拾文件一边说："我马上就过去，马上就过去。"

正当她转身出门的时候，韩寒牵着丫丫走了进来。

梅朵心里有些烦躁，连忙关上门说："丫丫，你怎么来了？妈妈现在就要去开会了！"

韩寒闷声闷气地说："你要是忙，我们现在就走，反正我的车已经到了楼下了。"

梅朵说："你们走吧，我现在急着去开会呢，一点儿时间也没有了。丫丫，跟妈妈再见！"

丫丫生硬地举起手，挥了挥，看着匆忙的梅朵，没有说一句话，这让梅朵有些伤感。

几个人一起下了楼，各自上了各自的车。韩寒甚至都没有和梅朵正式地打一声招呼就走了。

梅朵看了一眼韩寒的车，寻找着丫丫的身影。而此刻的丫丫对梅朵没有一点儿兴趣。似乎在丫丫的心里，梅朵就是一个陌生人，还远不如寒梅阿姨重要。

韩寒这次去看梅朵不欢而散，也是他意料之中的结果。他知道，梅朵这段时间一直在为她的升迁奔忙，也一直和阿峰不明不白地搅和。不要说作为梅朵的丈夫，就是市里面的很多旁人也是了解这个情况的。韩寒之所以还要去看她，而且带着孩子，是想唤回梅朵的母性，让她回到丫丫身边。可是，韩寒的这一次努力以失败告终。

受了一肚子委屈的韩寒不打算再理会梅朵，想冷上一段时间再说。但是，他回到市里面听到了新的传言，说梅朵现在已经是副市长的人选了。他有些不相信。莫非组织上就真的那样没有原则？难道他们就真的不了解梅朵吗？他百思不得其解。他刚到办公室，寒梅就进来了，见四

下无人,说:"我都听说了,你不用为难。要是她真的当了副市长,你还是和她过吧,免得孩子以后埋怨你。有一个市长妈妈远比我强,我不能这样遭人怨恨,也不想给孩子留下遗憾。"

说这番话的时候,寒梅没有丝毫的做作,一副内心坦荡的样子。

韩寒没有接她的话,而是问:"丫丫呢?"

寒梅说:"我已经送到幼儿园去了,下班我去接她,我答应了她的。"

说完,她走出了韩寒的办公室。

韩寒看着这个真心爱着他的女人,内心十分难受。他相信寒梅说的是真话,她确实也是能做到的。可是,倘若他一辈子对她这样不公平,他的良心往何处放呢?他长长地叹了一口气,然后开始整理办公桌上的各种文件。他想,现在这个时候,他只能忍耐,即便真的要做出某种决定,也要等到梅朵的事情有了结果之后,因为他和梅朵的事市委的主要领导都过问了,要是他在这样的节骨眼上再和梅朵谈论这个问题,不仅对梅朵的前程有影响,就是他这个市委委员、市报总编辑也会受到处理。看来,只好让寒梅暂时受些委屈了,尽管这样做有些自私和残忍,可是他暂时也想不出更好的办法。

宇峰把梅兰叫到了他的办公室,梅兰觉得一定与她改任有关。进了宇峰的办公室,梅兰发现,宇峰没有像往日那样和她打招呼,而是在座位上久久没动。

梅兰还是老习惯,摊开笔记本,望着面前的宇峰,等着他吩咐。

宇峰挥挥手,说道:"不用记了,随便聊一聊。"

看宇峰的脸色,梅兰就知道了事情的严重程度。

梅兰佯装不知地说:"怎么这样严肃啊?莫非有什么您老人家都觉得为难的事吗?"

宇峰说:"是呀,这个话我真的很难说出口呢。"

梅兰说:"要是与我有关的话,您就大胆说吧,我没有什么不能承受的。这么多年都过来了,大不了就不干了嘛。您不要有什么顾忌,只管说好了。"

宇峰笑笑说:"没有你说得那么严重。我问你,你几次见明副书记,尤其是最后一次,他对你的态度如何?"

梅兰说:"很正常,没有什么特别的。领导说话都是让人摸不着头脑，总是留有余地的，既像是肯定也像是否定，反正没有任何破绽。"

宇峰又问："他的态度你难道就没有一点儿感觉吗？"

梅兰说："挺热情的。"

宇峰说："既然是这样，怎么会出现这一出呢？莫不是有人在说假话？我还是实话告诉你吧。今天，我向省里面的一位老朋友问了你的改任问题，老朋友说，你是领导们圈定的范围之内的人选，但是梅朵也进了备选的梯队，而且好像大家对梅朵还更看好。你说，这到底是怎么一回事啊？你们两姐妹，把我都弄糊涂了。"

梅兰无语。

宇峰说这些话，分明就是在暗示她，他为她付出了努力，现在她的妹妹成了半路杀出的程咬金，让她心里早点儿有个准备。

宇峰接着说："你说说，这省里面到底唱的是哪一出呢？按照相关规定，像你们两姊妹这样的关系，不可能在一个市级班子里任职。说实话，我真的困惑了。"

梅兰本想问他，你省里面的朋友有没有给你一点儿信息，但是，这样的话她是无论如何也说不出口的。

宇峰接着说："现在这个情形，我该怎么帮你呢？"

他望着梅兰的脸，寻找着答案。

梅兰淡然地笑笑，说："您已经帮了我了。谋事在人成事在天，要真的成了这样，那也算是天意了。您是了解我的，不能强求的事情，还是顺其自然吧，您觉得呢？"

梅兰的笑比哭还要难看。

宇峰避开了她的眼神，沉思了半晌，说："你可能误解我的意思了。我找你来，不是让你背上包袱，而是要你轻装前进。"

梅兰问："您的意思是？"

宇峰说："我的情况你也是了解的，可能就干到这一届了，退了之后，想帮你也帮不了了。我的意思是，我们得找个时间到省上走动走动。"他把"我们"两个字说得十分清楚。在梅兰听来，还是有几分感动的，自己跟了他这么久，看来他还不是"白眼狼"。

她挪动了椅子，更加靠近了宇峰，盯着宇峰的眼睛，问道："您的意思是再找找明副书记去？"

出乎梅兰的意料，宇峰摇摇头。

宇峰说："明副书记都见你两次了，按理说他对你很了解了。但他

却对梅朵更感兴趣,这就说明,在他的心里已经有取舍了。再去找同一尊菩萨,那就算是进错庙门了。"

梅兰说:"您说得有道理,可是不找他,又有什么别的办法呢?"

宇峰说:"即便如此,我觉得也不能坐以待毙。梅朵虽然年轻有为,她对龙城的情况有你了解吗?如果组织上有意提拔她,也不一定非要安排在龙城啊?要是能让她去别的地方,你不就是最佳人选了吗?"

梅兰终于明白了宇峰的苦心,就是让省里将梅朵调出龙城,避开她们两人的锋芒,这样对谁都有利。看起来这是一招高棋,可是宇峰只是龙城的市委书记,要实现这个目的谈何容易啊!但是,这种结果不是没有可能,只要省委主要领导能意识到这一点事情就好办了。

宇峰说:"你还记不记得我在省里当过厅长?"

梅兰说:"怎么会不记得呢?"

宇峰又说:"你还记得那个梅厅长吧?"

梅兰说:"记得,记得,他是您的前任厅长。"

宇峰笑着说:"他不但是我的前任厅长,还是我的老乡呢,而且,我们两家还是世交。"

梅兰惊异地说:"真没想到,没想到啊。"

宇峰接着说:"还有你没想到的呢。"

梅兰说:"你快说呀,别吊我的胃口。"

宇峰说:"他当年就看上了你的能力,还征求过我的意见,想把你调到他身边去呢。"

梅兰奚落道:"一准是你当年有私心给拒绝了,是吧?"

宇峰干笑不答,随后才说:"我一辈子没有求过他一件事,看来,这件事情我得亲自找他帮忙了。再怎么样,我还叫他一声哥嘛。"

宇峰肯为她动用这样的关系,令梅兰有些感动。当年的梅厅长现在已经是省政协主席了,要是他肯帮忙的话,这个事情就一定能解决。

何华德并不是不知道梅兰与宇峰之间的私情,只是一直没有抓到实实在在的证据。他之所以没有揭穿他们之间的事,一则因为他没有真凭实据,二是因为宇峰是市委书记,别外,他也不想和梅兰离婚,所以他一直压抑着自己,不在梅兰面前表露出来。

菲菲出现之后,在他心中早已超过梅兰的分量,他有时想,倘若梅兰发现他和菲菲之间的关系,只要菲菲愿意跟着他,他也豁出去了,唯一觉得有点儿对不起小梅儿。

梅兰给他打电话说，要去一趟省城。何华德没有追问究竟，完全沉浸在剧本里面。这个剧本是给菲菲量身定做的，他现在脑袋里面除了菲菲，谁也没有。何华德很满意这种状态，中年了还能经历这样轰轰烈烈的恋爱，是他的幸福。

梅兰又说："你今晚让干女儿也过来一起吃饭吧。我有点儿想她了。"

前面的话何华德没有放在心上，后面的这句话让何华德有些心虚。梅兰是什么意思啊？莫非她发现了什么？

他说："算了吧，人家又不是孤儿。"

梅兰说："我和小梅儿都很喜欢她，你让她来吧。要不我给她打电话？你下班哪里也别去，直接回家吧，一家人团聚团聚。"

她没有让何华德说话，就将电话挂断了。

他刚接听完梅兰的电话，又接到了女儿的来电。

女儿撒娇说："爸爸，下班就赶快回来。妈妈说了，菲菲姐姐也要来呢。"

何华德停顿了一下，才说："你们女孩子的事，我不掺和。"

女儿不满地说："爸，我发现您现在越来越不像话了，您不会也要进入更年期了吧？"

何华德说："好了。爸爸现在还处理公务呢！"

小梅儿偏偏不依不饶，说道："爸爸，菲菲姐姐和我都喜欢吃巧克力味的冰激凌。您回来时一定要买回来，到时候要是没买，就别怪我和菲菲姐姐不给您面子哦！"

何华德只得耐着性子说："好了，丫头。你有完没完啊？爸爸知道了。"

对于梅兰的安排，何华德就像吃了苍蝇一样，总觉得心里不是滋味。

何华德回到家的时候，菲菲还没有到。

小梅儿见爸爸手里有她要的巧克力味的冰激凌，说："爸爸，您很听话，到时候我和姐姐都会表扬您的。"

梅兰凑上前来问："你们俩鬼鬼祟祟地嘀咕什么呢？"

小梅儿和何华德一起做了个鬼脸，说道："对不起，这是秘密。"

此刻,传来清脆的门铃声。

小梅儿高兴地说:"一定是菲菲姐姐来了。"

菲菲穿着一身蓝色套裙,看上去亭亭玉立,身材妖娆。

小梅儿忍不住说:"姐姐,你好漂亮啊,简直就像电影里的大明星。"

菲菲手里提了一袋水果,不好意思地说:"妹妹,你也太夸张了吧?"

菲菲也买了小梅儿最爱的巧克力冰激凌。

小梅儿偷偷靠近菲菲,一番耳语,两人一齐大笑起来。

何华德心里跟明镜似的,借故离开客厅向厨房走去。

梅兰迎上来说:"两个丫头在搞什么鬼啊?菲菲,下次来不要再买东西了。"

菲菲支支吾吾地应付了梅兰和小梅儿,进了房间。梅兰想,看来这个干女儿还真的收对了,女儿多一个知己,也没有那么孤单了。她一边想,转身进了厨房,和何华德撞了个满怀。

梅兰说:"你看,两个孩子比亲姐妹还亲呢!"

何华德说:"现在的孩子都是独生子女,见到了伙伴当然高兴,这有什么好奇怪的。"

梅兰说:"小梅儿她们这一代太孤单了,给她找个干姐姐是正确的。"

何华德没有接梅兰的话茬。

梅兰正要接着说话的时候,她的电话响了。

电话是宇峰打来的,说有事要和她仔细商量。

梅兰看了何华德一眼,无奈地说:"唉,省里来了领导,我得去一趟。"

何华德没有说话。

梅兰又说:"不过,我可以吃了饭再去。"

小梅儿的房间里传来小梅儿和菲菲开怀大笑的声音。

梅兰有一种满足感,朝小梅儿的房间努努嘴。

何华德面无表情地说:"好吧,那就吃饭吧。"

饭桌上摆满了菜肴。菲菲给何华德和梅兰倒满了红酒。大家举起了杯子。

梅兰的手机又响了。

小梅儿说:"妈妈,您真扫兴。"

梅兰说了声"对不起",离开了饭桌。

"姐,你现在说话方便吗?"

电话是梅朵打来的,梅兰觉得很闹心。宇峰对她说了梅朵的事之后,她对梅朵很不满,心想,你梅朵想上进姐姐不应该阻拦。可你有什么想法不可以找我商量呢?为什么要背着我到上面去跑动呢?这样不但使我很被动,还让两人形成了姊妹竞争的尴尬局面,这叫什么事呢?

想到这些,她心里很不痛快,不冷不热地说:"什么事?"

梅朵明显有讨好的成分,说:"没有打搅你吧?"

梅兰还是不冷不热地说:"我干女儿在我家呢!有什么事你就说吧。"

梅朵听到梅兰提到干女儿,十分敏感地说:"什么?又是那个菲菲吗?姐,你不要说妹妹没有提醒过你啊,迟早她和姐夫会出事,而且会出大事!你怎么就这样善良呢!"

梅朵似乎忘记了要说的正事,反倒叨唠起菲菲没完。

梅兰心里本来就对她不满,她又这样说话,梅兰干脆走进了书房,关上了房门,说:"我说梅朵,你自己是什么人我不想说。可是,你怎么看谁都戴着有色眼镜呢?人家一个单纯的姑娘你也要诽谤?"

梅朵也急了,大声嚷道:"姐,你不要这样说我。我是你的亲妹妹,我有别的坏心眼,但我不可能在这样的事情上和你开玩笑。"

梅兰怒气冲冲地说:"好了,我不想听你说这些了。你有事吗?"

梅朵说:"我都让你气糊涂了,改天再说吧。"

说完,她把电话挂断了。

梅兰拿着手机,听着"嘟嘟嘟"的忙音发愣。

小梅儿对她喊道:"妈,您快一点儿啊!"

梅兰走出书房,笑着说:"来了。你们吃吧,不用等我了。"

小梅儿说:"您心里有事啊?笑得比哭还难看。"

梅兰不自然地说:"乱说。"

就在此刻,梅兰看见了饭厅里的何华德和菲菲。她突然觉得菲菲的眼神真的很妖艳,尤其是在看何华德的时候。

莫非梅朵说的是真的?梅朵说那种话,难道她手里有什么证据?这怎么可能呢?菲菲还是个孩子啊。梅朵刚才说得那样肯定,听口气不像是在开玩笑。

第五章　苦心经营

她疑惑地看着何华德，慢慢回到餐桌边。

菲菲举起酒杯，羞涩地说："干妈，我敬您一杯。"

梅兰收起僵硬的神情，微笑着对菲菲说："谢谢。干妈很想和你们好好吃顿饭，可是现在又不能陪你们了。"

菲菲说："我和妹妹都很羡慕您呢。"

何华德独自干了杯中的酒，心中泛起些许苦涩。何华德的举动当然逃不过梅兰的眼睛，她对菲菲说："其实，你干爸这样的人才算成功。能做自己满意的工作，创作自己内心期望表达的作品，老的时候，还能有自己的世界可以继续耕耘，还有流传于世的精神作品。不像我现在，整天忙忙碌碌，忙到退休时，就一无所有了。"

何华德没有说话，只顾喝酒。

他的反常情绪让梅兰怀疑，她问道："老何，你怎么回事？你怎么不说话？"

何华德说："风格是可以随时改变的。再说了，我说什么有用吗？"

梅兰心里清楚，何华德一准有什么事情没有向她说。此刻，梅朵愤怒的声音又在她的耳边响起。她看看菲菲与何华德，总觉得有什么不对劲。

梅兰来到了和宇峰见面的咖啡馆。由于是心事重重地离开了家，她见了宇峰也没有笑脸。

宇峰见梅兰怀揣心事，关切地问："怎么啦？是因为工作还是别的事？"

梅兰淡淡一笑，说："家里的一点儿小事。"

宇峰说："嗯，这就好。我今天约你出来，不光是你的私事，也有公事。明风副市长找了我好几次，我都没有时间见他，今天我正好有时间。另外，你和他都负责灾后重建工程，所以想让你也和他见见面。"

梅兰"哦"了一声。

宇峰又说："咱们先商量你的事情，等明风来了，再和他谈工程的事。"

梅兰点点头。

宇峰说："我打算星期天去省城探望一下梅主席，你也一起去吧？"

梅兰说："我听你的，我和梅主席不熟悉。"

宇峰说："你是主人公，你不和梅主席交流显然是不妥当的。好在你也在厅里待过，也算是一前一后的同事。"

梅兰为难地说："我这个人嘴笨。我在厅里是干过不短的时间，可是我对梅主席一点儿印象都没有。和他老人家谈话，我怕会有问题呢。"

宇峰说："你的水平我还不知道吗？我还没想好送点儿什么礼物。"

梅兰说："这个你就不用考虑了，我来安排吧，送东西我比你有经验。对了，梅主席家里都有些什么人啊？"

宇峰说："他就一个女儿，已经结婚单过了。他们平常就是老两口了。不过，也有小道消息说，他最近好像身边有一个神秘的小女人。"

梅兰抿嘴笑笑，问道："你的意思是他身边的小女人也要考虑呀？"梅兰当然是在开玩笑，官场上最忌讳的就是了解别人的隐私。她改口说："那么就准备老两口的礼物好了，我会安排妥当的。"

宇峰说："你就给老太太准备礼物吧。梅主席的礼物我来安排，男人与男人之间的事情，女人也不见得能完全懂的。"

宇峰和梅兰定好了给梅主席和夫人准备的礼物后，又商量了出行的具体时间和路线以及宴请梅主席的场馆。商量妥当后，宇峰即给梅主席打电话。两位老友互致问候之后，约定了见面的时间地点。

宇峰刚刚打完电话，明风走进了咖啡馆。梅兰主动过去迎接他。

明风感到有些意外，说道："怎么你也在？"

梅兰的脸上流露出一丝不易觉察的不快。

明风连忙歉意地说："你当然可以在，是吧？"

宇峰站起来和明风握握手。两个男人之间总有那么一点儿芥蒂，说话总觉得隔着一层什么似的，让人别扭。

三人坐定，宇峰开门见山地说："明风副市长约了我好几次了，实在不好意思，这段时间事情太多，一直没有来得及见你。"

明风插话说："可以理解。这么大的一个龙城市，你是又当市长又当书记，事情太多了。"

宇峰说："你能理解就好。你上次向我谈了灾后重建的工程问题，因为梅秘书长和你一起监管重大工程，所以我就把她也一并请来了。有什么问题，我们今天就在这个轻松的场合把它解决了。"

明风说："还是宇峰书记考虑得周到。我本来想请示书记之后再和梅秘书长商量，现在这样就更为简单了。"

宇峰说："明副市长，你太客气了，现在你是省委工作组的常务副组长了。从工作的协调关系上来讲，我们没有隶属关系，你代表省里，

第五章 苦心经营

要说请示的话，还应该是市委向你请示。有什么事情，大家只是商量。"宇峰虽然嘴上这样说，但心里却想，不管你明风是不是省里工作组的常务副组长，你是在龙城的地盘上工作，而且你只是一个副厅级干部，难道你还想在龙城的地盘上呼风唤雨不成？

明风也明白这里面的利害关系，他对宇峰说："话不能这样说，你可是我的老领导，我哪敢跟你商量啊。"

梅兰看着面前两个男人之间的权力角逐，觉得有点儿滑稽可笑。

宇峰和明风一番明争暗斗之后，切入了正题。宇峰神情凝重，一副聆听工作汇报的样子。明风则摆出一副汇报的架势。两个男人之间，谁都不知道对方下一秒将要出什么难题。

明风说："我前几次找书记，其实都是为一个方面的事情。我就一件一件地细说吧。先说两江清淤重建工程吧，这个工程已经迫在眉睫了。现在，我们的承建商资金有些困难，想让市里给材料商预先打个招呼，比如水泥厂、沙石场等。只要减少承建商的资金压力，我们的时间进度才有可能跟得上去。"

宇峰插话说："这个问题不是什么原则性问题。市里面和省里的工作组可以在外围做做这些企业的工作。我们的承建商不是很有实力的吗？董事长不就是那个叫阿峰的企业家吗？明副市长，你去和阿峰交涉，要他们确保工程的质量和进度，一定要确保工程在雨季来临之前按时完成。告诉他们，这是关系到龙城城市安全的战略性工程，他们的各个环节都不能有丝毫的马虎。你可以承诺他们，政府这边可以和水泥厂和沙石场协调，让两个单位推迟收款的时间。"

明风说："工程承建方说，只要能推迟付款时间，他们的资金压力也就减小了。这个招呼谁去打呢？"

明风一筹莫展。

宇峰说："市委让梅秘书长参与灾后重大工程项目承建，很多具体问题还得由梅秘书长出面协商和解决。梅秘书长，你就负责和本地的企业招呼一声吧，让他们发扬风格。这个工程毕竟是龙城老百姓的工程，他们这些企业也都是龙城的市民，该发扬牺牲精神还是要发扬的嘛，局部服从全局，这个大局他们还是要照顾的。你看如何？"

梅兰其实很不愿意出面打这样的招呼。可是，现在市委书记都发话了，她只好硬着头皮说："好的，书记，我遵照你的意思办。明副市长，你定什么时间吧。"

明风掐指算了算，说："就星期天吧，工程实在是太急了。"

明风的话，让宇峰和梅兰叫苦不迭。他们刚才已经商议好星期天去省城。要是两个人一起推辞的话，明风一定就会认为，市委在集体为难他，集体拆他的台。他一定就会将这个情况向明成汇报。

梅兰摇摇头说："太不巧了，星期天，我和宇峰书记都要到省城参加招商大会。时间是早就定下来了，现在肯定是无法改动的。书记，你看这样行不行？往后推一天，定在星期一的下午好不好？"

宇峰也说："是啊，两件事情都重要。明副市长，我看只能按照秘书长的意见了。"

明风有些着急地说："嗯，好吧，也只能这样了。那就星期一下午吧。我接着说第二件事情。龙城棚户区改造的问题经过这一个阶段的仔细排查，确实存在少数的钉子户。据统计，有十户左右的市民就是不听规劝，总是破坏工作的进程。要是让他们无休止地折腾下去的话，工程的进度无法保证。因此，需要市里面的各职能部门积极配合。"

宇峰说："明副市长，你能说具体一点儿吗？"

明风说："具体说，就是希望执法部门，比如公安、城管等部门予以配合。"

宇峰面露难色，沉思着没有说话。梅兰是了解宇峰的，她知道，宇峰心里肯定不同意明风的意见。灾难刚过去，全市上下需要和谐安定，要是再让公安和城管参加拆迁工作，恐怕只会把事情弄得更复杂。梅兰解围说："明副市长，我觉得还是谨慎一些为好。拆迁本来就十分敏感，让公安和城管这些执法部门参加是不是合适？我个人觉得，拆迁最好不要动用这些部门，协商解决最好，太多的大包大揽容易惹出问题。你说呢，明副市长？"

宇峰说："我赞同秘书长的意见，不宜动用公安和城管。最好是承建方和市民坐下来商量，让市里面和区县街道的干部参加都可以，就是不要轻易动用执法机关。"

明风郁郁寡欢地说："我也知道这样不好，可是工程进度实在是太慢了啊！"

宇峰说："有些事情，尤其是这种关乎民生的事情，宁愿慢一点儿也不要冒进。"

明风无奈地说："好吧，就按两位领导的意见办吧。只是这个工作进度可能要打折扣了。那么，我就说第三个问题吧。"

第五章　苦心经营

明风喝了一口茶。梅兰能感觉到,明风喝茶其实是让自己平静一下。梅兰给明风和宇峰加了茶水,还冲明风笑笑。

明风明白,尽管他和梅兰有那种关系,但是在关键的时候,她是绝对不可能也不敢和自己站在一起的,因为现在的龙城还是宇峰的。

他喝了一口茶,继续说:"沿江商贸大厦也是阿峰的集团承建的,但是现在出现了新的问题。阿峰的公司要动工的时候,遭遇到了商贸大厦员工的阻拦。"

梅兰说:"如果我没有记错的话,他们两家签署了正式的合约,是吧?"

明风说:"是的,可现在商贸大厦想变卦,不想让阿峰的公司进驻了。"

梅兰说:"这个问题我们商议也没有用。这是一起经济合同纠纷,要是双方有争议的话,只能由法院来裁决了。"

明风说:"我说这件事情,并不是要书记和秘书长有什么决策,而是想提出来和你们商榷。现在,问题很严峻了,迟早有一天这个工程会出大乱子。"

回家的路上,梅兰接到了明风的电话:"我说秘书长,我还有很多话要对你说呢,你就这样忍心抛下我?"

梅兰说:"不要开玩笑了。你会有话对我说?"

明风说:"我哪儿还有什么心思开玩笑啊。老实说,我可能完不成老人家给我交待的任务了。"

梅兰是个明白人,心想,不就是让我明白你的背后还有明成吗?不过,梅兰也清楚,现在自己不能得罪宇峰,更不能得罪明成。那天明成找她谈话,很明确地暗示她了,让她和明风拧成一股绳。自己这段时间基本都没有搭理明风,这些情况明风能不告诉明成吗?可能就是因为这个,明成怪罪自己了,所以想用梅朵替代自己。她突然明白了这里面的玄机,立即对明风说:"说吧,你有什么想法。"

明风说:"想法很简单,就是想和你再交换交换意见。"

梅兰觉得没有拒绝的理由,于是说:"好吧,你说地方吧,我马上过去。"

明风说:"就到龙城宾馆咖啡厅吧。我已经到这里了,我先订个位置,你随后就过来吧。"

梅兰赶到的时候，明风已经要了两杯香浓的咖啡。

她坐下后，浅浅地品尝了一口咖啡。

明风问道："怎么样？是你喜欢的那种味道吧？糖的味道怎么样？我是估摸着加的，你上次加糖的时候，我记住了你加的分量。"

梅兰有些感动，又品了一口，果然就是自己调制的那种甜味。

两个人调侃了几句后，明风说："你说说，棚户区改造的事怎么才能平息呢？我要是有办法的话，早就自己解决了。你的意见我能理解，但是谁又能理解我呢？那个阿峰在我叔叔面前是个大红人，这边的工作不顺畅的话，他到老爷子那里去说话比我管用多了。现在，这两件事情都卡在这里了。宇峰书记的态度忽左忽右，你也和他一个腔调，我怎么向老爷子交待？"

梅兰明白了，明风没拿她梅兰当外人，已经把她列为明风阵营里的人了。明成一定给明风吃了定心丸，已经向他透露自己是他们一帮的人了。虽然梅兰一直把自己定位为中间派，现在看来，她成了双方都在争取的核心了。

她说："你的心情我能理解，但是，你也明白，我现在还是市委的秘书长，我能和宇峰书记的意见相左吗？"

明风说："是，我能理解。可是，问题该怎么解决呢？你给我想想办法吧。"

梅兰说："办法也不是没有。我们可以尽量避开书记，私下多做些工作嘛。"

明风眼巴巴地望着她，期待着她的好主意。

实际上，梅兰也并没有什么好主意，只是随口这么一说。

明风却认真了，等着她的下文。

梅兰见明风一直盯着她，问道："怎么了？我哪里不对吗？"

明风说："我在等你的办法呢。"

梅兰说："也没有什么好办法。只有进一步做思想工作，彼此加强沟通。"

明风说："我就等你的这句话呢。我对龙城的情况不熟悉，两眼一抹黑。另外，我在龙城的身份你也清楚，省工作组不过是个空壳，我说话没有几个人听。今后，我们还得互相帮衬呢！"

梅兰笑笑说："听明副组长的意思，我还没有帮衬你是吧？"

明风说："刚才你说了，很多事情我们自己解决就行了，不必事事

劳驾书记。这话可是你说的啊,你难道这么快就要变卦不成?这也不是你梅领导的风格呀。"

梅兰只得说:"这话我是说了的,但面子上的事情,还是要照顾的吧?"

明风说:"只要我们在下面把事情都做好了,相信上面也不会为难我们的。棚户区改造的事情就这么说定了,下周我来组织召开沟通会,你一定得参加。"

梅兰已经被明风逼到了死角,也不好再坚持什么了,只好说:"约好之后我就参加。"

明风夸张地说:"谢谢,祝贺我们的第一项达成了一致。"

听明风这样说,梅兰心里又打鼓了,心想,这家伙还会有什么事呢?

"你可别再给我安排任务了,单是给水泥厂和沙石场打招呼的事情就够难办的了。"

明风说:"我不让你为难。沿江商贸大厦的事情确实很棘手,我安排一个饭局,你赏光,吃完饭就走,这样总可以吧?"

梅兰问:"你要把阿峰和沿江商贸大厦的老板叫到一起?"

明风有些犯难地说:"除了这个下策,我还能有什么辙啊?"

梅兰知道,明风如果真的有办法,他也不至于出此下策,也不至于求她梅兰出面。梅兰能理解他的苦心,但又担心市委书记宇峰知道她和明风联手,会认为她两面三刀,或者认为她一心侍二主。那样,事情将变得更复杂,她今后就会左右受限,腹背受敌。但她又不可能不买明成侄子的面子,于是说:"嗯,不过,我建议隐秘一点儿,给阿峰和沿江商贸大厦的头头打好招呼啊,省得人多嘴杂。"

明风说:"你吃完饭就走,其他的事情我来处理。万一传出什么说法,你也有退路。"

梅兰离家之后,菲菲倒满酒,对何华德说:"来吧,我们干一杯。"

何华德说:"少喝点儿,不要喝醉了。"

菲菲却不依不饶地说:"我又不是孩子。来吧!"

小梅儿没想到菲菲这样对爸爸说话,诧异地看着爸爸的反应。

何华德觉察出了不妙,连忙说:"小梅儿,快劝劝你姐姐,她可能喝醉了。"

菲菲看了看何华德，又看了看小梅儿，突然笑着说："我就是喝醉了，今天我高兴。"

何华德无奈地摇摇头，说："算了吧，菲菲，别再喝了好吗？"

小梅儿也说："姐，你就别喝了，好吗？"

菲菲笑着说："好吧，我听妹妹的，不喝了。我得走了，天太晚了。"

小梅儿愣愣地看着爸爸，不知如何是好。

何华德沉默了半晌，说："外面天都黑了，我送送你吧，你一个人走不安全。"

小梅儿打开窗户，望着上了出租车的菲菲和爸爸，不明白究竟出了什么事。

菲菲的态度让何华德大为意外。一路上，菲菲都没有理睬他。

何华德说："菲菲，你怎么能这样呢？那是在我的家啊，当着小梅儿，你这是让我下不来台呀。"

菲菲望着窗外，没有搭理他。

何华德又说："菲菲，听话，咱们到我们的房间里去吧，我们好好谈谈好吗？"

在何华德的心目中，每次菲菲和他闹别扭，只要到那个私密的空间里一阵和风细雨的柔软甜言，菲菲就平静下来了，也就与他和好如初了。

菲菲还是没有反对。

下了出租车后，何华德对菲菲说："小宝贝，是不是想我了？如果我没有记错的话，我们已经三周没有见面了。这段时间局里的工作实在是抽不开身，一连接待了三个检查组。"

菲菲突然问："是不是她要当市长了，你就对我若即若离了？"

菲菲从来没有说过这种话，在何华德的记忆里，菲菲似乎都没有提到过梅兰，也没有和他正儿八经地谈论过婚嫁的事儿。菲菲突然这样重视梅兰，说明她心目中已经很在意了，也似乎可以证明菲菲已经开始重视他们之间的感情了。这让他有点儿激动。老实说，只要菲菲真的愿意嫁给他的话，即便是丢官他也会在所不惜。他对菲菲已经到了一种迷恋的地步。

他拉着菲菲，看着她的眼睛，说道："菲菲，我说实话吧，你就是我生命的全部，我根本就不在乎她是不是当市长，我也不在乎我的这个

副局长的官帽。只要你真心爱我，愿意和我一生一世的话，我就什么都听你的。"

菲菲挣脱了他的手，直接向三楼的房间走去。他不知道发生什么事了，只好跟着菲菲上了楼。

进了房间，菲菲没有开灯，就坐在黑夜里。他借机将她搂抱在怀里，嘴唇凑到了菲菲的脸上。

突然，他感觉到菲菲一脸的泪痕。他有些慌了，立即打开了客厅里的灯。

菲菲闭着眼，豆大的泪珠直往下淌。

他问："怎么了？菲菲，你是不是生病了？"

菲菲哭够了，才说："你也还记得你都三周没有给我打电话了，你知道这三周我是怎么过来的吗？我整整哭了三天。"

何华德连忙说："对不起，小宝贝，是我的错，是我的错。你遇到了什么难事了，还是团里的人欺负你？你说吧，我都急死了。"

他一边说，一边将脸紧贴在菲菲的脸上，试图给菲菲一些安慰。

菲菲这才说："我怀孕了……"

何华德一惊，半天没有说话。这是他没有想到的，他还以为菲菲会采取措施呢，没想到她粗心大意地怀上了。

菲菲望着面前的中年男人，目光里明显带着哀怨。

他不敢正眼看她。他不知道菲菲现在是什么意思，要是她提出来要这个孩子，问题可就麻烦了。

"你说，怎么办？"菲菲带着哭腔说。

何华德支支吾吾地说："你别急，让我想想，我想想。"

他明白，要是菲菲拿这个事情出来闹，不仅自己的官位不保，就是梅兰也会受到很大程度的殃及。梅兰受影响也就算了，关键最后受伤害的还是小梅儿。

他用商量的语气问菲菲："那么，你是怎么想的呢？"

菲菲说："我怎么知道啊？"

何华德又试探性地问："多长时间了？"

菲菲梨花带雨地说："大夫说，已经五个多月了，不能人流了，只能到医院引产。你说，怎么办啊？"

说到这里，菲菲又哭开了。

不过，何华德从菲菲的话里听到了一个对他有利的细节，菲菲已经提到了流产和引产，这说明菲菲已经想到了这一层，并且有可能愿意去做手术。这让他顿时轻松了许多。

他轻轻地拍着菲菲的肩头，语气缓和地说："你也不要过于紧张，每个女人都会有这种经历的，没有什么大不了的。"

菲菲说："我好怕……"

何华德说："你怕什么？不是还有我吗？我会陪你去医院的，一直到你出院为止。没有你想象得那么可怕的，又不会很痛的。"

菲菲明显已经接受了现实，问道："她以前也做过吗？"

在何华德的记忆里，梅兰没有做过流产和引产，不过，此刻他不能说实话，于是，点点头说："是呀，以前经常有的事情，没几天就好了。"

菲菲又问："真的是这样？"

何华德若有所思地说："是呀。我会骗你吗？"他看了看时间，说道："今天你就在这里休息吧，时间不早了，我得走了。你放心，我回去之后就找找医院的朋友，争取尽快把这个问题解决。"

梅兰对何华德说了要去省城的事，何华德没有表示异议，只是叮嘱她路上一定要注意安全。

何华德心里一直装着菲菲怀孕的事情，辗转反侧无法入眠。

梅兰问："你总是翻过去翻过来的，是不是有什么事情啊？"

何华德说："我有一件事情忘了给你说，等你从省城回来之后，我要出一趟差，可能要去好几天。"

梅兰问："什么事啊，非要等我回来之后走？"

何华德说："不等你回来，小梅儿谁照顾啊？"

梅兰说："没事，我把小梅儿托付给菲菲就可以了。实在不行，让菲菲到咱们家来住几天，我看她们蛮说得来的。"

何华德说："这样好吗？"

梅兰说："这有什么不好的？两个女孩儿，正好可以聊天呢。我明天就给菲菲打电话。"

何华德立刻紧张起来，说道："算了，你打这个电话不好，还是我来打吧。你是领导啊，你别把人吓着了。"

夜已经很深了，何华德没有一点儿睡意。

第五章 苦心经营

宇峰和梅兰本来想请梅主席和夫人吃饭，但却被梅主席拒绝了。

梅主席说："郊区有个牧场很不错，山上放养牛羊，山下养鱼养虾蟹，是个很美的地方。我让秘书安排一下，我们去那里好了。小时候我放过牛羊的，听着牛羊的叫声，远远地看牛羊奔跑嬉戏。要是天上下起毛毛细雨，在烟雾之中隐隐约约看见食草的牛羊，那种景色呀，现在恐怕是找不到了。"

梅主席的话，透着田园般的诗意。

宇峰说："那就听梅主席的。没准儿啊，今天我们也能当一回牧童呢。"

牧场果然如梅主席说的那样，依山傍水，非常幽静。山上果然有些牛羊，山下也真有雅致的垂钓池塘。山上有淡淡的雾气，在山下就感觉到神清气爽。

一行人慢慢走上山。宇峰和梅主席走在最前面，梅夫人知道他们是无事不登三宝殿，所以和梅兰走在后面，让两个男人谈他们的事情。

宇峰说："老哥，现在这里没有别人，我这样称呼你，觉得亲切一些。"

梅主席说："小老弟，这样称呼最好了，听起来亲切。你说吧，只要不违反原则，我一定会尽力帮忙的。这么多年了，你没有向我开过一次口，你的面子老哥我还是要买的啊。"

宇峰感动地说："老哥，那就谢谢了。"宇峰把事情大致说了一遍，最后说："我个人的意见是，梅兰更了解龙城的整体情况。现在龙城的干部结构你是了解的，没有一个熟悉龙城通盘情况的市长或者常务副市长，很多工作抓起来很吃力。老实说，我现在一个人支撑着，真的很累啊。"

听说是市级领导班子的问题，梅主席的表情没有那么轻松了。他很清楚，市一级班子的调整，不是哪一个人想怎样就怎样的。他担任过很多年省委副书记，深知其中的复杂性。这个要求，他是决不可能包揽下来的，但是，自己刚才已经许诺了，也不能一点儿忙都不帮。话要说，但是话说到什么份儿上，他是有分寸的。

说话间，他们已经走到了半山腰了。他望着山下，没有立即回答宇峰提出的问题，而是说："这里的景色真的不错啊。宇峰老弟，让我想起了我们老家的那些小山。"

宇峰顺着梅主席手指的方向望去。

梅主席又说："难为你了，宇峰老弟，你现在的担子重，是应该有人给你分担。我是当过两届市委书记的人，你现在的滋味儿，我是能够理解的。这样吧，一会儿让小梅和我聊聊。"

梅主席瞭望山川美景的时候，宇峰往回走了几米，十分热情地对梅夫人说："嫂子，你现在身体很好啊，好像一点儿都没有变。你可得找时间教教你弟妹，她都老得不成样子了。"他和梅夫人聊天，就是暗示梅兰去和梅主席交流。梅兰心领神会，对梅夫人说："大姐，您和宇峰书记聊会儿啊。"

说完，她向梅主席走去。

梅夫人见梅兰走了，对宇峰说："你怎么不把弟妹带来让我看看？尽说些好听的话，你当我是孩子，好哄啊？"

宇峰连忙赔笑说："嫂子，你误解小弟了。我们今天是来拜见你和领导的，要是我带上夫人，领导不说我摆谱吗？今天来见领导，是和他谈秘书长本人的问题，所以，还请嫂子在老哥面前也多美言呢！你是知道的，我在龙城的那一摊子事难着呢，要是能让梅兰到市政府那边顶着，我也能轻松一点儿。"

梅兰虽然久居官场，看见上级领导，还是有些胆怯。她走到梅主席面前，看了梅主席一眼，很快将目光移开了。

梅兰再一次抬头的时候，冲梅主席笑笑，说："梅主席，要是按照老辈的说法，恐怕我该叫您叔叔了吧？"

梅主席说："不按老辈的说法，难道你就不应该叫我叔叔吗？"

梅主席的话让梅兰没有刚才那样紧张了。她看着梅主席的眉宇之间，说道："梅主席，您年轻的时候一定是大帅哥，是不是很多人追过您呀？"

梅主席说："这可是隐私，可以不回答吧？哈哈，开玩笑。我们那个年代，什么追不追的，都是老人安排的，不像你们啊，赶上了好时代。"他突然改变了话题，问道："你妹妹现在怎么样？"

梅兰说："您指的哪方面呢？"

梅主席说："她现在是县里的常委？多大了？"

梅兰说："三十三了。"

梅主席说："哦，三十三，现在也才是副处级。你在市委常委的时间也不短了吧？"

梅兰说:"是的。"

梅主席问:"你想到市政府去,有原因吗?"

梅兰说:"主要是干秘书长的时间太长了。"

梅主席说:"嗯,这个工作干长了是很熬人的,尤其是女同志。那么,除了到市政府之外,其他地方你考虑过吗?比如到省城来?"

梅兰看了梅主席一眼,说:"没有想过。"

梅主席又问:"孩子多大了?"

梅兰说:"读高中呢。"

梅主席说:"快了,很快就自由了。等孩子离开你上了大学,你的选择余地就会更大一些,现在主要是要照顾孩子,是吧?"

梅兰只能说:"是这样的。"

梅主席说:"其实,你们女干部也很不容易。我以前在组织部的时候,总是尽量考虑女干部的难处。"

梅兰说:"是啊,我早就听说,梅主席非常关心身边的干部,可惜我没有在梅主席身边工作过。"

梅主席哈哈大笑,随口说:"嗯,就是啊。不过,当年我调到省委的时候,可跟你们宇峰书记要过你的。你们的宇峰书记爱才,他不放你,我也只好罢了。"

梅兰故作惊讶地说:"主席,真有这事?"

梅主席说:"当年我就想调你去省委三处,可宇峰不同意。"

梅兰说:"梅主席,您什么时候也到龙城关心关心我们吧。"

梅主席说:"下月吧,要是有机会,我就去看你们。"

梅兰脸上堆满笑容,说:"要是主席能去,我一定带您好好看看龙城的变化。"

梅主席说:"我听说,现在的龙城今非昔比啊。这次的灾难给龙城带来了不小的损失啊。不过,这点儿损失,相信你们市委班子是有办法夺回来的。宇峰这个人我了解。"

梅兰说:"是的,宇峰书记是个事业狂。"

梅主席随后又问:"对了,明成的侄子明风不是在你们龙城吗?他干得怎么样啊?"

梅兰迟疑了一下,说道:"嗯,很好,他能力很强。"

她这一迟疑,让梅主席立刻看出了端倪。

梅兰回到家的时候，太阳已经西沉了。她事前给何华德打了个电话，告诉他自己下午回龙城。何华德说，他马上要出差了，并说，他已经问过菲菲了，她这段时间因为排练很忙，不能照顾小梅儿了。

梅兰想，不行就罢了，反正自己已经回到龙城了。

梅兰刚进家门，小梅儿就对她说："妈妈，我觉得很奇怪，爸爸一出差，菲菲姐的电话就打不通了。"

梅兰说："你瞎说什么？"

小梅儿说："是真的，我给菲菲姐姐打电话，可她的电话关机了。她会不会出事啊？"

梅兰也觉得奇怪。菲菲怎么会平白无故地关手机呢？她问："是不是欠费停机了？"

小梅儿说："不对呀，拨打的时候报的是关机。"

梅兰说："好了，你不要管了，我和你爸爸联系一下。他上午还给菲菲姐姐打过电话。"

小梅儿走后，梅兰迫不及待地给何华德打电话。可是，何华德的电话也关机了。

怎么回事？莫非……她想起了妹妹梅朵说过的话，顿时警觉起来。她想，要是过一个小时还和何华德联系不上，就打电话给文化局局长了。

一个小时后，她满怀希望地再次拨打了两人的电话，依然没有打通。她思考再三，拨通了文化局局长的电话。

梅兰说："你们这一周局领导都有哪几个要出差的？我这边有点儿事情，看看能不能让你们的副手帮帮忙。"

梅兰说得十分隐晦和策略。

局长十分肯定地说："梅秘书长，到现在为止，决定下来的还没有，只有何局长上午说他要请几天假，不过他说是因为家事。"

"哦。"梅兰说，"好的，我知道了。到时候如果这边要人的话，局长还得多配合啊。"

局长说："没问题，随时听从领导的调遣，需要的时候你通知我就行了。"

挂断了电话，梅兰的心跳加速了，一种隐隐的担心困扰着她。这是一种要出事的先兆。何华德不是公务，而是以家事的名义请的假，要是真出了事情，就是家庭负主要责任了。她没有将这个消息告诉小梅儿，

决定先了解一下菲菲的具体情况再说。可是,菲菲也请假了,而且和何华德是一模一样的理由。联想到上午何华德对她说的话,梅兰基本断定,何华德与菲菲之间存在关系了。她虽然气愤,但还是平静地给梅朵去了电话。

梅朵说:"我现在就在市区,我正好有事情找你呢,关于你丈夫的。你要不要听?要听的话我们就找一个地方。"

很显然,梅朵还在生梅兰的气。

梅兰说:"就到龙城大酒店吧,你方便吗?"

梅朵说:"巧了,我就在这里的咖啡厅呢。你过来吧。"

梅兰风风火火地赶往龙城大酒店咖啡厅,老远就看见了靠窗的梅朵。梅兰刚刚坐定,就慌乱地说:"你说吧。"

梅朵却说:"你要先答应我个条件。"

梅兰警惕地问:"什么条件?"

梅朵说:"看把你急的。你不冷静我就不说了,这种事情冲动是没法解决的。"

梅兰意识道,何华德已经陷得很深了,可能很难自拔了,要不然,梅朵不会和她这样交涉。

梅兰说: "好的,不管发生什么事,我都理智地处理,这样行了吧?"

梅朵还是怀疑地看了梅兰一眼,说:"好吧。"

原来,梅朵得到确切消息,何华德和菲菲去临城妇幼保健院了,但去干什么现在无法确定。梅朵分析有两种可能,一种是去检查身体,其二可能是去堕胎,否则,两人不会平白无故往临城妇幼保健院跑。

梅兰呆若木鸡,眼泪横流。

梅朵扶着梅兰走出了饭店,这里毕竟是公开场合。

走到街上,梅朵说:"事情已经这样了,怎么处理,你自己决定吧,别人说什么都是多余的。"

梅兰乱了方寸,说道:"我的心里很乱,你说该怎么办呢?"

梅朵说:"我的意见只供你参考,你不一定就要照办啊。"

梅兰说:"你快说呀!"

梅朵说:"要我说,你应该先掌握确凿的证据。"

梅兰问:"怎么个掌握法?"

梅朵说:"他们不是还在医院吗?"

梅兰说:"你的意思是到医院堵截?"

梅朵说:"还有别的办法吗?"

梅兰立即说:"那就走吧。"

下了出租车,梅兰犹豫了一刻,还是向医院里面走去。她们很快找到了菲菲和何华德所在的房间。

要不要进他们的房间?梅兰又犹豫了。

梅兰对梅朵说:"这样吧,你去把他们住院的相关手续找到,留一个证据,然后通知他出来算了,其他的事情让他自己去处理。"

梅朵也觉得这样更为妥帖,没有必要搞得剑拔弩张,既解决不了问题,又自寻烦恼。她让梅兰到外面的一家咖啡吧等她,她把相关的手续复印件全部拿到手后,回到梅兰身边。

梅朵说:"全部拿到了。现在让他出来吗?"

梅兰果断地说:"可以。"

梅兰说:"你打医院病房的电话。他手机关了。"

梅朵刚才就将医院病房的电话记下来了。

电话通了,接电话的是何华德。

梅朵说:"是何哥吧?"

何华德问:"你是谁?"

梅朵故意变了声音说:"我是住院部护士小王啊。你夫人的情况还稳定吧?"

何华德说:"嗯,谢谢,还稳定。"

梅朵说:"那就好。你到医院对面的咖啡吧来拿新开的药吧。我刚才因为要见一个朋友,忘了把药交给下一班的护士了。"

没想到何华德并不买账,口气冰冷地说:"你们什么态度?要我到医院外取药,我要投诉你们。"

说完,他生气地将电话挂断了。

梅朵判断,何华德一定会去责骂医院领导的,想等一会儿再去电话,看看他又是什么嘴脸。

梅兰反倒宽容地说:"算了吧。"

梅朵说:"他都欺负到你头上来了,羞辱他一下有什么不可以?你不羞辱他,我羞辱他消消气总可以吧?"

梅兰见梅朵坚持,也就不说话了。

第五章 苦心经营

185

梅朵又拨通了何华德房间的电话，问道："何哥啊，你怎么还没有来取药呢？莫非你不喜欢你老婆吗？"

何华德已经感觉出事情不妙了。他刚才已经去证实过，医院并没有新开什么药，还问他是不是去复印了住院的资料。

他冷静地问："你到底是谁？"

梅朵还是变了声音说："你出来吧。我是菲菲的家人。你个混蛋，还敢问我是谁？限你十五分钟来医院对面的咖啡吧。"

何华德思索了几分钟，问躺在床上的菲菲："你怎么还把这事告诉你家里了？他们现在找到医院来了，你让我怎么办？"

菲菲一惊，委屈地说："你说什么呀？我怎么听不明白呢？我什么时候告诉我家里人了？"

何华德意识到他上当了。菲菲没有告诉家里人，刚才的女人又是谁呢？听声音怎么有点儿耳熟呢？梅兰？不是，她的声音他是听得出来的，再说，梅兰现在在家里呢。那么，这个人是谁呢？

菲菲紧张地问："你在哪里得到的消息？刚才的电话吗？"

何华德说："是啊，太奇怪了！"

菲菲说："我的天啊，会不会是剧团的人？我好怕啊，要是有人整你，你的局长不保怎么办啊？"

何华德说："你不要乱说，我的心里很乱。"

菲菲问："那个人怎么说？"

何华德说："就说是你的家人。"

菲菲说："绝对不可能。我觉得你最好不要去。"

何华德问："为什么呢？"

菲菲说："一定是阴谋。你要出了事，我怎么办啊？"

何华德觉得菲菲说得有道理，但还是决定一探究竟。

他对菲菲说："你好好休息吧。我让医院调查一下，看看是什么人在捣乱。"

他直奔院长办公室，将情况说完之后，院方立即派医院办公室工作人员和保安一起去调查。

办公室的人说，刚才复印资料的是个女的，模样记不清了。

何华德说："刚才打电话也是女的，看来就是她了。我并不认识这个人，不知道她想干什么。"

值班院长说："赶快去对面的咖啡吧看看到底怎么回事。"

何华德暗自祈祷：但愿是一场误会或者恶作剧。

医院办公室工作人员和保安回来后，对何华德说："对不起，人家没有给我们细说，只说找你有事。是两个女人，听口音是龙城人，让你自己过去问。"

龙城口音的两个女人？而且知道我的所有情况？天啊！他意识到，回避肯定是没有可能了。他"噔噔噔"地跑上楼去，对菲菲说："一切都过去了，你放心休息吧。我出去转转。"

何华德离开房间之后，菲菲走到窗户边，一刻不停地望着对面的咖啡吧。她断定，他一定会去那里。

何华德是一个心机颇深的人。他下楼时，又向医院给菲菲预交了一周的住院费，还出钱雇了个二十四小时照顾菲菲的保姆。他想，倘若来的人要将他带回龙城或者别的什么地方，也不至于让菲菲尴尬。

办好了一切之后，他才去了医院对面的咖啡吧。

何华德万万没有料到，出现在眼前的居然是梅兰和梅朵。他站在咖啡吧的门口，目光呆滞了。

梅朵问道："姐夫，你不过来坐一会儿吗？"

何华德冲梅兰说："我们回家去说好吗？"

梅兰冷笑了两声。

梅朵说："你还知道有家啊？"

何华德压低了声音，可怜巴巴地说："梅兰，我知道错了。你看，还有小梅儿……"

梅兰没有理他。

梅朵说："你也知道错啊？知道错怎么还要犯呢？"

梅兰对梅朵说："好了，不说了，我们走吧。"

何华德连忙上前拉住梅兰的手，低声下气地问："我们一起回去吧？"

梅朵问道："你走了，那个女人怎么办？"

何华德说："回家再说吧，梅兰，算我求你了。"

梅兰终于开口了："回家再说？你当着小梅儿说吗？"

何华德的脸上急得冒汗，急忙说："当然不能啊，她马上就要高考了……"

梅兰又问："你真舍得走？"

何华德说:"梅兰,你放心,我绝对走,现在就走。"

梅朵冷笑道:"你可不要把那个女人惹急了,把事情弄到不可开交的地步!"

梅兰也冷冷地说:"我不急,你把你的事情处理完再说吧。顺便通知你,你现在最好不要回来了,家里不欢迎你。"

梅朵扶着梅兰离开了咖啡吧。

菲菲看清了走出咖啡吧的两个女人,脑子里突然一片空白。

何华德回来了,强打精神说:"没事了。"

他看见了菲菲的满脸泪痕。

菲菲终于哭出声来了,说:"我怎么办啊?"

何华德看着敞开的玻璃窗,一切都明白了。

菲菲看着难受的他,梨花带雨地问:"今后,我该怎么办啊?"

何华德摸着她的头发,缓慢地说:"没事的,一切都会过去的,没有你想象得那么严重。"

菲菲说:"叫我怎么相信呢?我又不是小孩子。"

何华德耐心地说:"是的,她们现在已经知道我们的关系。但是,她本人正面临着调岗位,很想调到市政府做常务副市长,要是在这个时候我们的事情公开,对她有什么样的影响啊?还有,现在小梅儿正要高考,这个骨节眼儿上谁愿意让小梅儿受到影响呢?你放心,我们的事情只能冷处理,不会弄得彼此都下不来台。过一段时间,她也疲劳了,觉得和我生活下去没有意思,我和她不就平静地离婚了吗?到那时,你就嫁给我……"

倘若说明成和阿峰之间是一种牢不可破的利益关系的话,明风和阿峰之间就是短期的利益合作者。阿峰私底下已经承诺明风,不论是龙城棚户区改造还是沿江商贸大厦,或者两江重建工程,每个工程完成之后,他明风都有可观的利润。正是在这种利益的驱使下,明风才三番五次求见宇峰,私下约会梅兰。

在明风的努力撮合之下,阿峰提出来的所有问题都解决了。这其中梅兰的功劳不小。阿峰破天荒地对明风说:"你约约梅秘书长,我见见她。"

明风忧虑地说:"老弟,你最好还是在暗处的好,你这样出现在大家的视野中，今后有很多的事情反而不好办了。"

阿峰原本也没有别的意思，就是想见见梅兰，当然他不会愚蠢到此刻和她建立联盟。即便是要和她建立联盟，也得等到她改任的事情有了眉目之后。他对明风说："老兄，你多虑了，我是为老兄你着想呢！"

"愿闻其详。"明风说。

"最近梅兰很烦心，她和老公之间出现了小插曲。你不是对她很有兴趣吗？我是想找机会撮合你们呢。"阿峰说。

明风迟疑地说："我看还是算了吧。她的性格很倔强，还是少招惹她为妙，把她惹急了你我都没有好果子吃。要是以后她不管我们的事，我跟谁哭去呀？"

阿峰蛮有把握地说："老兄，我安排一个局，你只管悄悄出现就是了，到时候看情况而定吧。"

明风这段时间也觉得无聊，就说："既然老弟这么有信心，那我就等你的好消息。"

梅朵给阿峰提供了一个消息，说龙山县的山里有一个学习成绩十分优异的女孩，因为家里贫穷无法再继续上学，期望得到社会的捐助。阿峰对梅朵说："我们到那个孩子家看看吧。不过，两个人好像太孤单了？"

梅朵并不知道阿峰的诡计，问道："莫非你还想找别人去捐助？那是好事。"

阿峰说："明风副市长怎么样？我们给他打个伏击，一来让他出去开开心，二来也是和他开个玩笑。他一个人在龙城，挺孤单的。"

梅朵倒是赞成多几个人关注她张罗的这件事，但是让市领导出面，她还是有几分犹豫。

阿峰说："这有什么？我们去了之后就说是偶然发现的。你不要管了，我和明风联系。你看看你的哪个姐妹心情不爽，也带着一起去，这样就更显得自然了。"

梅朵说："不知道梅兰有没有空。"

阿峰故作惊讶状，一拍大腿，满意地说："对对对，就是你姐了。首先，大家不会尴尬，其次，你可以利用这个机会宣传你的善举。另外呢，我看你和你姐之间有些芥蒂，找机会改善关系也是应该的。"

其实，阿峰早就知道这段时间梅兰和何华德之间的事情，所以他料

定梅朵也会答应。

梅朵也想找机会哄梅兰开心，于是尝试着给梅兰去了电话。梅兰觉得很无聊，也就答应了。

梅兰上车后见到阿峰，虽然觉得有几分奇怪，还是礼貌地问候了一句。阿峰也是个会讨好和说话的人，说："梅秘书长，很荣幸你能参加今天我们的郊外之行。要不是我们沾梅部长的光，还没有这个福分呢！"

梅兰笑嘻嘻地说："你可是我们龙城显赫的企业家啊，说话这样谦虚，我还有些不习惯呢！"

她边说边看了梅朵一眼，似乎在问：这究竟是怎么回事？

梅朵解释说："你可能不清楚，阿峰是我们龙山县的企业中的领头羊，我又是联系他的领导。今天他邀请我去郊外看风景，吃烤全羊，完全是私人活动，所以我就把你邀请来了。不过，我和阿峰有个约定，今天全都是朋友，没有等级之分。"

阿峰接着说："就要委屈秘书长了。不，梅姐。"

梅兰觉得，倘若现在离开有点儿不合适，于是笑笑说："好啊，这样的活动我喜欢。"

梅朵给了她一瓶矿泉水，她刚要拧开准备喝时，汽车停下来了。

她惊异地发现，出现在车门口的居然是明风！

明风也很吃惊，没想到车上还有梅兰。他摘下墨镜，歉意地说："对不起，没看见是你。"

"到底怎么回事啊？"梅兰问梅朵。

梅朵"咯咯"地笑着说："姐姐，你是不是忘了刚才已经说过的话？既然都上车了，就不要打听了好不好？反正我们是出去寻开心的，嘻嘻。"梅朵也开始俏皮了。

明风觉得很奇怪，愣了半天，问梅兰："搞什么鬼呀？你不会也是他们一伙的吧？"

梅兰哭笑不得。

阿峰说："各位，你们都是领导，今天就让我过一回老大的瘾吧。现在我是导游，你们可都得听我的，谁也不许谈工作！"几个人嘻嘻哈哈的，谁也没有发表意见。阿峰接着说："好，没有反对意见就算是一致通过了。那本导游就开始宣布纪律了啊。今天的第一要务是，看乡下的风景，呼吸新鲜空气；第二要务是，品尝我亲自烹制的烤全羊，而且还是野炊；第三嘛，请各位领导熟记前两条。"

几个人又都笑了。

梅朵说："导游，可不可以提建设性意见啊？"

阿峰故意思考了半晌，说："本导游经仔细思考，觉得还是应该给大家一点儿权利。有意见就提吧。"

梅朵说："据我所知，今天我们去的地方的小溪里有螃蟹，是不是男同志可以下水捉蟹啊？"

阿峰突然来了精神，问道："你说的可是真的？"

梅朵说："千真万确。"

阿峰说："坚决、严重、深入同意梅朵同志的伟大的、卓绝、深远、欺负男人的意见。不过，你们女同志就要负责烹制哦。"

梅朵说："我不会啊。"

阿峰说："那就自由组合了，要显示公平。"

虽然梅兰和明风故作矜持，没有讲话，可是他们心里明白，也只有他们俩搭配了。

车进入了青山绿水的龙山县风景区。车窗外景色宜人，苍翠的原野，错落有致的田园，间或袅袅炊烟，很是迷人。

好久没有出城的梅兰心情舒畅了许多，忍不住对身边的明风说："这乡下就是不一样啊，市区里哪能看到这样赏心悦目的风景啊！"

明风也感叹地说："就是啊，这里的景色还真让人心醉呢！"

阿峰接话说："一会儿你们进入风景区，等我将全羊烤出来，一边享受美食一边欣赏美景，那种滋味儿才美呢！真有赛过活神仙的感觉呢！当年我决定投资龙山时，梅朵就是用这样的方式招待了我，我因此投资龙山，继而投资龙城。"

转过几道山口，他们终于到了目的地。站在巍峨的山上往下俯瞰，大大小小的山头让人想起草原上的蒙古包。大家瞭望了许久，梅朵说："走吧，到山下野炊去，也可以下河捉螃蟹。"

司机扛上炉具和全羊往山下走去。

阿峰对明风说："尊敬的明风副市长，这里就只有你和我是劳动力了。你总不会让两位美眉参加劳动吧？过来帮帮忙，带点儿油盐酱醋，

一会儿我好做菜啊！"

他提着大包小包的野炊用品往山下走去。

梅兰悄悄地对梅朵说："没想到，阿峰不仅是个有实力的企业家，还是一个很风趣和朴实的人啊，难得。"

梅朵说："你还没有发现他的更多优点呢！"

梅兰问："什么？"

梅朵说："比如说年轻、英俊。"

梅兰说："就你没正经的。"

梅朵说："天天在主席台上正经八百地作报告，还没烦啊？出来就是来撒野和撒欢的，嘻嘻。"

大家找了一个开阔的地方，周围都是松软的绿草，离水边不足三十米。

司机已经将烧烤架摆好。阿峰和明风将宽敞的帐篷支好，让梅兰和梅朵先休息一会儿。

阿峰说："女士先休息一会儿。男士开始干活。我主厨，明副市长，你当我的帮手吧？"

明风主动说："我去打水，好不好？"

阿峰说："当领导的就是不一样，观察能力很强嘛。"说完，他自己开始忙活起来。

绿茵茵的草坪上，不出半个小时已经炊烟袅袅了，一阵阵的羊肉香味袭来，让人馋得不行。

香喷喷的羊肉烤好后，大家愉快地享受着美景和美食。

他们正前方是一个大湖，湖水瓦蓝瓦蓝的，湖面干净得可以照镜子。湖的四周长满了苍翠欲滴的松树，松林连绵不绝，一直延伸到遥远的尽头。无名的花朵飘香，阵阵凉风袭来，让人有恍若仙境的感觉。

梅兰感叹道："果真不虚此行啊！"

梅朵说："看到蓝汪汪的水和绿茵茵的水草，我真想到湖里做一条快乐的鱼。"

阿峰说："梅朵，要不，我们下水去捉些螃蟹回来吧？"

梅朵说："好哇，好哇。"

梅兰说："我也去吧？"

阿峰说："好啊，明副市长，梅秘书长的安全就交给你了。"

明风只得脱掉鞋袜，跟着大伙下到了小溪里。路上，阿峰悄悄塞给了明风一叠钱，轻声说："一会儿捐出去，给穷孩子，别问为什么。"

　　梅朵和梅兰回头看了他们一眼，说："你们快点儿呀，怎么比女人还慢啊？"

　　阿峰和明风应承道："来了，来了。"

　　两人率先跳进了小溪，水面上溅起了几朵小小的水花儿。

　　阿峰对梅朵说："下来吧，水很浅的。"

　　他扶着梅朵下了水。

　　明风当然只有如法炮制了，也将梅兰扶下了水。

　　四个人开始快乐地嬉戏游玩。阿峰和明风在各自助手的帮助之下都有斩获，阿峰捉到了八只大小不等的螃蟹，明风和梅兰也捉到了五只。

　　梅兰说："我们不和你们比，你们是青年队的，我们是中年队的。"

　　说完，她自己也忍不住笑了。很显然，梅兰玩得十分开心。

　　梅兰对明风说："我们这一组打捞工作没做好，将功补过吧？"

　　明风乐呵呵地说："好吧，服从你的命令。你说怎么补吧？"

　　梅兰说："我们烤螃蟹给他们吃呀？"

　　明风问："怎么烤啊？我可干不来啊。"

　　梅兰说："你刚才不是说服从命令吗？"

　　阿峰和梅朵在一边开怀大笑。

　　阿峰添油加醋地说："我说明风，你可是男人啊，遇到困难莫非你还要选择回避不成？"

　　明风被逼到了绝路上，只好咬着牙说："好吧，我坚决执行命令。"

　　看他像笨熊一样操作，三个人忍不住开怀大笑。

　　梅朵悄悄地问梅兰："你真不打算帮帮他啊？"

　　梅兰说："先不着急，让他出丑了再说。"

　　明风不知从何下手，回过身来，哀求道："梅兰，你还是来帮帮我吧，要不然，我怎么下台啊。"

　　他们面前突然出现了一个小女孩。小女孩虽然身上的衣服很破旧，但是并不能掩饰她的机灵与乖巧。清澈透底的眼眸和裤腿上的补丁形成了天然的对比。

　　所有人的眼光都转到了从天而降的女孩身上。

梅朵站起身来，对女孩说："过来，过来，到阿姨这里来。"

女孩说："阿姨，我见过你，我原来上学的时候见过你，你去过我们的学校，后来我还在邻居家的电视上看到过你。"

梅朵问："你说什么？你原来上学的时候？现在不上学了？"

女孩低下了头，羞涩地说："不上了。"

所有人的心都往下沉。

梅朵又问："你怎么不上学了呢？能告诉阿姨吗？"

女孩说："我妈长期生病，爸爸在外打工的时候死了……"

女孩低下了头。

梅兰咬着嘴唇，看着面前幼稚的女孩，眼睛有些湿润了。

梅朵又问："你家住什么地方啊？"

女孩说："就住在前面，我看见这里有烟火才过来的。这一片树林是我们家的，妈妈让我看看，怕这里失火了。"

梅朵说："对不起，我们没有事先通知你。你饿吗？吃点儿羊肉好不好？"

其他人也劝道："你吃吧。"

女孩羞涩地摇摇头，说："不，我不能吃陌生人的东西。"

梅朵说："吃吧。你不是见过我吗？"

女孩又说："不，东西是你们的，我没钱给你们，我不能吃的。"

看着女孩认真的模样，梅朵的眼泪掉了下来，对女孩说："孩子，能带我到你们家去看看吗？"

女孩说："可以。"

阿峰嘱咐司机将东西收到车上去，然后，一行四人向小女孩的家走去。

进了女孩的家门，他们见到了女孩生病的母亲。

女孩的家很简单，四间大小不等的土坯房，窗棂大多已经朽坏了。房间里黑洞洞的，几乎不透一丝光亮。一张只有三条腿的小凳子上摆着一本残破的初一语文课本。除了院子里有几只咯咯鸣叫的母鸡还带着几丝农家的生机之外，所有一切都显得死气沉沉，毫无生机与希望。

女孩的母亲吃力地拿出一条木凳，热情地招呼大家。

目睹此情，梅兰和梅朵的心里十分难受，立即掏出身上所有的现钞，塞到女孩妈妈的怀里。

女孩的母亲激动地说:"你们告诉我你们的名字,等孩子长大之后好报答你们啊!"

梅兰拍拍女人的肩,说:"不用了,只要这孩子能上学就行了。"

村子里的小学老师和邻居也看热闹来了,其中还有一名村支书。阿峰对老师和村支书说:"我托你们两位个事儿,这里的三万块钱,你们代这个女孩保管,一定要确保她读完高中。要是她考上大学,你们再来找我。"

他将自己的名片留下了。

明风接着说:"我这里还有一万,加在一起吧,一定要确保孩子正常上学!"

梅兰显然改变了对明风以往的看法。

这群人中,只有阿峰一个人内心清楚,这就是他需要的效果。

在龙山县用餐的时候,梅兰率先向阿峰敬酒,说道:"阿峰董事长,你今天不但让我们享受了你的厨艺,让我们欣赏了自然风光,你的义举也让我深受教育啊。"

阿峰站起身,谦虚地说:"这算不了什么,算不了什么。我们这些企业家赚钱干什么?还是要回报社会嘛,是应该的。我很钦佩你们,你们的薪资不多,还能伸出援助之手,这才是真感情呢!还有明副市长……"

梅兰打断了阿峰的话:"是的,我还得特别敬敬明副市长。借阿峰董事长的酒,我借花献佛,先敬大家一杯。"

说完,她一仰脖子将杯子里的茅台干了。

梅兰一放开了,其他的人也就跟着放开了。明风和阿峰轮番给她敬酒。梅兰快喝醉的时候,梅朵又让县委书记和县长赶了过来。县委书记和县长也是喝酒的高手,几个人没少让梅兰喝。眼看梅兰已经喝醉了,梅朵和阿峰把明风叫到了一边,委托他将梅兰送回市里去。

明风扶着梅兰上了车。梅兰一上车就睡过去了。大约一个小时后,他们回到了龙城市区。梅兰还烂醉如泥。明风左右为难,心想,要是送她回家,她丈夫要是起疑心怎么办呢?

思考再三,他在龙城大酒店开了个房间让她住下。

第五章 苦心经营

梅兰彻底醉了。明风把她扶进房间,她突然问了一句:"到家了吗?"

明风随口说:"嗯,到家了。"

梅兰说:"那我睡了,关灯吧。"

明风伸手将灯关了。梅兰拉着他的手,说道:"你和那个小女人的事情解决好了?"

明风将手缩了回来,心想:莫非她知道自己养小女人的事儿了,今天装醉打探我的底细?他心里一阵发凉。

梅兰又说:"你说呀。你跑什么?"梅兰抓着他的手,枕在头下,说,"没事,只要你解决好了小女人,其他的事情我们再商量,关键是不能伤了孩子,孩子……"

明风这才反应过来,梅兰是将他当成了何华德,于是说:"嗯,好的。"

梅兰闭着眼睛说:"我要喝水。"

明风把矿泉水递到梅兰手里。

梅兰喝了水,又浑浑噩噩地说:"你干什么呢?怎么不上床?你还没有困啊?"

明风害怕梅兰出问题,又不敢轻易离开,只好说:"好好,我就来了,来了。"

明风上床之后,梅兰将他抱住了,当他是何华德了……

明风刚走出宾馆,接到了阿峰的来电。阿峰乐呵呵地说:"老哥,怎么样?只要我阿峰想办,就没有办不成的事。"

明风终于明白过来了,今天所有的这一切都是阿峰一手操纵的。明风突然觉得,阿峰太可怕了。自己今后不都在他的掌控之中了吗?但是,碍于明成的压力,他没有别的选择。

宇峰得到消息,梅兰、梅朵和明风都顺利地进入了龙城市领导班子调整的范围。平心而论,宇峰希望梅兰能改任市长或者常务副市长,毕竟梅兰是他曾经的恋人,他们有过美好的时刻,所以,他希望自己离开一把手的位置之前,给梅兰提供一个更好的位置。

对梅朵,宇峰又是另外一种情感。这些年来,虽然梅朵没有少给他添麻烦,也算是他的嫡系。

他拨通了梅朵的电话。

宇峰神秘地说:"我有要事和你谈。你什么时候回龙城?"

梅朵非常清楚,在这个敏感时期市委一把手找她谈话,一定和市领导班子的调整有关。她得到小道消息,自己已经被列入了龙城市领导班子调整考察名单了。如果市委一把手找她谈这事,十有八九这事就有眉目了。

第五章 苦心经营

第六章
走马上任

宇峰一整天都在忙着接待省委一个检查组，没有时间见梅朵。梅朵回龙城已经半天了，给宇峰打过一次电话，发过两次短信，但宇峰一直没有时间。眼看天就要黑了，梅朵一个人在咖啡厅坐了五个多小时，觉得闷得慌，决定就住龙城宾馆了，等候宇峰。

她回龙城来，没有告诉丈夫韩寒，她想好好休整一段时间，看看自己是否真能坐上副市长的位置，然后再和韩寒商量他们之间的关系该如何处理。

今天她也不想见阿峰，自从上次那个小司机给她说了那番话，她想到阿峰就感觉特别添堵。她已经想好了，要是宇峰给她传递的信号是正面的，她就不想理阿峰了，要是宇峰给她传递的是负面的，再看情况决定是不是和阿峰联系。倘若自己真的过关了，做了副市长，就要离他远一点儿。当初和他交往，是为龙山县的招商引资，现阶段与他亲近，是为自己的升迁。

她太疲倦了，和衣躺在洁净的床上，只三五分钟就进入梦乡了。

宇峰的电话将她从睡梦中吵醒了，她浑浑噩噩地接了电话："是你呀？我都睡着了。"

"你在哪里呢？我才将省委工作组的人送走。"宇峰说。

"你还来不来啊？我就在龙城宾馆168房间，等你六个小时了。"梅朵说。

"你吃饭没有啊？"宇峰关切地问。

"不想吃了，喝了一下午的咖啡。"梅朵说。

"那好吧，你等我，我一会儿就赶到。"宇峰说。

梅朵放下手机，又躺到软绵绵的床上，再无睡意了。她揣摩着宇峰见自己的原因。如果宇峰不是找我谈市领导班子调整的事，自己的时间就白白耽误了。不过，她确信，十有八九是市领导班子调整的事情，如若不然，宇峰也不会这样隐秘地和自己见面。

门铃响了三声，梅朵才从床上懒洋洋地起来，将门打开。宇峰手里提了两个手提袋，发出一阵阵的香味儿，进来之后就说："哎呀，走热了。快把东西拿到桌子上去。"

梅朵问道："你都拿了什么东西，这么沉？"

宇峰一边将风衣脱下，一边说："打开就知道了。"

梅朵好奇地打开袋子。里面的东西还真不少，有西餐牛扒，还有她喜欢吃的炸鸡翅、可乐和红酒，一应俱全。

梅朵说："你想得真周到，还有我喜欢的炸鸡翅。怎么两份牛扒呀？哦，还有我喜欢的玉米浓汤。"

宇峰说："我知道你没有用餐呢，所以我也就没有认真吃饭，过来陪你一起吃。"

两人开始一边吃饭，一边很随意地聊开了。

宇峰说："有些事情，我不能在电话里说。"

梅朵的心里充满了好奇，也充满了紧张。

宇峰说："省里面已经有明确的消息了，你进了市领导班子调整的大名单，就是还没有最后定下来。这个情况你自己清楚就行了，很多事情也可能还有变数，一切都要等到正式宣布的那一天为准。"

梅朵浅浅地抿了一口红酒，看着宇峰的眼睛问："我想知道，这里面的变数会有多大呢。你是市委的一把手，你心里面一定有底吧？"

这个问题，让宇峰很难回答。事实上，真正的竞争其实就是梅兰与梅朵了。要是启用梅朵，梅兰肯定就得调离。宇峰不打算得罪两姊妹中的任何一个人，想让一切顺其自然。省上如何安排，他都不会有反对的意见，不过，私下里他会更多地帮助梅兰。宇峰为难地看了梅朵一眼，说："老实说，这话我很难讲出口。"

梅朵说："哦，要是为难的话，就不要讲了。"

梅朵的脸色有些难看。

宇峰又改口说："你说，要是这样的事情发生在你的身上，你会怎么做呢？"

狡猾的宇峰当然不想让梅朵不开心，而是将难题踢给了梅朵。

宇峰将实情说了，而后两手一摊，问道："你说，我是不是该听从省委的安排呢？随便哪一个上我都欢迎，但是我就是不能有偏袒一方的意见。"

梅朵说："哦，原来是这样啊！你的心情我理解，毕竟姐姐是跟随你很多年的部属。她是我姐姐，我也不好说什么，就听天由命吧。"

梅朵嘴上这样说，心里想到了阿峰，只有阿峰在这个节骨眼儿上能帮助她。她眨巴着眼睛，端起酒杯，对宇峰说："谢谢你。来吧，我敬你一杯，感谢你的栽培。"

宇峰也端起酒杯，将杯中的酒一饮而尽。

梅朵的想法也太简单了，她急于摆脱阿峰的控制，可事实上，这个时候是不可能的。

阿峰的电话来了。

梅朵立即站起身来，走出了房间。

阿峰说："梅朵，我知道你回来了，也知道你现在在哪里，不过，我希望你能来陪我。"

梅朵慌了，问道："你什么意思啊？"

她生怕阿峰就在酒店里，或者突然出现在自己和宇峰的面前。那样的话，局面怎么收拾啊？她笑着说："我回来了。你怎么知道的啊？你好鬼啊。"

阿峰说："我阿峰是什么人啊？千里眼顺风耳啊。好了，不跟你开玩笑了。我有要事和你商议呢。你在哪里啊？"

梅朵说："我就在市区啊。你让我到哪里去啊？"

阿峰说："就在龙城大酒店好了，反正那儿方便。"

他的话刚说完，梅朵的脑袋嗡嗡直响，但她马上镇静下来，说："可以啊。什么时候见面呢？"

阿峰说："现在我从公司出发，过去也就十来分钟。你多久能到啊？"

梅朵说："我正在这附近逛商场呢，可能也就十来分钟吧。我们在哪里见呢？咖啡厅？"

阿峰说："还是找一个房间吧，需要长一点儿的时间呢。"

梅朵说："嗯，那好吧。你要是先到的话，给我打电话好了。"

她乘电梯到了楼下，给宇峰去了电话，压低声音说："你快走吧。我老公到酒店找茬来了。"

挂断电话，她朝附近的商场走去。

进了商场，她接到了宇峰的电话，原来她忘记将包带走了。她赶紧说："你把包放在吧台，我自己去取。"

阿峰赶到酒店后，电话通知梅朵，他在312房间。

梅朵一边往酒店走一边想，但愿宇峰离开酒店了。她的心里极为紧张，远远地，她仰头看了眼刚才和宇峰待的楼层，见所有的灯都是亮着的，她更加不安了。她快步走进酒店大堂，将存放在吧台的小包取了出来。她转身的时候，远远地看见梅兰走了进来。她赶紧转过身。

估摸着梅兰走远了，或者上了电梯，她才慢慢地转回身。她明白，梅兰一定是找宇峰去了，心里愤愤地骂道：这些道貌岸然的男人，没有一个好东西。

她担心被别人发现，不敢走电梯了。她都想好了，要是在楼道里遇到熟人，就说自己在锻炼身体呢。

她进入房间之后，已经浑身是汗了。

阿峰看着大汗淋漓的梅朵，心疼地说："哎呀，你怎么弄成这样了啊？快，我给你擦擦汗。"

梅朵心虚，嘴上却说："我是担心你等不及了，所以一路小跑过来的。"

阿峰给梅朵倒了一杯水。

梅朵喝了一口水，长长地吐了一口气，看着阿峰，问道："你这么急，有什么大事啊？"

阿峰说："就知道你是一个急性子。好吧，我就直说了吧。你的职务级别问题我已经通过关系解决了，按特殊人才破格提拔。省城那边给我回话了，你可能是铁定的副市长人选了。"

梅朵很兴奋，但是尽力克制着，淡淡地问："这样啊？那么梅兰呢？她会怎么样？有确切的消息吗？"

阿峰说："你担心她干吗呀？反正她已经是副厅级，就是改任副市长不也还是副厅级吗？不过，还真有她的消息呢。怎么，这个比你的事情还重要啊？"

梅朵说："她最近和老公搞得很僵，我担心她仕途再受打击，她承

受不起。"

阿峰说:"可以理解,毕竟是亲姐妹啊。"

梅朵说:"你快说说她的消息啊。"

阿峰说:"省领导们认为你更适合到市政府工作。市政府不能有两个女市长,你们两姐妹只能选其一了。听说,政协主席替梅兰讲了许多好话,组织上有上调她的打算,至于到什么部门,现在好像还没有定下来,但是她的上调已成定局了。"

梅兰从宇峰的口里知道了事情的结果。尽管改任副市长也还是副厅级,但是没有达到目的,她心里十分沮丧。加上这段时间和丈夫之间的战争升级,她心几乎凉到了极点。

她浑浑噩噩地回到家。

小梅儿小猫一样黏在她的身边,问道:"妈,爸爸怎么这么久没有回来了呢?您也不打个电话问问他呀?"

梅兰说:"你怎么知道我没打电话?"

"哦,您打过了。他没有说他什么时候回来吗?"小梅儿继续问。

"没有说。"梅兰回答。

"菲菲姐姐也没有了消息。"小梅儿抱怨说。

梅兰的心猛然一沉,说:"她可能去外地演出去了。"

小梅儿说:"妈,您就别骗我了。当我是小孩啊?"

小梅儿的话让梅兰大吃一惊。难道小梅儿知道丈夫和菲菲的事了?要是那样,孩子怎么面对高考啊?

小梅儿又说:"我的一个同学说,这段时间剧团并没有外出演出,也没有出市的演出任务。"

"你怎么知道的?"梅兰问道。

"您难道忘了他们团团长的儿子是我们班的同学?"小梅儿说。

梅兰悬着的心终于放下来了,安慰小梅儿说:"你只要好好复习,菲菲一定会来看你的。"

小梅儿也说:"我觉得也是,她总不至于连我这个妹妹也不认了吧?"

她一边嘟囔,一边走进了自己的房间。

梅兰无力地走进书房,关上房门,不争气的眼泪流了下来。实际上,何华德早就回到了市里,菲菲也回到了单位。两人谁都按兵不动,没有揭开事情的真相，或许是因为两人都还没有想好。对梅兰来说，已经无所谓了，她已经没有改任副市长的希望了。她担心的是小梅儿正面临高考。

她擦干眼泪，打开很久没有打开过的电脑。何华德不同时期的作品出现在她的眼前。她不得不承认，何华德是一个颇具才华的文人。但是，那些美好的岁月、美好的回忆，已经被残酷的现实撕得粉碎。此刻，她才明白，何华德和菲菲并非是一朝一夕走到一起的，而自己还把情敌收做了干女儿。

梅朵多次提醒过自己，自己非但没有相信，反而还认为是妹妹挑起祸端。现在她才感觉到，自己是一个愚笨十足的女人。

现在她有两个迫切的问题需要解决，一是如何解决自己的婚姻问题；二是如何让小梅儿不受到他们婚姻问题的影响。实际上，第一个问题已经不是问题了，婚姻破裂已经是必然的了。由此她想，离开龙城也未必就是坏事，要是自己上调省城的话，可以将小梅儿带走，既能在平静中解决自己的婚姻问题，也能让小梅儿在新的环境之中度过安宁的高中生活。想到这里，她解开了心中的纠结。

她心里也很清楚，这一次她能上调省里，省政协的梅主席没有少说好话。她觉得应该找机会谢谢梅主席。她立即给梅主席家里去了电话。

梅主席问道："是小梅秘书长吧？你还记得我老头子啊？"

梅兰说："梅主席，您最近身体还好吧？我很挂念您呢！"

梅主席说："我也很挂念你啊，要是有时间的话，你到了省城就给我打电话吧。最近我老伴身体不好，一直住在医院里。你要有空啊，就到家里来坐坐吧。"

梅兰安慰梅主席说："您可要保重啊。夫人一定会康复的。我一定去看您。"

挂断电话之后，梅兰即刻给宇峰去了电话，将刚才获得的消息透露给了宇峰。

宇峰说："是呀，这可是个大事啊。你说，我们什么时候去合适呢？"

梅兰说："梅夫人好像病情很重，一直住在医院里。"

宇峰说："梅夫人年轻时是部队体工队的，身体一直不错，几乎没有生过什么大病。按你说的这个情况，她的病情可能相当严重了啊。我们明天就去吧。"

第六章 走马上任

梅兰向几位副秘书长交待了工作,然后走进了宇峰的办公室。宇峰显得很沉郁。

梅兰问:"怎么啦?"

宇峰说:"事情有变化。我必须马上去省城,今天还必须从省城返回来。"

梅兰关切地问:"出什么事了吗?"

宇峰说:"可能一会儿正式通知就会到了。我听省委组织部的朋友说,省委组织部工作组就要下来了,我是他们首先要见的人。但是我还是想去省城看看梅主席的夫人。"

梅兰说:"你知道他们来的具体时间吗?"

宇峰说:"可能下午就到达龙城了。"

值班的副秘书长过来了,证实了宇峰的消息。省工作组点名让市委书记宇峰和组织部长协助省里的工作,明摆着就是有关龙城市的领导班子调整事宜了。

副秘书长离开之后,宇峰说:"你是铁定上调省里了,真的没有想到啊。"

梅兰反倒觉得轻松了,淡然地说:"人生本来就是在悲欢离合中度过的,上调省里就调呗。"

宇峰说:"看这个架势,这次也会让我下来了。"

梅兰心里一惊,连忙说:"这样的话可不能轻易说,你不要这样想啊。"

宇峰无奈地说:"这个消息虽然还没有公布,但省里面的主要领导好像都已经决定了。梅主席也含蓄地表达了这个意思。我已经有心理准备了。"

梅兰停顿了半晌,突然问:"让你退到什么程度呢?"

宇峰叹了一口气,说道:"也就是再当一届人大主任了……"

梅兰问:"你还去省城吗?"

宇峰笑着说:"当然去啊,现在就安排车辆,半小时后我们出发。"

梅兰说:"好的,我回家准备一下,你们直接来我家楼下接我吧。"

小梅儿正在学习,见妈妈回来了,跑过来说:"妈妈,我想问您一个词,您能帮我解释一下吗?"

梅兰本能地说："问你爸爸去……"刚说完，她就意识到不妙。

小梅儿说："妈妈，爸爸还没有回家呢，我怎么问啊？"

梅兰说："哦，那就查字典好了。"

小梅儿撅着嘴说："我猜您就会这样说。"

"为什么？"梅兰诧异地问。

"从小到大，您都没有给我解答过一道题！每一次您都是这样说！"

梅兰说："是吗？从小到大我都没有关心过你的学习，没有给你解答过一道习题？哎呀，那就是妈妈我的不对了。以后，我多抽时间陪你，也帮你讲解习题，可以了吧？"

小梅儿说："妈妈，您的话我最好先不信为好。您要当市长了，更会一年四季不着家了。不过，我不怨您，有一个市长妈妈，也是一件值得骄傲的事！"

小梅儿的一席话，让梅兰哭笑不得。想到这几天孩子放假在家，她于是对小梅儿说："小梅儿，你先别学习了，带上作业，跟妈妈一块儿去省城好不好啊？"

小梅儿惊喜地问："妈妈，您说什么？"

梅兰说："跟我一块儿去省城，你不愿意啊？"

小梅儿跳起来说："妈妈，我太愿意了。"

梅兰说："你收拾收拾换洗衣服，咱们也许几天之后才回来。"

赶到省城后，宇峰和梅兰直奔医院。司机将小梅儿送到了萌萌家。

前来看望梅夫人的人络绎不绝。梅主席的秘书透露，梅夫人已经是癌症晚期了，最多只能熬到明天。

梅主席没有接见其他人，只对宇峰说了声"谢谢"就让他出去了，但却让梅兰留下了。

梅兰安慰他说："一切都会过去的，您也不要太悲伤了。"

梅兰看见，梅主席一脸的憔悴，比往日苍老了许多。

梅主席拉着她的手，什么也没有说，潸然泪下。

梅兰问："您需要我帮忙吗？"

梅主席摇摇头。

从病房出来后，秘书悄悄地告诉梅兰，梅主席睡梦中总是叫她的名字，并说："梅主席太孤独了，可能把你当成了他的女儿了。"

梅兰说："他的女儿呢？"

秘书说:"他的女儿在欧洲,近段时间闹婚变,这次也回不来了。"

梅兰说:"这是雪上加霜,遇上这样的事情谁不伤感呢?"

秘书说:"梅姐,我有一个请求,你能答应吗?"

梅兰说:"只要我能做到的,我一定会尽全力。"

秘书说:"我想请你留下来陪梅主席几天。我以组织的名义给你请假。"

梅兰没想到秘书会突然提出这样的要求,她踌躇了半晌,才说:"我考虑考虑吧。"

宇峰对梅兰说:"这件事情你自己决定,组织不强求你。这涉及人与人之间的感情问题,也涉及交情深浅的问题。只要你同意,组织上无条件支持。"

梅兰很清楚,宇峰这话是一语双关。现在是非常敏感的时期,她虽然姓梅,却与梅主席非亲非故,此刻留在梅主席身边,处理不好就会两败俱伤,所以,她没有贸然答应。

宇峰对梅兰说:"我先回龙城了,那边还有很多事情。"

梅兰说:"好吧。我再和梅主席聊聊,然后决定留下来还是回去。"

宇峰走后,秘书对梅兰说:"梅秘书长,梅主席叫你呢。"

梅兰再一次近距离地见到了梅主席。

梅主席的精神比刚才好了许多,对梅兰说:"梅兰,你对我说的那些话,我理解了。该来的终归要来,该去的也终归要去,留恋只是一种单纯的美好愿望。现在我想明白了,也就没有那么痛苦了。"

梅兰感到很欣慰。

梅主席又问:"你的调动宣布了没有?"

梅兰还不知道自己将调到哪里,但是又不好明说,只能回答:"还没有呢。"

梅主席说:"上来吧,上来对你的身心都有好处。"

梅兰心里一惊。他怎么会知道自己的家事呢?莫非自己和丈夫的事情满世界都知道了?

梅主席又说:"人生没有什么事儿是完美的,该放弃的就放弃。你调到省城,换一个新环境,可以重新开始新的生活。"

梅兰想,只要能离开龙城,离开让我烦心的何华德,同时又能让孩子减少心理压力,我也就知足了。

电话响了。梅兰走出了房间。

是女儿给她来的电话，让她去看电影。

梅兰说："萌萌阿姨陪你去就行了，妈妈现在走不开。"

女儿说："您多久能忙完呢？"

梅兰不耐烦地说："你不要管了，你和阿姨去吧。"

梅主席走了出来，说："你是在和孩子通电话吧？你怎么能这样和孩子说话呢？"

梅主席的秘书走到梅主席身边和他耳语了一番，梅主席的脸色顿时变得铁青。

梅兰心里明白，一定是梅夫人走了。

秘书示意梅兰出去一下。

梅主席一个人坐在那里，仿佛雕塑一般。

梅兰跟着秘书走出了梅主席的房间。

秘书对梅兰说："告诉你一个不幸的消息，梅夫人已经去世了。我希望你能陪着梅主席。"

梅兰点点头。她知晓梅夫人不久于人世，可没有想到来得这样快。她给宇峰发了条短信，随后又给同学去了电话："这两天你就帮我照看一下小梅儿。政协梅主席的夫人去世了，我暂时可能走不开。"

梅兰走进房间，看见梅主席正面对夫人的遗像落泪。

梅主席说："风雨同舟四十五年，你怎么就忍心丢下我走了呢？你答应过我，等我离休之后我们就到世界各地去走一走。还有一年多了，你怎么就等不及了呢……"

梅主席老泪横流，伤心欲绝。

梅兰走过去，扶着他虚弱的身子，安慰说："梅主席，您千万不要这样，夫人在天堂里也不希望您这样的。您得好好活着，全省上下还有很多的大事等着您处理呢。"

梅主席颤抖着握住了梅兰的手。梅兰能感觉到，梅主席此刻是那么的脆弱，那么的绝望。

随后的几天里，梅兰都陪在梅主席身边，俨然梅主席的亲人。直到安葬了梅夫人，梅兰才算解脱了。

这天，梅兰带女儿出去逛公园，刚出门就接到了梅主席的电话。

梅主席的情绪显然已经有了好转，他关切地问："你不是带小梅儿来的吗？"

第六章 走马上任

梅兰说:"是的,我准备带她到公园里去转转。"

梅主席开心地说:"哎呀,你们和我想到一块儿去了。今天的天气不错,我想带小梅儿去看看省城的景色。我去接小梅儿吧?"

梅兰说:"您的身体行吗?"

梅主席说:"看见孩子,我的心情就会舒畅。我现在就过去。"

梅兰有些忧虑,但还是说:"那好吧,我们在人民路的雕塑下面等您吧?"

梅主席说:"好的,我马上就到。"

梅兰对身边的小梅儿说:"小梅儿,省政协的梅伯伯要接你看省城的风景,你想去吗?"

小梅儿说:"当然想去。我都憋闷了这么多天了,您一直说带我去玩呢,就是不带我去。"

梅兰说:"不过,见到梅伯伯,你可要有礼貌啊!"

小梅儿说:"您这样说,是不是您又不陪我去啊?"

两人说话之间,梅主席的车到了两人面前。梅主席今天的心情好多了,也将头发染成了黑色,看上去也就五十来岁的模样。

他走到小梅儿面前,问道:"这就是小梅儿吧?长得和妈妈一样漂亮。"

梅兰对小梅儿说:"快叫伯伯啊!"

小梅儿脆生生地叫了一声:"伯伯好。"

梅主席笑得合不拢嘴,开心地说:"嗯,好。走吧,伯伯带你去玩儿。伯伯先带你坐直升机看省城的风景,然后带你去世界乐园。"

梅兰担心他的身体吃不消,连忙说:"梅主席,您的身体?"

梅主席说:"你不要管了。孩子都闷了这些天了,该让她开心开心了。梅兰啊,你也很累了,你到我办公室休息,我带孩子玩。"

几个人上了梅主席的车。将梅兰送到了梅主席的办公室后,几个人就出发了。临走之前,梅兰对小梅儿说:"伯伯的身体不太好,不要让伯伯太劳累了。"

小梅儿扶着梅主席说:"好的,一路上我照顾他好了。"

梅主席一脸幸福,连连说:"嗯,我就是有福气呢。"

看着小梅儿扶着梅主席离开了房间,梅兰的心里却不是滋味儿。

她不知道此刻的何华德在干什么,但有一点她是可以肯定的,他一定在盘算着怎样和自己分手。想到这些,她的心情无论如何也轻松不起来。

梅主席带着小梅儿玩了三个多小时，才赶回办公室。

梅主席的办公室很宽敞，有单独的接待厅和宽大的休息室，还有宽大的卧室。

梅兰从卧室里走出来。

小梅儿好奇地问："妈妈，您在伯伯的床上睡觉啊？"

"是呀，妈妈实在太困了。"梅兰又对梅主席说，"不好意思，在您的床上眯了一会儿。"

梅主席说："这有什么关系？你要困的话，还可以继续睡，我带小梅儿玩好了。我这里玩的东西多着呢，可以玩游戏，看影碟，旁边还有泳池、羽毛球、保龄球和网球馆，她喜欢什么我就带她玩什么。"

小梅儿高兴地跳了起来，说道："梅伯伯，我要是一直在这里就好了，跟着您真快乐。"

梅主席说："这有什么难的？我把你妈妈调到省城来，你就可以经常跟着我玩了。"

小梅儿问道："真的吗？"

梅主席说："你看伯伯像在说谎吗？"

小梅儿问妈妈："伯伯说的都是真的吗？到时候，您不会不让我来玩吧？"

梅兰说："怎么可能呢？妈妈到哪里，你当然就得到哪里呀。"

小梅儿说："哦，要是那样的话，爸爸可就惨了，就他孤零零的一个人在龙城。"

梅兰说："大人不会像你们孩子那样怕孤独的。再说，你爸爸还有很多的工作要忙呢，他哪有时间孤独啊？"

单纯的小梅儿说："嗯，就是啊，他还要写他的剧本呢。对了，还有菲菲姐姐陪他，您说是不是？"

梅兰的脸沉了下来，但嘴上却说："嗯，是的。你要玩什么呢？"

梅主席赶紧问道："对呀，你想玩什么呢？"

小梅儿说："我最想玩网球、保龄球还有游泳。"

梅兰说："小梅儿，这些项目改天再玩吧，你别累着伯伯。"

梅主席却说："你不要打击孩子呀。我不能带她玩，还可以安排人陪她。"

第六章　走马上任

梅兰说:"这会耽误您的正常工作。"

梅主席说:"看着小梅儿高兴,我开心着呢,也年轻了很多呢。你就别担心了,再去休息一会儿吧。"

他说着,将梅兰推回了卧室。

梅兰靠在温馨的卧室的床边,心里突然有一种别样的温暖。

梅主席突然打开房门,伸进头来说:"你放心,这间房子没有任何人进来睡过,一次都没有,除了我自己。"

梅主席的话意,梅兰当然能明白,她的心里突然有一种惴惴不安之感。现在,她好像已经明白了梅主席为何要她留下来了。

她还在回忆这几天发生的一切,门外传来敲门声。

她轻轻地喊道:"请进。"

梅主席的秘书走进房间,说道:"不好意思,梅秘书长,龙城市委办公室找你呢。"

梅兰有些诧异,说道:"他们怎么不打我的电话呢?"

秘书说:"你的电话关机了。"

梅兰这才注意到,自己的手机没电自动关机了,她自言自语道:"哦,我的电话没电了。"

秘书热情地说:"你先接电话吧。你的手机给我,我去帮你充电。"

梅兰接过秘书的电话,冲电话里说:"你好,我是梅兰。"

副秘书长说:"秘书长,有几件事情要向你请示。"

梅兰说:"你说吧。"

副秘书长说:"省干部考察领导小组下来了。市委的意思是,省委工作组离开龙城的最后一次会议你要参加。"

梅兰说:"会议时间是什么时候呢?"

副秘书长说:"明天下午。"

梅兰说:"没问题,我赶得回去。"

副秘书长又说:"你等一会儿,书记要和你说话呢。"

宇峰接过电话,说道:"梅秘书长啊?我是宇峰。"

梅兰连忙说:"书记,有什么指示啊?"

宇峰说:"想必刚才副秘书长已经和你交待过了,让你回来参加常委会的事。"

梅兰说:"嗯,已经说了,明天下午,我能赶回去。"

宇峰说:"嗯,这样就好。"然后,又语重心长地说,"梅兰啊,情况大致没有变化。梅朵当副市长了，市长是从另外的市派来的，书记从组织部下派。龙城的情况相当复杂，也不知道到底出了什么事，这一次好像没有提拔明风。我觉得这件事情太蹊跷了。我现在揣摩，是不是明成副书记让我退居二线，也没有用他的亲信明风，是想堵住我的嘴，让我有话说不出来。我是照顾不了你了，你最好在调令没有下达之前，再找找梅主席，有必要也可以再去见见明成。"

接完宇峰的电话，梅兰陷入了沉思。她现在实际上已经放弃了经营二十余年的婚姻，也不再留恋生活了四十余年的龙城。对她来讲，这并不是什么难事，让她担心的是小梅儿。到现在为止，小梅儿并不知道她和何华德之间出现的裂痕，也不知道菲菲就是爸爸的情妇。作为妈妈，怎么向女儿说这些呢？更为关键的是，马上她就要高考了。

小梅儿正在和梅主席的秘书打保龄球。梅兰走到梅主席的身边，和梅主席一起看着开心的小梅儿。

梅主席关切地问："你休息好了吗？"

梅兰说："嗯，休息好了。您呢，回去坐一会儿吧？"

梅主席说："我就在这里吧。看见小梅儿的笑容，我也有一种幸福感。"

梅兰低下了头，说道："但愿您这不是怜悯。"

梅主席说："当然不是，这是一种纯真的父爱。"

梅兰不说话了。

梅主席又说："我了解你，你现在的一切我都了解。我愿意分担你的痛苦，只要你愿意。很多事情是没有办法回头的，既然已经这样了，就及早放弃吧，这样对谁都是一种解脱。"

梅兰长叹了一口气，有些哀怨地说："是啊，往事不堪回首啊。可是，说起来很容易，毕竟在一起生活多年啊，哪能说放下就放得下啊，况且……"

见梅兰欲言又止，梅主席说："说下去。"

梅兰收回目光，看着梅主席兄长般的面容，接着说："就是因为这个孩子啊……"

她把所有的忧虑一股脑儿地倾诉给了梅主席。

梅主席沉思良久，然后才说："在我看来，你说的这些问题都不是问题，只要孩子能离开这个环境就好。退一万步说，就是孩子受到了影响，考不上地方大学，我们还可以让她当兵去嘛，然后再想办法上军

第六章 走马上任

校。现在我最担心的不是孩子。看你整天情绪低落、日渐憔悴的模样，让人心焦啊。"

梅兰感激地看了梅主席一眼，说："谢谢您的关心。"

恰在此刻，梅朵打来了电话。

梅兰对梅主席说："不好意思，我妹妹的电话。"

快嘴快舌的梅朵说："姐呀，你到什么地方去了？这些天我一直没有见到你的人影！"

梅兰平静地说："没事，我在省城。我得祝贺你呀，我们的新副市长。"

梅朵说："我现在没有心思和你开玩笑。你告诉我，你现在到底在什么地方？何华德在找你呢！"

梅兰说："他找我？什么事啊？"

梅朵说："好像是要和好的事情。他都找到了宇峰那里去了。看来，他这一回是真心悔过了。"

梅兰说："呵呵，这个时候着急了，早干什么去了啊？"

梅朵问："你跟我说实话，你还打算原谅他吗？"

梅兰说："已经翻过去的一页，就让它过去吧。"

梅朵说："这么说这一切都是真的了？"

梅兰有些不解，问道："什么真的假的？"

原来，龙城已经有了传言，说梅兰很快就要和省政协的梅主席喜结秦晋之好，省委安排梅兰到农业厅当副厅长的计划也因为梅主席的关系而有所改变，梅兰可能会出任财政厅副厅长，待遇提升为正厅级。还有人说，梅兰要进省政协办公厅做常务副秘书长，也是正厅级。

梅朵说完这些之后，直截了当地说："姐呀，要真是这样的话，我支持你去财政厅，可不要去那个老头子成堆的政协。梅主席虽然人是老了一点儿，还是老帅老帅的，也不是不可以过渡……"

听着梅朵的这些话，梅兰的脑袋有些胀痛，心里骂道：你这个小混蛋，从来都是个机会主义者。

梅朵的话听上去不那么顺耳，要是放在以前，梅兰也许会责备她一顿。可现在，她却用调侃的语气问："要是你，你会怎么办？"

梅朵夸张地说："哎呀，我的姐姐呀，你终于活明白了。当然是义无反顾啦！先把该享受的享受了再说。都这把年纪了，这个道理还没有明白过来呀？"

梅朵说:"你什么意思啊?害怕你姐嫁不出去呀?"

"姐呀,我哪里是担心你嫁不出去呀,我是看上了这个主席姐夫呢!说不一定哪天,我也能沾沾光啊。姐,不开玩笑啊,你可想仔细了,过了这村可就没有这个店,这样的男人不是谁想找就能找到的,要是我遇到了,决不会轻易丢掉这个机会。"梅朵又说。

梅兰问:"你这些小道消息都是从哪儿得到的啊?"

"哎呀,整个龙城都传遍了。甚至还有人说,提升我做副市长也是因为走了你的关系。你看看,现在你多重要呀,都成了全省上下的重头人物了。"梅朵又说。

梅兰说:"我不听你这些闲话了。我问你,市委对我的事情都怎么看啊?"

梅朵清楚,梅兰问的是市委,实际上是关心宇峰的态度。她说:"宇峰的城府太深了,一点儿也看不出来他的态度。不过,他对你的事情可能有些郁闷。你们合作这么多年了,毕竟交情深厚呀。但是,他在公开场合历来都是宣称服从省委,坚决执行省委的决定。另外,你觉不觉得有点儿奇怪?怎么没有明风的动静呢?这是不是意味着宇峰也到头了?你一定要把握好现在的机会,不要把大好的春光当成深秋。"

和梅朵通完电话,梅兰的心态发生了一些微妙的变化,原来没有想过的问题突然摆到她面前了,譬如该如何处理和梅主席之间的关系问题。

梅主席的态度很清楚了,只要梅兰答应他,两人之间的关系也就会顺理成章。真到了该下决心的时候,梅兰反而犹豫了。

梅主席走了过来,温和地说:"走,我们过去陪孩子玩儿一会儿吧。"

"嗯。"梅兰和梅主席一起走了过去。

几个人一起玩了几局保龄球,然后回到梅主席的办公室。

梅兰对小梅儿说:"咱们该走了,你还不谢谢伯伯?"

小梅儿说:"我还没有玩够呢,为什么现在就要走呀?"

"妈妈明天要回市里开会呢。好了,跟伯伯再见!"梅兰对小梅儿说。

小梅儿只得对梅主席挥挥手,脆生生地说:"伯伯再见,谢谢伯伯陪我玩。"

梅主席说:"我很舍不得你走,不过,你妈妈非要走,我也没有办

法挽留你。伯伯给你准备了很多礼物,相信你一定会喜欢的。"

司机把两个大纸箱抱上车。

梅主席说:"小梅儿,都是送给你的礼物,保证你喜欢。"

梅兰说:"真不好意思,让您破费了。"

"没事的,只要孩子高兴。回去之后,有事给我打电话吧。"梅主席说。

回到家,小梅儿就迫不及待地拆开了两个大箱子,将里面的各种礼物抖搂出来,摆满了整整一个客厅。看着女儿兴奋的神情,梅兰却一点儿也高兴不起来。

梅兰打开房门的时候,看见了地上有一封信,上面没有署名,但梅兰知道这是何华德写的。她走进书房,打开了信封。

梅兰,小梅儿,你们俩是我此生最亲爱的人,我想对你们说几句实话。希望你们能原谅我。梅兰,我做了对不起你的事情,我一直在忏悔,我决定用下半辈子向你和女儿赎罪,恳请你答应我。现在我才知道,你们才是我生命中最重要的人,离开你们,我活着其实就是行尸走肉。梅兰,希望看在孩子的分儿上,看在我这么多年为家庭操劳的分儿上,你就原谅我吧!梅兰,你可能不知道,我这段时间都在做些什么。我都给梅朵下跪了,求她劝劝你;我也给宇峰下跪了,也求他劝劝你。这些够了吗?你的很多事情,实际上我也是知道的,不过,因为我是男人,我强忍着把苦果咽下去。我真的不忍心我们的小梅儿遭受心理挫折,遭受心理打击。……小梅儿,你知道爸爸多么爱你吗?每次在梦中,爸爸总能看见你的笑脸,每天清晨,爸爸总能想起你阳光般的笑脸。我愿意永远在你的身边,见证你成长,见证你成才,见证你长成参天大树……不过,爸爸要告诉你,爸爸犯错误了,犯了很大的错误,希望你能原谅我,也希望你能劝妈妈原谅我。只有这样,我们完美的家才不会破碎,才会永远温暖。

你们的亲人何华德 即日

看完这封信,梅兰再也控制不住了,呜呜地哭起来。

听见妈妈的哭声,小梅儿跑了进来,看见了桌子上的信件。她一切都明白了。

梅兰以为她会像自己一样痛哭不止,没想到女儿反而冷静地说:"这有什么呀?现在闹离婚的多了,我们班就有十三个家长离了婚。他们不都照样生活得很幸福？"

小梅儿的表现，让梅兰大为吃惊。

她擦干了眼泪，问道："你真的不担心爸爸妈妈分开呀？"

"那是你们的事情，我才不关心呢，你们只要都关心我就好了，就像梅伯伯那样。"小梅儿说这话时，一副坦坦荡荡的样子，根本就没有撒谎的迹象，这更让梅兰感到费解。她狐疑地看了小梅儿一眼。

小梅儿又说："怎么了？我说错话了吗？实际上你们早该离婚了。"

梅兰完全没有想到，孩子会说出这样的话来。

她冷静下来，低声问道："为什么呢？"

小梅儿说："你们不般配。哪有丈夫官比妻子小的，哪有男人整天在家里照顾孩子的？反正我找男朋友，就要找比我强的。"

她的话，让梅兰瞠目结舌。

这时，梅朵的电话来了："姐，你回来了吗？"

梅兰说："刚到家。"

梅朵说："我过去一趟。"

梅兰坐在电脑桌前一动不动。

小梅儿问："您心里很难受吗？"

梅兰说："是啊，眼看二十几年的婚姻就要破碎了，你说我能不伤心吗？"

小梅儿说："碎了就碎了，补也是补不上的啊。"

梅兰说："我没有你们年轻人那样看得开。"

小梅儿说："您这是真心话吗？要是这样您原谅爸爸好了。"

梅兰低下头，深深地吸了一口气，又摇摇头。

梅朵来了，进门时看见一地的礼物，好奇地问小梅儿："你妈妈要开杂货店呀？"

小梅儿说："小姨，这都是别人送我的礼物，我还打算挑几件送给妹妹呢。"

梅朵说："这些都是你从省城带回来的？都是你梅伯伯送的？"

小梅儿说："小姨，您怎么料事如神啊？"

梅朵撇撇嘴，说："你也不想想，小姨马上就当副市长了，什么能逃过我老人家的法眼。"

小梅儿高兴地跳起来了，问："小姨，您没骗我吧？您就要当副市

第六章 走马上任

长了,那您不是比我妈的官还要大啊?"

梅朵说:"嘿嘿,你这回就小看你妈了,她就要升任厅长了,还管着你小姨呢!"

小梅儿说:"厅长是什么呀?难道比市长还大?"

梅朵说:"一时半会儿跟你也说不清楚,厅长就是省直机关的部门首长,反正管着我这个副市长呢。"

小梅儿更加高兴了,说:"这样说来,你们俩都升官了啊?"

梅朵说:"可以这样说吧。"

"哦,真是太好了,你们可得有所表示啊!"小梅儿说。

梅朵说:"你放心,小姨一定会给你重礼的。你妈呢?"

小梅儿将梅朵领进书房。

梅朵说:"小梅儿,你出去吧,我和你妈说点儿大人的事。"

梅兰说:"不要赶她走了,她什么都知道了,只是不知道我们去临市的那件事。"

"哦,什么态度呢?"梅朵问。

"比我开通多了,还劝我呢,现在的孩子啊!"梅兰感叹说。

梅朵说:"是呀,你可别小看了小梅儿她们这一代孩子,什么都明白,承受力比我们还强呢。我分管教育,我是领教过的了。怎么,你也接受了再教育?"

小梅儿就在一边暗自窃笑。

梅朵直截了当地说:"我还是那句老话,你要活到现实的层面上来。你们这个婚姻,就是再次破镜重圆,又能好到哪里去呢?原来我们一直担心孩子的问题,现在小梅儿已经表态没有问题了,怎么处理这还不明朗吗?"

"怎么明朗法?"梅兰纠结地问。

"离开龙城,与何华德解除婚姻,再婚,就这么简单。孩子跟你到省城,上更好的学校。如此而已。"梅朵说,"等过了这一届,我也想办法进省城,我们一大家子就再度团圆了。"

小梅儿一边笑一边说:"小姨,我觉得您像说相声一样,可逗了。"

梅兰问:"梅朵,你怎么什么事情都看得这样简单呢?"

梅朵反问:"那你怎么什么事情都看得这样复杂呢?你让小梅儿说,你是不是该改一改了?"

梅兰说:"小孩子懂什么!"

小梅儿气鼓鼓地出去了，房间里就剩下了梅朵和梅兰。

梅朵说："不是我说你，你还真就不如孩子了。这样的问题你真的看不透？"

梅兰说："不是看不透。现在这个时候，我说什么呢？好像我要抢着嫁他一个老头儿似的，让别人怎么看我啊？"

梅朵说："人家梅主席是白痴呀？他的夫人刚去世，场面上的事情大家都会注意的，所以这对你来说就是最好的时机，起码这个时候人家老头子不会催你入洞房。你只要把这个位置占上，该享受该利用的现在就可以享受和利用，至于说到时候你们之间最终怎么样，主动权掌握在你的手里。"

听了梅朵的肺腑之言，梅兰才像是拨开云雾见青天了。她想：自己枉做了这么多年的市委秘书长，在很多问题上还真的不如妹妹呢！虽然妹妹的很多做法显得生硬和不合时宜，但永远是对她有利的。

"现在想通了？"梅朵问。

梅兰缓缓地点点头。

梅朵开心地说："你这一辈子终于做对了一件事。好了，带上小梅儿，我们出去庆贺庆贺，还有我们家的丫丫。四个女人，一个男人也不要。"

参加常委扩大会议的，除了市委的常委之外，还邀请了市人大常务会副主任、政协主席参加。会议由市委书记、市人大常委会主任宇峰主持。省上的带队领导是省委组织部副部长，出席会议的还有省委组织部三个相关处室的处长和副处长。

宇峰书记说："首先，感谢部长带队检查龙城的工作，也请领导对龙城的工作提出指导和批评……"

组织部副部长说："宇峰书记言重了。我们这一次主要是专项工作，不存在指导其他的工作。在座的各位都是龙城的主要领导同志，所以这里说话也就比较方便。各位都知道，这次灾难给龙城的干部队伍带来了损失，尤其是市长和常务副市长两个岗位的缺位，让龙城市领导班子面临前所未有的压力。不过，事实证明，龙城的市委市政府市人大市政协的领导是经得起考验的，是值得信赖的。尤其是宇峰同志，在没有市长的情况之下，一手抓市委的工作，一手抓市政府的工作，使龙城的经济社会发展一样井然有序，很多工作还取得了很好的成绩。这是与在座各

位的努力分不开的,尤其是与宇峰同志的工作分不开的。"副部长停顿了一下,然后又接着说,"省委领导对同志们的工作是肯定的。同时,省委也从战略的全局高度,考虑龙城的未来和发展。所以这一次,我们受省委的委托下来进行专题调研,主要是龙城市领导人选配置的问题。经过几天的调查走访,总体情况是非常好的,与省委的判断与预测是基本一致的。我希望龙城市委的领导同志们,不但要从战略高度上支持省委的决策,还要做省委决策最坚决的践行者。省委相信,龙城市委的领导同志们能够做到这一点。"

副部长最后说:"我希望龙城的干部们能够一如既往地干好本职工作,自觉服从省委的正确决策。今天只是一个打招呼的会议,各位有什么意见和想法,散会之后可以分别交换意见……"然后问宇峰,"你看,是不是就到这里了?"

宇峰又接着副部长的话做了一番强调和补充,会议就散了。

会后,副部长指明要找梅兰谈话。

一番客套话之后,副部长说:"你这么多年与宇峰同志在一起工作,你对他的印象怎么样?"

梅兰说:"宇峰书记的党性和原则性特别强,大局观特别强,工作思路清晰,判断和决策工作非常民主,善于听取身边同志的意见,尤其注重与市里面几大班子的协调配合……"

梅兰注意到,副部长对她的溢美之词已经没有太多的耐心,于是就说:"大致就这些了。"

副部长笑着说:"我们常说,人无完人,宇峰书记也不可能一点儿缺点都没有吧?你是离他身边最近的常委,从工作角度来讲,他最容易犯的毛病是什么,或者说有哪些?"

梅兰正视了副部长一眼,说道:"小毛病啊?这个我就没有太注意了,我关心他的大的方面的。小的方面嘛,我觉得他不太讲究自己的仪表……"

很明显,副部长还是很失望。

副部长说:"好了,宇峰同志的事我们就议论到这里,下面谈一谈你本人。你是龙城经济社会发展中的有功劳的领导人之一,倘若组织上调整你的岗位,你会有什么想法吗?"

梅兰冷静地说:"没有,我服从组织安排。"

副部长又问:"如果让你离开龙城,你会有想法吗?"

梅兰还是说："没有，我还是服从组织安排。"

副部长又问："你本人有什么困难和问题要向组织提出来吗？"

梅兰说："没有，一切我自己都能够解决。"

副部长点点头，说："嗯，毕竟是受党组织培养和教育多年的老党员了。梅秘书长，今天我们就谈这些吧，以后我们有时间再交流。"

梅兰刚回到办公室，梅朵就来了电话。

梅朵说："省委组织部的副部长找我谈话了，了解了你的情况，对你的评价很高。他暗示我，如果你愿意留下来继续干你的本职工作，可以暂时不调整，至于你有没有这个打算，就只能你自己来确定了。"

梅兰笑笑，心里想：梅朵真是缺乏政治头脑。这样重要的岗位调整，不可能是他一个副部长说了算的，这分明就是他知道了自己和梅主席之间的关系，故意套近乎的话。

梅朵说："他还暗示我，他可能就是接替宇峰的人选。我也懂这种暗示，无非就是要我和他站在一条战线上。"

快下班的时候，梅兰又接到了梅朵的电话。

梅朵说："姐呀，我看你心情不太好。今晚我请你吃饭，咱俩好好聊一聊，我也向你取取经，学习学习为官之道，你看如何？"

情况完全不是梅朵预先说的那样。梅兰一进屋就看见了阿峰和龙山县委的一帮人。

大家看见梅兰都站起身来，讨好地笑笑。

龙山县委的书记说："梅秘书长，就等你剪彩呢，其他的人都到了。不对，现在不能喊梅秘书长了，应该改称首长了。梅秘书长很快就要到省城高就了，今后可不要忘记了我们这一帮小兄弟啊！"

梅兰看了梅朵一眼。

梅朵说："情况刚发生变化，我到这里之后，县委的一班人就赶到了，还有你认识的阿峰。"然后，她又对大家说，"各位，梅秘书长在家是我的姐姐，在单位也一直都是我的领导。今天我们这里虽然是朋友聚会，但是规矩我们还是要讲究的。秘书长请上座。"

大家一起说："对，秘书长请上座。"

梅朵让梅兰坐下之后，又说："今天是朋友聚会，大家就随便一些，但是，喝第一杯还得请秘书长发话啊。"

第六章　走马上任

梅兰站起来，端起了酒杯，说道："各位，幸会幸会，没想到在这里见到这么多的兄弟姐妹，那就为今晚的缘分干了这一杯吧！"

众人都说："好啊，为今晚的缘分，干！"

梅朵一改过去的矜持，对大家说："今天的第一杯酒，要敬我的大姐和领导。这么多年来，感谢你的培养、照顾和教诲，没有你的辛劳，就没有我梅朵的今天。"说完，她一口干了杯中的酒。

县委书记也站起身，对梅兰说："老领导，请你一定继续关心龙城的这帮兄弟啊。"他又回头对梅朵说："也请梅市长不要忘记了我们这帮曾经同甘共苦的兄弟。今后，我们龙山的干部就指望梅市长了。"

梅朵纠正说："书记，你错了，要指望这位领导呢！"她指着身边的梅兰说。

梅兰觉得，这分明就是祝贺梅朵升任副市长的欢送宴。所有给她敬酒的官员脸上，都带着讨好梅朵的奴颜媚骨，而对自己只不过是礼节性的敬意罢了。梅兰觉得自己就像一个被梅朵把玩的道具，心中立刻不快起来。

她对梅朵说："我敬大家一杯，然后先走一步。你们尽兴吧。"

梅朵也意识到梅兰的不悦，于是对众人说："各位，实在不好意思，梅秘书长接到电话，要去接待领导，所以她要先行一步。大家接着尽兴。本人也要一同前往，抱歉抱歉。"

两人上了阿峰的汽车。梅朵对阿峰说："我今天要和姐姐谈点儿私密话，你能找一个清静的地方吗？"

"没问题。你们去洗脚城就是了。需要我的话，就给我打电话。"阿峰很知趣地说。

姐妹俩进了一间非常温馨的宽敞大间，除了可以躺在里面的大床上边看电视边洗脚之外，还能清晰地看见大厅里的演出。

进去之后，一个年轻英俊的男生说："这间就是这里最高规格的房间了，你们可以享受万能服务的，只要你们想得到的服务项目，我们都能为你们提供。"

听服务生这样说，梅朵和梅兰都笑了。

另一个服务生说："想必你们也不需要特殊服务。"

梅兰说："这位小兄弟很有眼力。对，我们就是来洗洗脚。"

服务生说："好，你们可以边洗脚边看演出，在这间屋子可以清晰地看到全景。"

从这里能一览无余地看清整个偌大的舞台。舞台上的灯光、焰火已经准备好了，音乐声正在徐徐响起。

　　梅兰和梅朵一边享受沐足，一边看着舞台上俊男美女们唱歌跳舞。

　　突然，两人的目光都直了。舞台上，身着比基尼的菲菲正在表演几乎全裸的独舞，下面的男人们不断地疯狂叫好。

　　一个正在给她们洗脚的服务生看见她们如此专注，说道："这个美女叫菲菲，是市剧团的台柱子，也是我们这里的头号美人。要是你们是男人，也可以点她。"

　　梅朵好奇地问："是吗？她除了演出还提供特殊服务？"

　　服务生说："只要有客人需要，她就会留下来，不过，不是一般客人消费得起的。"

　　过了一会儿，梅朵压低声音对梅兰说："你快看。"

　　梅兰看见了明风，而依偎在他怀里的正是刚才载歌载舞的菲菲。这样的场景，让梅兰觉得像是打翻了五味瓶，她原本以为菲菲是一个正经、单纯的孩子，所以才同意将她收为干女儿。没想到这个女孩儿除了和丈夫何华德厮混之外，还在外面跳舞、陪男人。

　　她摇摇头，说："这世道啊，怎么会这样污浊啊？"

　　省委工作组紧锣密鼓地为龙城市领导班子调整作准备的时候，另一个省工作组秘密入驻了龙城，来调查省委灾后重建工作组常务副组长明风。在明成的提议下，组织上也曾考虑过让明风进入龙城市领导班子，挑市长这副重担。可是，明风到了龙城之后，不但没有得到龙城干部、群众的信任，反而不断被群众向省委秘密举报他的问题。省委书记指示省纪委，一查到底，不管涉及谁。

　　明风的事情，搞得明成大为光火，开完省委常委会之后，他就通过特殊途径给阿峰捎来口信，让他给明风透露省里的风向，让他这一段时间高度警惕，千万不要出什么问题。

　　这天，阿峰把明风约到了一家封闭的洗脚城。

　　他们万万没有想到，自己的一举一动都被监视着。

　　阿峰说："上面来话了，现在什么事情也不能再干了，等过了这个要紧的风头再说。"

　　明风觉得很憋气，说："我在临市干得好好的，偏要让我到这里来受窝囊气，这叫什么事啊？"

第六章　走马上任

阿峰说:"什么事情都要沉住气,你叔叔当年不也一样挺过来了吗?"

明风说:"现在可不比当年了。现在的战线越拉越长了,省城的战火也开始了。宇峰真他妈够绝了,为讨好梅主席,把自己多年的相好也拱手相送,现在,梅主席这样的第三方势力也卷进来了。原来,叔叔有组织部这边压底,在很多事情上还能和纪委甚至省长抗衡,现在又冒出来一个梅主席,真是要了命了。"

阿峰说:"你也不要这样悲观,要看整盘棋。"

明风沮丧地说:"算了吧,老弟,你就别安慰我了。"

阿峰说:"算了,不说这些了。话我也传到了。今天还是娱乐一下吧。"

明风陷入了沉思。阿峰给他带来的消息说明,叔叔不方便与他接触了,也是在暗示他,事情已经到了非常严峻和紧迫的地步。他越想越气。这些年,自己跟着明成得到了些什么呢?常年跟一个小跟班似的,战战兢兢地跟在他身后,既没有得到相应的提拔,也没有捞取更多的经济利益。自己这个跟班也太窝囊了!

他长叹了一口气,对阿峰说道:"我这半辈子,官没做大,钱没赚到,冤枉啊。我叔叔什么都有了,死而无憾了。你,也是享尽了荣华,不枉此生啊!"

梅兰心里很清楚,小梅儿已经知道她和何华德之间出现了严重的问题,已经到了分手的边缘了。但她得面对现实,何华德是小梅儿的爸爸,这是谁也改变不了的。小梅儿也不可能就这样长期不见何华德。

这天,何华德给她发来短信,询问小梅儿的情况,并说想将小梅儿带出去散散心。

梅兰想,他是孩子的爸爸,这样的要求也在情理之中,于是就同意了。

梅兰给何华德提了几点要求,不要让孩子知道他与菲菲之间的事情。何华德十分感激,当即答应了梅兰,回短信说:谢谢。我也会事先和菲菲打好招呼的,决不会让小梅儿知晓什么。

回到家,梅兰对小梅儿说:"丫头,我和你爸爸的事情你也知道了。我们俩迟早是要分手的。不过,他依然是你的爸爸。他说,他想见你,要带你出去散散心,你愿意去吗?"

小梅儿说："当然了！你们关系不好跟我有什么关系？爸爸答应过要带我去郊外的溶洞玩，这回我让他带我去溶洞。"

梅兰给何华德打电话，让他第二天来接小梅儿，并且嘱咐何华德，千万不要将他和菲菲之间的丑闻暴露给小梅儿。

何华德说："你放心吧，我已经给她交待过了，我会掌握分寸的。"

次日清晨，何华德开车来到了他曾经熟悉的楼下，按了三声喇叭。

梅兰从窗户里伸出头看了看，对小梅儿说："你走吧，你爸来了。"

小梅儿俏皮地说："我们一起去吧，你们也好破镜重圆。"

梅兰心里本来就很生气，严肃地说："去去去，小孩子家懂什么，快走！记住了，回来的时间不许超过晚上八点。"

"知道啦。"

小梅儿蹦跳着出了门。

一上车，小梅儿就对何华德说："爸爸，今天带我去溶洞玩儿吧？您都答应了我很久了。"

何华德想了想，说："好吧，今天你做主，爸爸听你的。"

小梅儿高兴地举起双手，大声喊道："耶！"

何华德一边开车，一边问："你还记得你菲菲姐姐吗？想不想她啊？"

小梅儿本来就一无所知，连忙问道："爸爸，能不能叫她一起出来玩啊？我真的很想她呢。"

何华德说："我刚才不是说了吗，今天你做主。"

何华德把手机递给女儿，说道："你想邀请她，就给她打电话，只要她同意了，我们现在就去接她。"

他将菲菲的电话号码翻了出来。

小梅儿接过电话，拨了过去。

菲菲说："我心里烦着呢，别来烦我！"

小梅儿有些诧异。自己没有拨错电话呀，菲菲姐姐怎么这样说话呢？

小梅儿说："菲菲姐姐，我是小梅儿啊。"

菲菲不知道是小梅儿在和她通话，以为是何华德呢。昨天，何华德给她打电话说，不要让小梅儿知道两人之间的事情，希望她能保持过去在小梅儿心目中的美好形象。实际上，菲菲已经和何华德很久没有见面

了。她已经暗下决心,要和何华德划清界限,不管自己今后的路多么坎坷,她都不会再回到何华德身边。在她看来,她与何华德之间是一条暗无天日的路途,根本不可能有尽头,越早拔出泥潭越好。何华德对她提起小梅儿的时候,她顿生反感,心想,自己比小梅儿大不了几岁,凭什么就应当承受那么多痛苦,还要掩饰何华德的丑行?为的就是小梅儿内心的完美?她觉得太不公平了。她再也不想见何华德,也不想再见小梅儿。但是,她没有想到,天真无邪的小梅儿会用何华德的手机给她打电话。

她犹豫了半晌,不大情愿地说:"是小梅儿啊?我以为是谁呢。"

小梅儿听见菲菲的声音,开心地笑着说:"菲菲姐姐,你是不是在和别人吵架呀?刚才我听你那么凶!"

菲菲压着心中的不满,淡淡地说:"没事了。你找我有什么事吗?"

小梅儿甜甜地说:"菲菲姐姐,我可想你了。你怎么这么长时间也不到我们家里来玩?我梦见你几回了呢!每次醒来的时候,我都很失望和沮丧。要是你在我面前,我该多开心啊……"

天真无邪的小梅儿打动了菲菲,她几乎都要抽泣了,但她克制住了,放慢语速说:"你现在不是听到我的声音了吗?听到了声音不就等于见到了我的人了吗?"

小梅儿说:"菲菲姐姐,你出来吧。我去接你,我们一起到郊外的溶洞去玩儿……"

菲菲陷入了矛盾之中。是答应小梅儿还是婉转地拒绝她?她什么也没回答,挂断了电话。

听到电话里传来忙音,小梅儿说:"怎么回事,电话里怎么是忙音呢?"

何华德明白,菲菲将电话挂断了,她不想再见自己。

小梅儿又问:"爸爸,到底是怎么回事?"

何华德的脸上挤出了一丝笑容,说道:"可能是电话出问题了吧。"

小梅儿又拨通了菲菲的电话,说:"菲菲姐姐,刚才可能是我爸的电话出了问题。我们在车上呢,你能听见我说话的声音吗?"

菲菲犹豫了一下,说道:"嗯,能听见。"

小梅儿说:"你现在在哪里呢?我们去接你好吗?"

菲菲说:"我现在有点儿事,走不了。你们不是要到郊外看溶洞吗?等你回来我们再见面好吗?"

小梅儿立刻说："菲菲姐姐，如果你不能去溶洞的话，我也不想去了。我们去市里面的公园吧？那里的水上乐园也很好玩儿，风景也不错。"

菲菲觉得，要是再不答应小梅儿，似乎有些残忍，于是改口说："那好吧，我陪你去水上乐园。我现在就在这附近呢，咱们直接到水上乐园的门口碰面。"

"耶！我真开心。姐姐，一会儿我就能看到你了。"

挂断电话，小梅儿对爸爸说："我现在才知道菲菲姐姐在我心中的重要性了。我原来想去看溶洞的，她不能去我也不想去了。爸爸，您想她吗？"

何华德一边开车一边说："我们是大人，哪有你们小孩子那么多愁善感啊。"

何华德和小梅儿很快就到了公园门口。

何华德刚把车停稳，小梅儿就迫不及待地下了车，到公园门口寻找菲菲去了。

菲菲并没有到，小梅儿左右张望，没有看到菲菲的身影。

何华德走了过去。

小梅儿抱怨说："怎么菲菲姐姐还没有来呀？爸爸，您说菲菲姐姐会来吗？"

何华德问："她跟你怎么说的？"

小梅儿说："她说让我们在水上乐园门口等她。"

"那我们就到水上乐园去吧。"何华德说。

两个人进了公园的大门口，来到水上乐园，可还是没有看到菲菲的踪迹。

何华德心里隐隐有些担心：菲菲是不是拿我开涮呢？她对我有意见，可不应该这样对待一个孩子啊。

小梅儿说："爸爸，我看到了冰激凌，还有菲菲姐姐喜欢吃的巧克力味的。我去买两个，等姐姐来了我们一起吃。"

小梅儿跑过去，买了两个巧克力味道的冰激凌，然后又走回来，可怜巴巴地望着公园的入口。

冰激凌慢慢融化，已经开始滴水了。小梅儿的脸上也渗出了细小的汗珠。

第六章 走马上任

"爸爸,您快看,菲菲姐姐来了。"

何华德看见,菲菲和一个年轻的小伙子朝水上乐园走过来。

小梅儿跑了过去,大声说:"菲菲姐姐,你看,我给你买了什么?"

菲菲看了小梅儿一眼,说道:"哦,谢谢你呀,小梅儿,你还记得我喜欢吃这个味道的?"

小梅儿亲热地拉着菲菲的手,说道:"爸爸说了,今天我说了算。今天我们一定要开心地玩儿玩儿。"

菲菲说:"给你介绍一下,这是小华哥哥,我的好朋友,也是我的同事。"

小梅儿看了小华一眼,表情神秘地问菲菲:"你的男朋友吗?长得好帅哦。"

菲菲说:"你叫他小华哥哥好了。"

小梅儿脆生生地叫了一声:"小华哥哥。"

男孩说:"小梅儿,听说你都上高三了?"

小梅儿说:"是呀,我真的上高三了,你看我不像呀?"

男孩说:"真的看不出来,你就像一个初中生。"

小梅儿不服气地说:"你什么意思啊?我很幼稚吗?"

菲菲说:"好了,你们两个别争了。过去和何局长打个招呼吧。"

菲菲领着小华走到何华德面前,不冷不热地说:"您好,何局长,这位是小华。"然后又对小华说:"文化局的何局长,我们主管单位的领导。"

男孩很礼貌地说:"您好,何局长。"

菲菲带了个男孩,完全出乎何华德的意料。尽管心里仿佛打碎了五味瓶一般,但他还是佯装大度地说:"你们来了?也怪小梅儿不懂事,打搅你们了。"

菲菲连忙说:"没事,我喜欢和小梅儿玩儿。走吧,小梅儿,我们进去玩儿吧。"

小梅儿说:"爸爸,您要是不想动,就在这里等我们吧。"

何华德脸上挤出一丝笑容,对小梅儿说:"来,带上钱,不要让哥哥姐姐花钱,听到了没有?"

男孩说:"没事的,何局长。"

看着菲菲的背影,何华德内心有一种莫名其妙的苦涩。

林荫深处传来几声知了的鸣叫,让他的心里更加烦躁。

小梅儿和菲菲他们出来的时候，已经是中午时分了。

何华德说："都饿了吧？我带你们去一个牛肉餐馆，那里的牛肉非常特别，相信大家一定会满意的。"

菲菲说："我们不吃了，小华他们家让我们回去吃饭。何局长，我们就失陪了。"

小梅儿却孩子气地说："菲菲姐姐，你不许走。"

菲菲的笑容看上去有些苍白，对小梅儿说："小梅儿，下次吧。今天姐姐确实有事，下次姐姐带你去好吗？"

男孩也礼节性地对何华德说："失陪了，何局长。"

何华德说："好吧，那你们走吧。谢谢你们陪小梅儿玩儿。再见。"

"再见。"菲菲头没有回就走了。

灿烂的阳光下，何华德与小梅儿都在发呆。

小梅儿说："怎么回事？我觉得菲菲姐姐今天特别怪，一点儿都不开心。她是不是病了？"

因为是星期天，麦当劳里的人太多了，他们一连去了三家店，都无法停车。

到了第四家，何华德开始烦躁起来，对小梅儿说："买了带回去吃吧。"

小梅儿说："好吧。"

何华德说："你待在车上，我去买了就来，好吗？"

何华德买回来了，上车后说："到我那里去吃吗？"

小梅儿却说："算了，您把我送回去吧，我下午不想玩儿了。"

实在没有别的办法，何华德只得给梅兰打电话，问道："孩子现在要回去了，你在家吗？"

梅兰正在清理电脑，接何华德电话的时候，她正在看何华德过去写的文章，一时还没有反应过来，半响才说："好，我在家里，把她送回来吧。不过，我不欢迎你上楼。"

小梅儿下车之后，何华德并没立即将车开走，而是久久地停在他曾十分熟悉的楼下。他突然觉得，自己现在已经一无所有了。家庭破碎，女儿再也不牵挂他了，曾经与他相爱的人也劳燕分飞……

第六章 走马上任

事情发展得让人觉得不可思议。明风因违法乱纪行为被有关部门"双规"，阿峰在龙城的所有公司业务被暂时冻结。有关部门组成了强大的联合调查组进入龙城，但在阿峰公司却没有找到任何与明风有关的直接物证。

宇峰的新身份终于尘埃落定了，改任龙城市人大常委会主任。有关部门宣布消息的这一天，他找来了亲朋好友和同僚们，举行了一个颇具悲壮色彩的晚宴。他举着酒杯，环顾众人，说道："感谢在座的各位几十年来对我的支持与帮助。在过去的岁月中，我也许有很多的地方得罪了大家，现在，我真诚地对大家说，你们就多担待吧……"

他的话让身边的人们感到沉重。

梅兰提议说："宇峰书记，你大可不必这样。现在还没有到谢幕的时候呢，现在你依旧是龙城的主心骨。新来的书记、市长还要从你的手里接过龙城的接力棒呢！我们这些同事依旧是你的老下级，也依旧期待着你下一步对龙城的贡献呢……"

梅朵嗅了嗅酒杯里面的浓烈酒味儿，接着梅兰的话说："就是呀，老书记，你现在在龙城并不孤单，还有我们这一批你亲自培育的干部，你还得扶上马送一程呢。"

梅兰和梅朵的这些话，宇峰很受用，也更加激动了，说道："请你们相信，今后用得着我老朽的地方，我定当在所不辞。来，干了这一杯。"

众人干杯。

宇峰又说："好了，今天请大家来，就是自由交流的，不要把我老头子的事情放在心上了。你们还要用发展的眼光看待自己的事业，尤其是像梅兰、梅朵这样正在成长的干部们……"

梅兰和宇峰这半辈子可以说是水乳交融，这个时刻，两个人难免会说些知心话，很有一些"人之将死其言也善"的味道。

宇峰十分自责地说："梅兰，你是我这辈子亏欠最多的人之一。这么多年了，你一直默默无闻地在我身后支持我，帮助我。我并没有给你太多的成长机会，反而自私地将你一直留在我的身边。按你的才干和能力，早就该独自担当更重要的职务了。这都是我失职与失误，也不知道你能不能原谅我。看到今后你的空间更大了，我由衷地替你高兴，我祝福你。当年，要不是你家老爷子反对，也许我们就是最好的一对。其实，你根本就不知道，我和你之间有这么长久的说不清道不明的生活，就是因为我压根儿就没有爱情。你知道吗？我和妻子只有婚姻，一直都没有爱情。我只能在你的身上依稀体会到原本就该是我们之间的情感。可是，我心中对你的男人心存负罪感。这么多年了，他不可能一无所知。你们走到了今天这一步，我心里明白，我是要承担责任的……"

宇峰的话让梅兰的心中绞痛。是啊，她难道没有那种入骨的负罪感吗？她难道没有哀叹命运的失落吗？各种交织在一起的情感，让她欲哭无泪，手里的酒杯微微地摇晃。她没有说一个字，将杯子里的酒一饮而尽，眼眶里同样泪花闪闪。

宇峰和梅朵之间的关系显然就简单多了。他们之间的情感原本就是梅朵为利用宇峰而发展成现在这个样子的，他们之间实质上不存在那种纯粹的友谊或者爱情。现在梅朵当上了副市长，确切地讲，宇峰也仅仅是没有抵触而已，要谈提拔和帮助就离题万里了，所以他们之间的言谈自然耐人寻味一些。

宇峰说："感谢你能来捧场，也祝贺你的高升。"

梅朵举杯和宇峰碰了一下，笑着说："都是你老人家培养教育的结果。"

宇峰说："你就不要这样羞煞我了，我自己有几斤几两还是有数的。主要是你能力强，有上进心，走到这样位置也是应该的。"

梅朵觉得，宇峰的这些话里，似乎还夹带着几多的不满和醋意。但是她知道，现在的宇峰已经今非昔比了，宇峰的龙城时代已经过去了，她也大可不必与他计较什么。毕竟他现在还是人大主任，说不定今后自己还需要他的帮助呢。

梅朵说："老书记，你可千万不要这样说。我们这些年轻人的成长，都是你们培养教育的结果，今后还需要老领导的继续支持呢。"

宇峰将酒杯里的酒喝完之后，说道："你放心吧，不管你说不说这样的交心话，我宇峰都会'扶上马送一程'的。你这样的干部，今后几年就是龙城的骨干力量了。我说这话的意思并不是说外来的干部没有能力和水平，而是他们还需要熟悉这里的具体情况，一时半会儿还不熟悉工作。我不支持你这样的干部还能支持谁呢？"

宇峰说这样的话，梅朵当然能明白。他这是一语双关，一方面在表示今后会关照她，另一方面也是在暗示她，今后龙城本土的干部要抱团，其真实的目的就是形成以他为核心的权力圈子。

梅朵笑笑说："老书记，我懂你的意思，我一定会的。谢谢，我借

你的酒敬你。"

两人又干了一杯。

多数时候,精明的商人远比一般人看得高远,也更善于把握时局与机会。阿峰花了血本好不容易将梅朵推到了龙城市政府的高位,当然不会轻易放弃他原来的所有计划。再过几天就要宣布梅朵任职了,他要让梅朵高高兴兴、圆圆满满地走上副市长的位置。虽然明风出了事,但有关部门还尚未对他采取措施,他料想,如果要将他阿峰击倒,那还得看明成副书记倒不倒。所以,他并没有因为龙城的这点儿风吹草动而改变他的任何计划。他也知道,梅朵在这个当口上还不至于与他恩断情绝。他的潜在能量意味着什么,她那样精明的女人一定是了如指掌的。

这天,阿峰一大早就给梅朵发了条短信:朵,我想在你升职之前让兄弟们和你高兴高兴。

他的意思很明显,就是培植一个以与梅朵为核心的新势力集团,下面的成员都是市里各要害部门的主要成员和区县里面的部分党政一把手。这样的安排对他来说当然有利,为公司今后赚钱广开财路。

这对于履新的梅朵来说,则显得更加重要。她原本只是一个县委常委,突然被提升为副市长,下面的人未见得会听从号召。本来他们就充满了嫉妒,听从安排已经很不容易了,更不可能与你亲近,更别说轻易听从你的支配。阿峰这样的安排,对梅朵来说绝对是巴不得的事情。

这段时间,梅朵虽然还在龙山县委上班,但大家都知道她即将升任副市长了。县里面的很多事情她也就是名义上过问,很多时间她都在市里。

她看了短信的内容,不由得笑了。她觉得,她与阿峰属于逢场作戏的男女,没想到阿峰还对她这样忠诚,每件事情都在私下替她打理,这让她有些欣慰。她也明白,阿峰是个极其危险的男人,随时可能引爆炸弹,将自己的仕途葬送。但是,她又转念一想,阿峰在明成副书记背后这么多年,没有犯过任何事端,说明阿峰还是可靠的,做事一定也是严密谨慎的。再说,自己当了副市长,要不要与他交往,和不和他搞交换,主动权完全在自己手里了。到那时候,自己就将所有的交往限制在情人范围之内,不涉及工作,阿峰同样会毫无办法,因为他们之间并没有过什么明确的约定,也不可能有明确的约定。阿峰今后完全要看自己的脸色了。

她暗自得意地笑了,给阿峰回了短信:谢谢。你安排吧,我等你的电话。

接到梅朵的回信后,阿峰即刻开始布置。他先联系了自己很熟悉的龙城所属的各区、县的区长和县长,又与市政府的要害部门的负责人联络了一遍,以他私人的名义邀请他们赴宴。

阿峰本来就是龙城呼风唤雨的实业家,又加上他身后神秘的背景,大家似乎没有拒绝出席的理由。除了五人在外地学习、考察,其他的全都爽快地答应下来了。

定下来之后,阿峰给梅朵去了电话。

"你好吗,梅朵?"

梅朵说:"你什么意思啊?才几天没有见面,怎么变得这样文绉绉的了?"

阿峰说:"现在的情况不一样了。你现在是副市长了,我再不增加一点儿文气,你可能就不理我了。"

梅朵也笑了,说:"你还真的这样想啊?我可怜的男人。呵呵,你大可不必害怕,我不是那种人。"

阿峰说:"好了,不开玩笑了。晚上定在花都宾馆吧?我觉得在龙城宾馆熟人太多了。"

梅朵赞许地说:"好啊,听你的安排,你总是比我安排得周到。"

阿峰说:"那就这么说定了,一共可能三十人左右。另外,龙山毕竟是你的老巢,除了书记、县长之外,你看还需要邀请哪些人?"

梅朵说:"哦,我想想吧。你是以什么名义请的客人?"

阿峰说:"我要给大家一个惊喜。现在是以我的名义,等到大家都到场了,我再当场宣布是你私人宴请大家。你觉得这样妥当吗?"

梅朵非常清楚,阿峰这样做是下了一番苦心的。如果以她梅朵的名义要求,说不定很多领导都不来或者不敢来。可是阿峰就不一样了,他是一个企业家,所以他出面邀请,人家更乐意接受,也更会欣然前往。其二,所有人出席晚宴的时候,他当众宣布是我梅朵宴请大家,就让大家成了我的人了,谁要想洗清这个事实,都得费一些周折。其三,是让大家看到梅朵今后的势力范围,正面的关系她可以通过阿峰联络到省委副书记,侧面的关系她可以通过梅兰联系到省政协主席。龙城最大的企业家都拜倒在她的门下了,这就是一个有力的证明。所有这些,都是阿

峰在背后一手策划的，梅朵也不得不承认，阿峰设计得十分圆满，几乎到了无懈可击的程度。

就在梅朵当选副市长的次日，她和韩寒正式办理了离婚手续，正式跨入单身女人的行列。

人们看见，韩寒和寒梅已经住进了一个单元，只是不知道二人是否是合法夫妻，反正恩恩爱爱的。

梅兰和妹妹一样，婚姻是不可能破镜重圆了。两人同样理智地选择了分手。

小梅儿自然是跟了梅兰，不久就和妈妈迁往省城了。梅兰正式就任省财政厅副厅长，与梅主席之间的关系越来越明朗了。

宇峰已经确定出任市人大常委会主任，已经搬离了市委办公楼。

新的市委书记是省委组织部的一位副部长，不久就到龙城履新了。

有关部门查处了明风十余年来的很多问题，其中涉及道德品质、生活腐化堕落、滥用职权、挪用贪污公款、收受贿赂等。省委副书记明成也因为种种违法违纪行为受到了处罚。龙城市有关部门正在密切关注阿峰集团的动向，以防止阿峰集团向境外藏匿和转移财产。

离开龙城的这天，梅兰特意将自己打扮得十分漂亮，还特意到美容院做了一次全套的美容，在艳丽的阳光之下显得异常美丽。

给她送行的人很多，毕竟她是龙城的老领导了。

首先向他道别的是宇峰。

宇峰的脸色有些苍白，握着梅兰的手有些发抖，颤颤巍巍地说："再见了。下次你再回来的时候就是领导下来检查工作了。"

宇峰明白，这一握手道别，过去两人之间的那些情和爱、信任与温存只有在记忆的深处浮现了。

看着宇峰突然间的苍老，梅兰觉得岁月流逝太快了。当年，她见到宇峰的时候，他还是风华正茂、气宇轩昂的年轻教师，现在真有一种恍若隔世之感。

她紧握宇峰的手，看着宇峰已经没有多少神采的眼睛，看着他流露出来的落寞和失望的眼神，缓慢地说："保重，保重。"

除此之外，她已经找不到更为贴切的词语了。

新市委书记也来送行。

他握着梅兰的手说:"领导,欢迎你随时下来检查工作。"

梅兰礼节性地说:"也欢迎你随时回省城,我们随时聚会。"

新书记说:"我当然希望这样啊,希望梅领导能给我们这样的机会。有时间我会去拜见领导的。一路平安。"

梅朵与梅兰分别的时候,两人都动了真情,两人紧紧相拥而泣。

梅朵伏在梅兰耳边说:"姐姐,你好好保重啊,你要是有个三长两短,小梅儿和我就失去依靠了啊。"

梅兰说:"都保重吧,有什么事就来电话。"

此刻,流泪的不光是两个女人。

何华德坐在车上,远远地凝望着与各路宾朋和好友握手告别的梅兰,忍不住泪流而下。

第六章 走马上任